茅盾文学奖获奖者小说丛书

月食

李国文

江苏凤凰文艺出版社
JIANGSU PHOENIX LITERATURE AND ART PUBLISHING, LTD

图书在版编目（CIP）数据

月食 / 李国文著. — 南京：江苏凤凰文艺出版社，2017.4

（茅盾文学奖获奖者小说丛书）

ISBN 978-7-5399-9496-3

Ⅰ. ①月… Ⅱ. ①李… Ⅲ. ①中篇小说－小说集－中国－当代②短篇小说－小说集－中国－当代 Ⅳ.①I247.7

中国版本图书馆 CIP 数据核字(2016)第 171307 号

书　　名	月　食
著　　者	李国文
责任编辑	蔡晓妮
责任校对	黄　婷　王娜娜　史誉遐　刘　娜
出版发行	凤凰出版传媒股份有限公司 江苏凤凰文艺出版社
出版社地址	南京市中央路 165 号，邮编：210009
出版社网址	http://www.jswenyi.com
经　　销	凤凰出版传媒股份有限公司
印　　刷	江苏凤凰新华印务有限公司
开　　本	880×1230 毫米　1/32
印　　张	8.875
字　　数	210 千字
版　　次	2017 年 4 月第 1 版　2017 年 4 月第 1 次印刷
标准书号	ISBN　978-7-5399-9496-3
定　　价	39.00 元

目　录

桐花季节

桐花开的时候，总是赶上凄冷的春寒，而到收拾桐子的季节，天又该冻得人瑟缩了。这是桐花的命运吗？其实，当我提笔描绘那一片花海的时候，我觉得，花开花落像过眼烟云一样，难道不更是当地女人的命运吗？

我从来没见过那么短促的美丽，像焰火一样炽烈地亮遍了大半边天，也从来没见过这么快就谢却的花，一眨眼工夫，就迅即熄灭得无影无踪。山里面一年一度的桐花也好，和那里女人一生只有一次短促的青春也好，都是匆匆过客。来了，马上，又去了。

我初到两省交界的这寂寞的深山里，不识这种春天里最早开放的花，而且是那么放肆般灿烂得让你惊呆了的花，白得那么堂皇，那么晶亮，让我惊奇。

“你们那儿不长桐子树？”翠翠问。

这女孩有一张特别俊俏的脸，应该说，我不是经多见广的人，但也并不孤陋寡闻，走过许多地方，还少有这偏僻山村的女孩，一个个长得都很耐看。最初，她对我有点戒备，因为我是个明码标价的“坏人”，被监管着。后来，久了，熟了，她甚至跟我有点亲近，因为她是那小山村里，唯一在县里读过两天初中的学生，后来就辍学了，她姐姐、姐夫当然不可能让她再念下去，不过，她总是想学点文化，短不了找我问个题什么的。她说："你是作家，你会不知道这是什么花？"

我摇头。

"桐花，什么时候，我领你到河那边的山后去看看——"接着，她用了一个文绉绉的词形容，"满山遍野！"

涉过那条出美女的女儿河，翻过村前那座出懒龙的粑粑山，这里的民风乡俗，是女人勤劳男人懒，据说就和这河这山的风水有关。那次我独自去看桐花，浩瀚的花海把我镇住了。凡是眼睛看得到的地方，全是雪一样的白的桐花，芳菲遍处，满天砌玉，花瓣飘零，冷雨霏霏。那季节里，天和地，一片白，白得耀眼，白得吓人。说实在的，这土地贫瘠，民众穷困的山区，一年四季，从生到死，是不会有任何辉煌的，也就是在斜风冷雨中的这些桐花，造出一番轰轰烈烈的声势。

可惜，花开放得那样旺，但几乎无人欣赏，更无人赞叹。

柴鱼，人们都这么叫他的一条懒龙，是翠翠的姐夫，生产队的小队长，我们来到山村时才当上的。"每年都这样开花结果，看，有啥看的。"他不怎么坏，也不怎么好，准确地说，农村里这类糊弄上头，又糊弄下头的干部，好吃懒做的多。因此，他老婆，也就是翠翠的姐姐莲莲，除了是他无休止的泄欲工具外，等于是他家的另一条牛。

我问过那个初中生，"村里人说，你姐姐年轻时比你还要好看，干吗非找柴鱼？他除了耍嘴皮子外，还有什么？"说实在的，在农村里，像他这样的人，倒比较容易当上队长。

"女人总是要捡一个男人出嫁的嘛！"捡，而不是拣，连挑选也不用的。她说这话时的平静口吻，如同说去背柴，去掐把野菜，去给猪喂食一样，“就像这桐子结了，收了，总要送去榨油。油榨完了呢，就肥田，早早晚晚……”

桐子，就是那花的果实了。

这种树的经济效益不是很大，通常只在偏僻荒芜的山坳里，才成片栽种。然后，路边地头，长不成别的什么，随便插上几株桐子树，有一搭，无一搭，不当回事，死活由它，自生自长，谁也不把它放在心上。可这种树也真够泼皮的，很容易成活，根本不需要精心照管，水肥更不讲究。尽管在春寒料峭的日子里，它努力想给寂寥的大地，带来一些热烈的白，但谁也不注意它的存在。

它，真像那个莲莲，可怜的女人，当然，也有翠翠，她早晚也会像她姐姐一样，命运就这样安排的。

我不记得古往今来的文人墨客，有谁曾经给桐花似雪的美丽，写过只言片字？那时，我要不是有个“分子”的身份，成为类似婆罗门教规中的不可接触者阶层，也许早就想写一写那很快地开放，也很快地凋谢的桐花，以及山村里青春早逝的女人了。也许，或者让那个翠翠逃脱她那个下流姐夫，走出丛山包围的小村庄。可那时的我，还在炼狱中，能为这个女孩做些什么呢？

那花开得热烈，谢得壮观，花瓣满坑满谷地飘落下来，成堆成团，连山涧里的流水，也浮着白花花的一片，被湍急的细流驮着，往河里，江里急匆匆地奔去。花随水逝，一去不再，就这样结束了那短短的辉煌。没有谁会经意地看上一眼的，因此，在众香国里，它怕是最寥落寂寞，无人理会的花了。

那时，我在一个筑路的工程队里被“改造”着，刚进入这个山村，工棚还未搭起的时候，我和那些工人曾借住在老乡家。把我派到队长家，某种程度上因为我是需要加以“监管”的“分子”吧？不过，凭良心讲，柴鱼对我还好，并不是他的老婆和她的妹妹起了什么好作用。这里的女人很少能对自己的男人施加什么影响。他到过省里，见过世面，有一点农民的狡猾。便宜要占，但不想太缺德，碰上这样的人，就算不错了。有时，敲敲我的竹杠，得到些微的好处以后，尤其喝上两口酒，马上跟我套近乎。“我干吗？我犯不着！我跟你无冤无仇！你放心，我不会跟你过不去，谁知你将来——”

“柴鱼，你算了吧！什么将来啊！”我打断他的话。

他女人，也就是莲莲，从来很少开口的。这时，她走过来，坐在我面前，端详着我，一字一句地说：“李老师，你会有将来的！”

我始终牢记住，这个山村大嫂的善良祝福！那时，几乎所有人都把后背冲着我。只有她，还有她妹妹，总是用不忍心的眼光，怜悯的态度，看着我在那些“勇敢者”的折腾作践下，怎样度日如年的。

我也始终在想，若是这个世界上，只有我一个人，那我真不如死去；同样，若是在我所到之处，所见之人，都是陷阱和充满敌意的话，那也没有什么活下去的必要了。唯其这个社会有哪怕是一丝的温馨，一点的同情，或者说，从心灵里对你的理解和信任，才使人觉得生存不仅仅是你一个人的事。于是，你得活着，你得为这些并不是畜类的人活下去，是一件有价值的事。

就在柴鱼家的门前，有条叮叮咚咚的女儿河，在落花季节里，河面上便全是漂浮着的雪白桐花了，女人们在河边淘米，洗菜，或者光着白生生的腿，在河里的圆石上，用木棒敲打着浸泡的衣服。花瓣就从她们手边，腿边淌过去，我注意到，谁也不在意，如同泡沫一样任其流逝。

慢慢地，我体味到，落英缤纷的桐花，就这样化作尘埃，也是这些山里女人的命运！

我无论如何也解不开这里的女人，为什么青春如此短暂？为什么过早地衰老？而且，或许老天为了补偿她们这种美好时光匆匆逝去的遗憾，凡是年轻的姑娘，媳妇，都长得水灵细嫩，真像盛开时的桐花那样光亮明洁，也像早春汛期的女儿河那样丰满优美。

我还记得，初开工时，劳动力不足，从当地招来一些短期工，十六七岁的女孩子，都有一张俊美的脸，和极好的身材，尤其裹在帕子里的漆黑长发，在河边用皂角洗头时，真像丝一样的润泽。但在村里，那些结了婚，生了崽的女人，不知为什么，皮肤粗糙，一脸皱纹，上了年纪的妇女，无一不是佝偻着腰，眼神木木的。村里人说，莲莲早先比她妹妹还俏呢！可我刚到她家里时候，这个不到三十岁的大嫂，看上去像快五十岁的样子，要不说明的话，我是怎么也不相信眼前的事实。

她会衰老成那种样子，真是莫名其妙的。

无论如何，她是队长的老婆，家务还有她妹妹的帮助，可村里别的女人，男人们的性蹂躏，牛马般的沉重劳作，全家吃剩下后，有一口没一口的饭食，说起来甚至比莲莲还不如。这些女人，除了赶场，她们洗把脸，梳个头，穿上整齐些的衣服外，平时，蓬头垢面，打着赤脚，孩子用块包袱驮在背上，一刻不停地忙碌着农活和家务，连话都没有力气多说的。

那些女人脸上唯一的表情，就是苦笑。

但从来没有埋怨，这些山里女人啊！有一次，我当着柴鱼的面问过，“翠翠，为什么田里家里的活路，全得你们女人来做？”

柴鱼反问我：“你的意思，让男人上山去拣桐子？”

“没有什么不可以的！”

“这是屋里人的事吗！”他笑了，“你是外乡人，你不懂我们山里的规矩！”

桐花谢了，满树挂满了桐子。先有纽扣大小，挂在树上，很快就长得显眼了，像乒乓球似的。这种果实，有股气味，虫也不啃，鸟也不吃。夏天是绿色，秋天是黄色，霜降以后，由黄而褐而黑。这时，就可以从树上敲下来，晒干，赶场时背去镇上，卖给供销社的收购站。当然，三文不值两文，顶多，也不过针头线脑的钱数罢了。

收购来的桐子，通常就在本地的榨坊，加工成桐油，装在油纸竹篓里外运出去。于是，差不多整个冬天，榨坊就不闲着了。那沉重的水碓转动声，油杠加压的吱纽声，再加上工友伙伴的鼾息，柴鱼的梦呓，婴儿的夜啼，和莲莲哄孩子的哼哼声，是我在炼狱中不眠之夜的难忘记忆。

湘黔接壤的边远地区，丘陵起伏，地少人多，物产贫瘠，高寒贫困。无论有水的田，无水的地，都挂在高高的山坡上，望山走死牛，劳作的苦累，谋食的艰难，无论哪里的农民，也要比他们轻松些。所以忙了一年下来，能糊口就谢天谢地了。但在三百六十天中，再累的男人们，也有坐在门口，一锅一锅地抽叶子烟的冬闲。连牛也趴在厢屋里，厮伴着猪狗之类，慢慢地咀嚼着稻草过冬。只有女人，从来没有歇口气的时刻，包括承受男人半夜半夜地无穷尽的性折磨。村子里没有任何娱乐节目，天黑了点着灯费油，唯一能做的事，就是这种人类本能的游戏了。这些懒龙们，忙时都不饶过自己老婆，还要偷鸡摸狗，更何况冬闲？可一个劳累得精疲力尽的女人，还得天不亮就爬起来，上山去拣拾桐子呢！

在中国，把老婆称之谓屋里人的，并不仅限于这一带，但这里的屋里人，倒是我走遍天南海北，比较起来最任劳任怨的妇女了。冬季天短，还黑着天，就背篓上山去了，连拣烧柴，顺带把那些早就敛在树下的一堆堆桐子，捎回家来。然后趴在锅灶前吹火，被那湿柴熏得眼泪一把，鼻涕一把地，忙碌一家人全天的饭食。

这种屋里人的称呼，乍听起来，常常使人联想到屋里的柜子箱子，桌子椅子什么的。然而，我发现，越是不被人当人的这些人，也越是善良，越能体谅，而且具有绝不指望回报的同情心。

那时，作为一个被人所不齿的“分子”之类，日子是挺不好过的，任何人都有资格唾你一口。所以，能够在中国这块土地上的最不起眼的角落里，和那些最不起眼的蚁蝼之民，生活在一起。有这些像物件一样无足轻重的“屋里人”，把你当人，当好人。尤其在那些“勇敢者”触及我的灵魂和皮肉之后，在那间黢黑的屋里，她，这个很少有话的莲莲，坐在灶坑后面，想找些什么说的，可又不知说什么好。翠翠在门口拌猪食，也就是那些水浮莲之类，往常她挺麻手利脚的，背冲着我，看不清她的脸，可她一刀一刀下死劲地剁着，我能感受到这个女孩心里想些什么。可是当我转头一瞥，在灶里火光的映照下，莲莲那张当初肯定美丽过的脸上，一串晶莹的泪珠，从脸颊上跌落下来，我顿时体会到这山村女人的心地是多么温馨善良啊！

也许她不愿意让我看到，别过脸去，抹了一把，那张沾上草木灰和尘土的脸，是我这一生中少见，一张最动情的脸。

那对在黑暗里明亮得出奇的眼睛，直到今天，还能极其清晰地回忆起来。因为，她后来被蛇咬伤，不治而死，也是这样不闭的眼睛，始终望着这个从未给过她任何幸福的世界。

柴鱼一直打她妹妹的主意，我不愿意把他想象得那么坏，但做了几天队长以后，良知也逐渐地泯灭了。他说：“没救啦，没救啦！开春出洞的蛇，最毒啦！”他或许不咒她死，但也只有她闭上眼，他才能如愿。

那是一个倒春寒的桐花季节，地上结着薄薄的冰凌。

我从工程队里找来一辆手推车，拉着哭得死去活来的翠翠，送她姐姐到镇上，总得想法抢救。

“没用的啦！”柴鱼也在哭喊着，可总是把手抄在袖笼里，不动弹，干嚎着。

那时，莲莲还能说话，也许她在这个人世界真的感到累了，活下去并不比死更轻松。所以，她抓住我的手，很紧很紧，“不去了，不去了……”可到了镇上，乡村医生看她瞳仁都散了，又是那样缺医少药的地方，只好等着她咽气了。

我头一次看到蛇毒死人那样迅速而又痛苦，直到最后时刻，她张开了眼，什么话也讲不出来了，但我从那对明洁的双眼里，能看到她这时倒很想生存下去，并不甘心那么早离开这个世界了。

她才三十多岁啊！像桐花似的匆匆地凋谢了。

我们又把她从镇上推了回来，在一路盛开的桐花中，那张脸，那不闭的眼睛，那眼角的一粒泪珠，我不知为什么，觉得那些白色的花，好像有灵性似的尾随着这个女人，总也不肯离开似的飘落过来。

后来，我离开了那个山村。

据说，人就是这样的：在一生中，不停地把自己的心一片片撕下来，给爱你的人。所以，一旦生命终结的时刻来临，丧钟在敲响，你会牵挂你的每一片心，而不愿离开尘世。

我在想，会有那么一天，当我回顾一生的时候，那死去的和也许还活着的，给了我很多很多，而我却还得很少的两姐妹，和那漫天飞舞的海洋一般的桐花，我怎么能忘记呢？

又该是桐花季节了，那条女儿河的春汛，肯定会带来最早的花潮。

月　食

一

太行山的早霜，洒在冈峦上，洒在山林里，也洒在那刚收净庄稼的层层梯田中间。伊汝从车窗望出去，这种很像盐池边泛碱的、白花花的肃杀秋色，使人感觉怪不舒服。要不是沿途柿树上挂着红灯似的柿子，和山坳里虽看不见人家，却袅袅上升的炊烟，简直没有一点生气。连在公路旁啮着草根，已经啃不出什么名堂的山羊，也呆呆地、毫无半点表情地注视着开过去的长途汽车。

伊汝有点后悔他这次鲁莽的旅行了，应该事先写封信或者拍封电报。可是，给谁呢？郭大娘也许不在人世了。

现在，当他乘坐的这辆长途汽车，愈来愈接近他要去的目的地，他的后悔也越来越强烈。不该来的，胡闹、任性、冒失。即使是什么实实在在的东西丢了，能够找回来的可能性也是微乎其微的，何况伊汝回到这块老根据地，来寻找那种纯属精神世界的东西呢？甚至当长途汽车到达 S

县城的时候，他也说不好，这种东西究竟是什么？除了那失去的爱情犹可捉摸之外，其他还有些浑沌的东西，他能感觉到，但说不出来。

他站在汽车站门前的广场上，峭厉的山风，带着一股寒意，朝他脖领和袖口里钻进来，山区就是要冷一点，车把式都把老羊皮背心反穿上了。他朝他们走去，想问一问，有没有顺路去莲花池的，把他捎上。然而，伊汝没曾想到的是一阵哄堂大笑。这里的山民(他总是这样称呼这些可爱可敬的根据地乡亲)有他们独特的幽默感，和一种对于苦日子的柔韧的耐力："挣不上你的钱了，老哥，去打上一张八角钱的票，坐那四个轱辘的铁牲口去吧，不误你吃晌午饭。"

伊汝也笑了，最后一次离开S县城的时候，连这汽车站还没有，敢情公路都通到莲花池了，没准还通到羊角垴吧？那个小小的山村，才是他旅行的终点。

不过，当他在售票窗口付那八角钱的时候，心里还是在斗争着的，去呢？还是不去？最后，终于接过车票，打定主意，不再改悔了。尽管他说不清回羊角垴的具体目的是什么？会有个什么样的局面等待着他？能不能寻找到那未免玄虚的东西？但这是一桩宿愿，要不作这一次旅行，大概心里永远要感到欠缺似的。他把汽车票掖好，看看时间尚早，就沿着原来叫作西关，现在叫作四新路的一条狭窄的街道，朝城里走去。不要小瞧这条高低不平的石板路，现在的那些将军们、部长们，当年他们的坐骑蹄铁，或者那老布洒鞋，都曾经在这条路上急匆匆地走过的。S县城的小米捞饭——说实在的，并不十分容易吞咽；当年，他们也是香喷喷地嚼过的。伊汝现在也想吃点东西，虽然肚皮并不饿，但考虑到还要坐几个钟头汽车，到莲花池万一赶不上饭，翻那座主峰到羊角垴，可是得费点力气的。

他蓦地生出一个念头，西关这一带，有个回回馆，羊汤是挺出名的。

一九四七年，他跟弼马温部长(想到这里笑了)头回来到S县城时，毕竟同志拍拍他的肩膀：“伊汝，我作东，请你喝西关的羊汤！”他记得这位部长把一卷羊毛纸印的边区票，拍在饭桌上，震得酱醋瓶子叮当直响：“来，大碗的，多加作料！”在记忆里，那恐怕是伊汝吃的最味美的一顿佳餐了。羊汤是那样的鲜美滋润，那样喷香开胃，那些煮得酥烂的羊杂碎，简直来不及品味，自己抢着爬进喉咙里去。

毕部长有胃病，不敢多吃，而他，吃完了还在舔嘴唇。“小鬼，再给你来一碗！”那对眼睛乐得眯成一条缝，笑得伊汝不好意思。跑堂的一阵风似的端来了，还喊了一声：“小八路同志，请——”他低着头，像风卷残云一样，吃得满脑门子冒热汗。

因此，他决定再去尝试一下这种美味，尽管如今他也生有胃病了，而胃病是汽车司机和修理工的职业病。

在太行山区里，S县作为一个县城，连它自己作为地图上的一小点，都有些害羞的。那些妄自菲薄的山民，这样糟蹋自己的县府所在地，说东关放个屁，西关就得捂鼻子。确实也是如此，伊汝从四新路走到改成兴无路的东关，两个来回，也没找到那家回回馆。他向一个卖烤白薯的打听，那位脸上密密皱纹里，有着永远洗不掉的煤渣的山民，把伊汝看作疯魔，在故意调笑要弄他。

“回回馆？俺是国营买卖，是农工商，是队里的试什么点，那名堂俺虽说不上，反正不是单干，你想买就买，不买拉到，干嘛瞧不起人？”

伊汝明白他误会了，以为拿过去的私营饭馆来嘲笑他，连忙掏出买票找的两毛小票，买了两块烤白薯，这才使他相信外乡人的诚意，叹了一口气说：“回回馆早合并了，跟俺烤炉一样，十多年前就关板了，这不是刚开张搞农工商给队里挣钱么？”听来有点情绪，不过作为一个新闻记者的伊汝，他也是和这位山民一样，时隔若干年后重操旧业。对于“农工商”

这个来自亚德里亚海滨的新名词，竟然能在S县城一位烤白薯的老乡嘴里吐出来，使他感到兴奋。新鲜的事物仿佛初秋早晨和煦的阳光，并不因为这个偏僻的、自惭形秽的小县城而躲到云层里去，不，照样明亮温暖地投射过来。他思忖着，休要小看这座烤炉，焉知不会是若干年后联合企业的前身呢？他捧着滚烫的烤白薯离开了。身后，这位山民用沙哑苍劲的声音叫卖着："热的，糖瓤赛蜜！"也许歇业太久了，嗓子还没亮开，有点干涩。伊汝联想到自己的职业，想到又要提起笔来，没准也许会如此，大概不能有五十年代那份才思了吧？

他上了汽车，听那汽车引擎在力竭声嘶地哼哧着。

这辆老道奇改装的长途汽车，伊汝一眼就看出来了。这部汽车上年岁了，又是爬坡，伊汝无需目测，就凭自己坐着时的仰角度，坡度不会小于千分之二十，够这位开车的女司机忙活的。这部老爷车像得了气管炎似的，时不时干咳两声。他知道，准是缸体有点什么故障；再说，化油器也不怎么干净了。不过，这个二十多岁的女司机，倒是有股生龙活虎的劲头，那短扑扑的头发，那裹在脖子上的羊肚毛巾，那被太阳和汗水渍得褪了色的花布褂子，使他想起什么，又睁开眼定睛看她的背影。她没有那种职业女司机戴着墨镜洒脱高傲的神态，更多的像一个农村姑娘；也许刚拿到一张拖拉机的驾驶执照，看她那架势，也好像开"东方红"或者"铁牛55"似的。但是她那密实的，一剪子铰不透的黑发，她那宽阔的骨架，那圆润丰满的肩膀，使他想起了一个在脑海里从未淡薄过的影子，那是他记忆里最美的一页，也是他觉得在这个世界上活下去，是多么有意义的羊角垴的妞妞啊！

伊汝是为她来的么？也许是，但不完全是，那确实是他心头一笔沉重的负担。现在，他总算明确了这次风尘仆仆的旅行，要寻找的那些失去的东西里面，就有一个羊角垴的妞妞。这时，车窗外，莲花池的主峰，像记忆里那个文静深情的山村少女，拂去了云翳，投进了眼帘。如同那天正式接到组织的通知，重新回到党的怀抱里一样，看到这座主峰，他觉得到了家似的。但谁知相隔二十二年以后，妞妞她会是一个什么样的处境呢？然而，伊汝是那种特别重感情的人——这是他的致命伤呵！要是不去感激这个救过他命、给过他真正爱情的妞妞，那就不是他伊汝了。也许，这会给她带来难堪、带来烦恼，妞妞肯定是一位儿女成行的妈妈了；这是他一路上感到后悔的、责备自己冒失唐突的地方。但是那莲花池的主峰在朝他招手，他认为自己回来对了，不仅仅有妞妞，还有把他当亲儿子掩护过的郭大娘，还有羊角堖那些看着他这个小八路长大的乡亲们。是的，爱是多种多样的，有妞妞的爱，有郭大娘的爱，也有人民群众对于八路军、共产党的爱。他就是为了寻找那些失去的爱才回来的。他又来到跟着那位弼马温部长在这儿打游击、搞土改、建政权的羊角堖来了。

"妞妞，你还记得那个背马枪的小八路吗？"

他在心里问着，长途汽车哼哼唧唧地、催人欲睡地朝莲花池公社爬上去。

二

伊汝自己也想不到会有这么一天，从柴达木回到这座城市里来。

他站在那座久违了的灰色建筑物前面，望了一眼由于城市大气污染颜色变得更灰的大楼，快步走上台阶，隔了二十二年，又一次推开那扇玻璃门。他还是当年走出这扇门时的老样子，头发乱蓬蓬的，衣衫不那么整洁，但玻璃门映出一对亲切善良的眼睛、那讨人喜欢的光芒，在柴达木，甚至语言不通的藏胞也都肯在火塘旁边给他腾个座。他微笑着，打量着楼里的每一个人，显然想找几张熟悉的面孔。他推开几扇门，遗憾，除了那种仿佛冰镇过的声音“你找谁”之外，就是一对对白多黑少的眼睛。

他上楼，到他原来的编辑室，没有叫他扑空，果然发现几张熟面孔。伊汝也纳闷，难道身上带有隐身草？一个大活人站在门口，竟谁都不理会。只有他早先坐过的办公桌上，现在坐着的女同志，在惊愕地瞧着。那进口金架眼镜，几乎遮住她脸部的三分之一，他辨别不出来是谁，但那打量人的神气，叫他惶惑不安，不禁要喊出声来：不对！同志们。五十年代毕部长大声疾呼过：“报社弄成衙门，就听不到人民的声音啦！对待群众，应该像在老区那样，一个炕头滚着，亲密无间……”伊汝望着这位张着嘴唇像英语字母“O”似的女性，心里想：“干嘛那样使劲瞪着，同志，我不会吃你的，也不会偷你的钱包！”

人们总是存在着一种世俗的偏见，认为既然是个落魄的人嘛，必然是狼狈的，但想不到却是一个几乎原封不动的伊汝站在眼前。连第四纪冰川都在黄山留下擦痕，好像漫长的二十年，却不曾在他身上留下什么痕迹似的。所以大家一时怔住了，尤其那位女同志。

“伊汝，是你！”终于有人激动地叫出声来。

“不错，是我，‘冰冻三尺’！”

许多人笑了，对于“冰冻三尺”这个外号，不仅老同事，甚至没见过他的人也听说过。据说——干嘛据说，实际也是如此，伊汝十六七岁，个子还不及马枪高的时候，就在边区的《晋察冀日报》上发表战地通讯。五十年代，他是报社的台柱子。那些年，他的足迹遍及全国，第一个五年计划的重点项目，国家工业建设头一批新兴企业，都被他那支流泻出热情的金星钢笔，鼓动人心地描写过。甚至还去过朝鲜，和世界著名的战地记者贝却敌一起，采访过板门店的和平谈判。所以那些年轻的同行，不由得怀着些好感、惋惜和同情，甚至在某种程度上，带有一点敬意瞅着他。

这个在藏族、蒙古族、哈萨克族的毡房或帐篷里，都能讨得一碗马奶和油茶的伊汝，是个能很快和陌生人熟悉和亲切起来的"职业记者"，一个挨一个和那些虽不认识，却是充满友情的新朋友紧紧地握手。他也走到那张靠窗的桌子前面，还未伸出手去，那个女同志站了起来，把苗条娟秀的身子迎着他，她摘掉铬黄色眼镜，露出了一张熟悉的漂亮面孔。

"凌淞——"

她没有开口，只是嫣然一笑，这种亲切的笑容，表明了他们是相当稔熟的，无须用语言来表达见面时的热情。他记得，二十多年前，正是诗人常说的青春放光的年代，每当替她润饰完文稿以后；什么润饰啊，简直是大段大段另起炉灶地改写，而终于发稿、终于见报，她总是这样笑的。然后，她还会毫无顾忌地俯在他耳边告诉他报社的内部新闻，她那秀发撩弄着他，她那银铃似的声音惊扰着他，她那浓馥的香水气息刺激着他。曾经使他困惑，可又躲不开，因为她是他最要好朋友的妻子，而她的丈夫却那样信赖他。然后她像所有爱出风头的女性一样，喜欢做一个知名的女记者，所以伊汝连自己也奇怪："怎么我身上也有她那么一股素馨花的香味？"

看来凌淞在编辑部众多女性中间是穿戴得最高级、最阔绰的，但是摘掉眼镜以后，逝去的年华在她脸上留下了掩饰不住的鱼尾纹。不过，她很懂得修饰，合身的衣衫又增添几分神采，比她年龄要显得年轻多了，尤其是莞尔一笑的时候。

整个办公室里的同事，包括认识的和不认识的，谁不知道凌淞一九五七年在丈夫死后和伊汝的那段往事呢？这类事情是不胫而走的，而且像报纸合订本似的，不论隔多久，只要一翻，哪年哪月哪桩事，历历在目，但伊汝才不去想那些；有些值得永远记忆，有些应该彻底忘却。他没有必要陷入这样的困境。握了握她的手，客气地："你好——"

她还是喜吟吟地一笑，在这种时候，她那表情真是无言胜似有言。不过伊汝却回过头问大伙："毕竟同志在哪屋办公呢？"

对于这位齐天大圣的去向，众说纷纭，因为好几天没见这位眼睛高兴得眯成一条缝的领导了。近来报纸在群众中信誉日见高涨，零售数量增多和非公费订户扩大是一种"盖洛普"反应，很说明问题，也许又去组织几篇有分量的文章去了？最后，还是凌淞知道内情："我听何大姐讲，毕部长好像去什么地方了！"然后，她抬起胳膊，用手拢拢那式样做得相当考究的发型，问道："你认识他们家吗？新搬了，可不好找！正巧，我这篇稿子完工——"她把一篇补白性的有关月食的科学知识稿件交给了组长。伊汝想，大概最近会有一次月食。不过，隔了这么多年，凌淞还只是搞这种应景文章，看来长进不大，大概把力气全花在卷头发上面了。她那明亮的眸子盯着伊汝，鼻翅微微颤动，那微张的嘴唇里，明灿灿的皓齿带着笑意，显然有一句没有明说的话："你应该请我陪你去！"聪明、漂亮的女性，喜欢用眼睛说话。

"谢谢，告诉我地址吧！别看我是柴达木人，在这里，方向绝不会弄错，路也一定能找到。"伊汝出报社以后觉得这样说完全必要，因为有些是属于应该彻底忘却的东西。

城市大致倒还是原来的样子，只是街上的人没命的多了，对生活在柴达木二十多年的伊汝来说，在那个辽阔的荒原里，甚至走上几十里，也难得碰上一个人，哪怕是远远的一声狗叫，也会觉得亲切异常的。现在一下子落在密密麻麻的人堆里，他有一种仿佛跌进了盐湖似的沉不下去，又浮不上来的憋闷。

一直到何大姐给他打开门，他才如释重负的透了口气，这位性格泼辣的老大姐头发都白花花的了。

她问:“你没接到老毕电报,叫你买飞机票快些来?”

“买了,后来又退了。一位叫旺堆的藏族老大爷说,牦牛没有马快,一步一步也能走到拉萨。可小伙子,好多骑手都是从马背上滚下来的。我想想倒是有些哲理——”说着说着伊汝自己也乐了。

“出息,我记得你当年最不怕死,哪儿枪响往哪钻。”

“我已经欠了二十多年的账,剩下的日子就得一个钱当两个花。怕死和珍惜生命的价值,是不同的事。部长呢?”

“他等你几天,看你不来,一个人走了。”

“去哪?”他发觉毕竟同志还是那副不肯安静的脾气。

“谁晓得,老啦老啦,弼马温的劲头倒上来了。”

伊汝理解这位老领导:“人民的声音在吸引着他。”

“谁知道,许是找寻什么东西吧?也不知丢了什么?老头子现在恨不能一腔子血都倒出来。看,忙得连胃病药都忘带,一去没个影子。”随后她问,“去报社了吗?”

伊汝嗯了一声,望着这间除了书、除了几张字画外空空如也的屋子,还和多少年前一样,这是毕部长的老作风。

“看到她了吗?”何茹关切地注视着这个不亚于一个家庭成员的伊汝,这种友谊来自战火纷飞的年代,所以她以老大姐的口吻说:“凌凇和你一样,也走了一段弯路。生活,有时就像环行路似的,绕了一个圈子,又碰上了头。怎么样,你?”

“我揿揿喇叭,这是司机的礼貌,然后错车开过去。”

“混账——”何茹半点也不客气地训着,尽管刚见面不超过五分钟。

伊汝笑了,大概每个人对他人的关注方式,是全不会相同的。他想,要是那位弼马温部长迎接他时,准是一身烽火,满脸硝烟地招呼:“回来了吗?好,给你这支枪,再给你两个手榴弹,上!”倘若郭大娘接待他,一定是亲切地捉住他的手:“受伤了吗？孩子，疼不疼？别怕，大娘这就给你换药，放心吧，回到你的家来了。”可是何茹，使他想起那位旺堆的妻子，一位经常给他背牛粪来的，世界上再没有比她更心好的藏族老阿妈了。她问:“伊汝，你打算终身做一个喇嘛吗?”看来，何茹首先关心的，是不让他当喇嘛。

她就是那样一个人，像所有妻子似的，总要对丈夫施加一定影响，所以使得毕部长通常一个跟头，顶多翻十万七千里。唉，月亮还有被云彩遮住的时候，对了，何况还有月食呢？他不禁想起郭大娘讲的天狗吃月亮的故事，也许在那个时候，萌出了回羊角垴的主意吧？

但是，微笑着的凌淞轻盈地走来了，穿着白色的紧身羊绒衫，越发显出她那窈窕的体态优美动人，高领裹住她那纤细的脖子，脖子上是一张沾着朝露的花朵般的脸庞，这张脸朝他逼近着，躲也躲不开，冰凉地贴过来了。他连忙晃了晃头，惊醒了，原来不知什么时候在哼唧的车声里打开瞌睡，把脸贴在车窗玻璃上了。

一个可笑的梦，然而也不完全是梦，梦在一定程度上是现实的反映。他问自己:难道不是这样吗?

老爷车大约早就在这个前不把村、后不把店的路上抛锚了，有的乘客爬到路旁梯田的高坎上吧嗒着烟锅，瞧着远天，似乎在说:“姑娘，你慢慢鼓捣着吧，我们不性急的。一头骡子有时还尥蹶子呢，何况车!”也有的乘客围着那位女司机看热闹。她正蹲在车头上，打开盖板在寻找故障发生在什么地方。那应该说是秀丽的脸上，又是油污，又是汗水。她又抬起脸朝车内喊着:“妈，你再踩一下!”

伊汝发现，原来在车厢里，除了他，就只有一位坐在驾驶座上的妇女，短发、宽肩膀，和她女儿一样。可能一脚踩错在刹车上了，那司机像豹子似的蹦起，吼着她妈:“轰油门——”但是老道奇像一头疲懒的牲口，哼了两声，又没有动静了，急得那年轻姑娘恨不能钻进车头里去。伊汝有点同情她，这台应该报废的车，像病入膏肓的患者，再高明的医生也束手无策。教过他修车的师傅曾经教导过他：有本事别往老爷车上使。那意思是说弄不好会丢脸的。伊汝赶路要紧，也就无所谓面子，决定下车去帮帮忙；再说，在柴达木二十年围着轱辘转，有天天躺在地沟里脸朝上修车的经验，也未必会丢丑的。他刚下车，那一串送煤进城，然后拉化肥回来的大车队，正从他面前经过，车把式还记得他这个打听路的外乡人，笑着："老哥，俺们没说错吧，不会误了你晌午饭的，哈哈……"一挂响亮的鞭梢，扬起一路尘土，蹄声嘚嘚地走了。

难道不是这样么？太阳都当顶了。

"心心，你还有个完没有完？"那位妇女沉不住气了。

女司机抬起头："妈，人家不急，就你急！"

那个妇女从司机座侧门爬下去："他们不急，他们等着，我还要翻山赶路呢！"看来，她是说什么也不耐烦等车修好了。伊汝一惊，这声音怎么听来这样耳熟呢？

"妈——"女儿责备地叫了一声存心拆台的妈妈。

"心心，你慢慢修吧！我走了！"她急匆匆地说着走开。

伊汝多么希望她把脸掉过来，然而她仿佛故意把背冲着他，而且半刻也不肯多停留地离开了。等到他走到车头前面，那个妇女已经迈着碎碎的步子，走出好远，留给他一个似曾相识的背影。

这时候，可怜的老道奇像胸部有积水的病人，哮喘着响动起来。心心胜利地挺直腰板，举起梅花扳手向她走远了的母亲示威地挥舞，然后赔不是地招呼乡亲们上车。山民们的耐性与容忍也着实让伊汝惊奇，谁都不曾埋怨，反倒安慰着："俺们不像你妈那样沉不住气，这回该保险了吧？"但伊汝明白，行家似的提醒道："走不多远的，还得熄火！"

心心瞪圆了眼睛:“咦,你这个人,吉利话都不会说,不上车我可开走啦!”她跳上驾驶座,向他龇龇鼻子。

他笑笑:“请吧!”扬起手。

果然,没走几步,老道奇又耷拉脑袋了。心心跳下车,笑着跑过来:“你这个人哪,真藏奸,存心看我的笑话,你大概是汽车公司派来监视我们这个农工商的吧?”

哦?又是这个来自亚德里亚海滨的新名词,伊汝乐了。后来他才知道确实是拖拉机站经营的短途运输,为的是把乡亲们从肩挑背驮的沉重负担下解放出来。抗日战争时期,伊汝背过公粮,知道那步步登高的山路是个什么滋味。真是一颗汗珠摔八瓣,每一步都得付出巨大的毅力啊!这个女孩子的赤诚坦率的态度,以及对待他那亲切的笑声里,存在着一股不可抗拒的魅力,于是只好被她拉着拽着,来到车头跟前。不过,他到底是个二十年工龄的修理工了,有点老师傅派头了,坐在前车杠上,并不着急马上动手,而是掏出了那两块烤白薯,一块留给自己,一块递给了心心:“来,先吃一点,干起来有劲!”

她一点也不客气,接到手里就啃了一大口,还没咽下就嚷嚷着:“糖瓤赛蜜,俺们羊角垴的——”

通常她说“我”、“我们”,这回冒出个“俺们”,伊汝惊讶地望着她:“你是那个小山村的人?”

她吃得太猛,噎住了,说不出话,只好点了点头。

“那么你妈也是羊角垴的了?”

她哈哈大笑,觉得这实在是个相当可乐的问题。然后,她告诉这位外乡人:“就连这糖瓤赛蜜,也是我妈培育出来的新品种。你知道,在羊角垴,管这种蜜甜蜜甜的白薯叫什么?‘妞妞’,我妈的名字!”

天哪!伊汝怔住了,他连忙朝那个走远了的妞妞望去,她已经走到半山腰了，只能看到一个小小的人影，可是看得出来，她还在一步一步地吃力艰难地攀着。伊汝猛地转回头来，呆呆地凝望着心心，不由得想："她都有这样大的女儿了，怪不得她总背冲着我，怪不得她急急忙忙离开我……"

他咬了一口白薯，确实非常非常的甜，然后，再甜的滋味，也压不住他后悔的心情。不该来的，是的，何苦再去扰乱她的平静呢？

三

窗外，月色溶溶，树影婆娑，伊汝在公社的招待所里，怎么也合不住眼了，也不知是妞妞和她那招人喜爱的女儿心心，引起了他的惆怅；还是终于得知像他母亲似的郭大娘离开人世的消息，无论如何也压抑不住心头的哀思；或者，隔壁房间里那位客人的鼾声，使他想起了毕部长，一个真正的布尔什维克多年的遭遇，使得他毫无一丝睡意。要是过去年代里，那还用得着说吗？这样朗朗的月色，肯定会爬起来穿上衣服翻过主峰回羊角垴的。把子弹顶上膛，跟着毕部长大步流星，一口气不歇地直上峰顶。在那莲花瓣似的泉水池里，喝上几口清甜的凉水，消消汗，接着直奔羊角垴而去。一路上，敞开衣襟，任习习凉风吹拂着，毕竟的话就多了起来，什么保尔和冬妮娅的爱情啊，什么克里空是哪出戏的人物啊，为什么说阿Q是中国农民的灵魂啊……这种轻松情绪是完全可以理解的，因为马上就要到家了，郭大娘在等着，妞妞在等着，何况还有那枣儿酒呢！啊，那简直是诱人的佳酿香醪，往心眼里甜，往骨头里醉。然后，听吧，毕部长那如雷的鼾声，就会在炕头上响起。

伊汝失眠了，隔壁的鼾声更扰得他无法入睡，但是，他想，比起弼马温部长的呼噜，要略逊一筹了。最早他跟毕竟来羊角垴开辟工作，那时，他实实在在不比儿童团长大多少。记得只要雷鸣似的鼾声一起，那屋里的纺车就会嗡嗡地响起来。妞妞，那阵子还是个梳着羊角辫的妞妞，她笑着说："毕部长，你的呼噜真好，俺娘见天多纺几两线呢！"

"多嘴丫头！"慈祥的郭大娘笑了。

毕竟乐了，眼睛眯起来："大娘，你就包涵着点听吧，在延安，我都找那些外国医生看过，不行，胎里带的毛病治不了，你就等打败日本鬼子吧！"

"怎么？"妞妞问，"那时就不打呼噜啦！"

他戳着她的鼻子："就喝不成枣儿酒，离开羊角垴啦！"

郭大娘说了一句伊汝在以后才觉得大有深意的话："只怕到了那一天，想听也听不到了。"

"确实也是这样的……"伊汝记得一九五七年一次支部生活会上，就从这呼噜开头讲起来的，"现在，甭说郭大娘再听不到毕部长的雷鸣鼾声，就连我，给他当了那么多年秘书的人，那鼾声对我来讲，也像河外星系发出的脉冲信号一样，要用射电天文望远镜才能接收到了。他太忙了，会议会议会议，运动运动运动，剩下一点点时间，何茹同志还要他干这干那，要他穿拷花呢大衣，要他学跳华尔兹，就是不替他想想社论怎么写？四版上那篇捅了马蜂窝的小品文怎么收拾？所以这回郭大娘从羊角垴来看看他，连坐稳下来和大娘谈五分钟的时间都挤不出来，而且把大娘好不容易带来的四瓶枣酒、柿饼、核桃，连同大娘一块交给了我，唉，冰冻三尺，非一日之寒啊……"

他终究是跟毕竟多年的人，"为长者讳"这点品格还是具有的，伊汝并不曾讲毕部长怎么特别为难地，掏出一把十块钱的票子，塞到伊汝手里时的情景："你把郭大娘接到你那儿去住吧，你也抽出十天八天时间陪陪她，编辑部我告诉一声就行了。她想吃什么，想要什么，你尽量满足她。没办法，何茹怎么也不大乐意郭大娘住在家里。这酒你拿去喝吧，现在夫人有了新规定，非要在巴拿马博览会得奖的酒才许可喝。”

伊汝想象得出那个泼辣的何茹，会怎么样向毕部长施加压力，他推回那把钞票：“我也不是没有钱！”

毕竟叹了口气：“分明我也知道，那也未必能减轻我的不安。”接着他愤慨地说：“我们能打败鬼子，打败敌人，可对小市民庸俗意识无能为力。”

“怕未必全是客观因素吧？”伊汝同情地望着毕竟，倒不是他比他的老领导高明。那时，他也正面临着一场情感危机，那个新寡的凌淞，正如一棵能缠死老树的古藤一样，紧紧地依附着他，硬逼着他在她和羊角垴的妞妞之间作出抉择，所以伊汝才会有这种感慨吧？

那到底是解放后第三次看望毕部长了，郭大娘是完全能够体谅他的了。她随着伊汝来到报社后楼的单身宿舍，一边爬那五层楼，一边说：“我知道，伊汝，如今老毕是大干部了，进来出去的全是屁股后头冒烟的，我一个穷山沟的老婶子，在那明堂瓦舍的四合院里住着，是有点不适称。”其实，伊汝知道，如果四合院里没有部长那位娇妻，毕竟养郭大娘一辈子，也决不会多嫌她的。然而回想起来，解放后她头一次进城来，就把何茹给得罪了。她首先错认保姆是何茹的母亲，一把拉住就不放，夸赞她生下了这个漂亮姑娘——还用手指着何茹，怎样有眼力，挑上了毕部长这么个好样的；他除了打呼噜而外，再没比他好的了。打呼噜有什么呢？多听听就惯了。老毕进城这些年，晚上纺线听不到那呼噜还怪空的慌呢！这终究是个误会，何茹性格也是爽朗的，哈哈一笑了之。但郭大娘这位军烈属，这位子弟兵的母亲，还以为这些人是当年住在羊角垴的八路军，紧跟着竟摇着头端详着何茹：“你年纪轻轻，能吃能做，怎么还雇个老妈子呢？”又扭过脸来直截了当地批评毕竟：“这可不是咱们八路军行得出来的事!”这下惹恼了何茹,她是个说酸脸就酸脸的女人。伊汝记得,毕部长嘿嘿一笑的时候,何茹的脸起码长了一寸。第二次进城,是一九五四年,伊汝记得那正是国泰民安的年头,郭大娘背来了几乎整整一驮子东西:小米、红枣、山药、地瓜干、枣儿酒、摊好的煎饼、煮熟的染成红色的鸡蛋,羊角垴所有能拿得上台面的东西,都搬进毕部长的四合院。因为郭大娘甚至比终于生了个大胖小子的何茹还要高兴,也许她的老伴、儿子都牺牲在革命战争中的缘故,对于那裹在襁褓中的新生命,又是爱、又是亲,乖乖长、乖乖短地搂着,就像她当年疼爱着伊汝这个小八路似的。伊汝看到何茹的脸上,出现了一种恐怖的灰色。他知道,甚至像他这样被何茹看作小老弟的,不怎么见外的人,一进四合院,都恨不能跳进消毒水的大缸——如果有的话,杀死浑身的细菌,以免传染给那可爱的小宝宝。好,这位来自羊角垴,有大脖子病、柳拐子病等病例的穷山沟的老大娘,这还得了,她叫着大嫂——那老保姆早辞退了。“快抱去喂第二遍奶!”

大嫂看看钟:“还差十五分钟呢!”

“今天提前,四分之三的奶、四分之一的水、十五克糖、一西西蜂蜜——”

郭大娘有生以来还是头一回听说奶个孩子,有这么复杂的学问。不过这些量度名词,使她想起来什么,连忙回过头去:“咦,妞妞呢?”

伊汝一头跳到天井里,心想:敢情,都够一头毛驴驮的土特产了,大娘是弄不动的,原来是她!这时,那个腼腆而并不忸怩,短发宽肩膀的妞妞,正站在花坛旁边,注视着那一丛正盛开的浅蓝颜色的花。花坛里有着各种花,粉的、红的、黄的、白的,只有这一丛与众不同的花特别引人注目,引起了妞妞的关切。也许她在这个城市里,在这个庭院里,感到自己很像这种蓝色的花,有些不大合群吧?

那一回住的时间很短，主要是妞妞惦念着她的种子，夏秋之际，正是扬花授粉、含苞结穗的关键时刻，无论如何也不肯多待。尽管只是住了几天，何茹的脸一天长似一天，就在她俩回羊角垴去以后，何茹朝她丈夫总爆发了。正好伊汝来问一篇稿子的事，赶上了这场兴师问罪的暴风雨。一个使敌人闻风丧胆的游击队长，一个口若悬河的宣传部长，一个堂堂大报的主编，对于夫人一点办法也没有，除了唉声叹气。何茹连这个小老弟也不放过："听说，你还打算娶那个呆头呆脑的姑娘？"

"她呆吗？何大姐！"

"你都是小有名气的记者了，这样的爱人，拿得出手吗？"她不顾毕竟的阻拦，"我偏说，我偏说，你管得着么？"

伊汝竭力使这场暴风雨停歇，还等着发稿呢！便笑着问："何大姐，怎么拿不出手？我问你，你们院里花坛上那种蓝颜色的花，叫什么名字？"

不但她，连学贯中外古今的毕部长也说不出来。

伊汝为妞妞自豪："你们看，她知道。"

何茹负气地说："你愿意娶她，我不管，反正我不愿找个婆婆——"因为郭大娘出于一种好意，一种极纯朴的山沟里老妈妈的好意，曾向何茹建议过：一个孩子怎么能不吃妈的奶呢？也不是没有奶水；正因为做母亲的血变成了奶，把孩子喂大了，才叫一声娘的："要是照你们这么做，那不是奶牛要成了人的干妈了吗？"哪曾想这番话把何茹气了个两眼发黑。

直到她们走的前一天，伊汝才抽出时间陪妞扭去逛这个城市。不过，她一定要去报上登载过的，那个新建的植树园去。但那是个不开放游览的科研单位，只好凭着记者证左说右说才进去。羊角垴是个贫瘠的山区，无霜期要短一些，妞妞从来也没见过那暖房里亚热带植物浓翠欲滴的绿色，她那文静的脸上，露出了惊诧的神色。她告诉伊汝："我长这么大，还是头一回见到蓝颜色的花！”

“在哪儿?”伊汝连忙四处寻找。

她甜甜地一笑：“是在毕部长家院子里，你知道那种花叫个什么名字吗？啊，还是个记者哪！连那都不明白，我从大辞典上把它找到了，你猜叫什么？一个怪好听的名字！”

伊汝望着她那恬静的脸，等待着。

“毋忘我！”她轻轻地吐出了这三个字。

“哦！你是怕我把你忘了，妞妞！”

她在那结着相思子的南国红豆树下，笑着，然而是深情的，像过去在莲花池主峰上的清泉水边一样：“如今你是大人物了，我常常在报纸上念到你的名字！”

“可是你知道吗？妞妞，我常常在心里念着你的名字！”

但一九五七年那次只是郭大娘一个人来的。因为在这之前，她得了一场重病，差点没到阴间去同她那牺牲的老伴、儿子团聚。也许意识到在世的日子不多了，把积攒下的二百多元抚恤费，买了口棺材。然后，就剩下一桩心思，把伊汝和妞妞这两个孤儿的婚事了掉，这眼睛大概也就可以闭得上了。伊汝的父母都是烈士，是红军东渡黄河时牺牲的。而妞妞的爹妈则是羊角垴附近，靠挖煤为生的穷汉。所以她有一副能干活的宽肩膀。那种小煤窑瓦斯含量相当高，两口子不幸双双熏死在峒里。郭大娘刚送走参军的儿子，回来路上，看见妞妞里一半外一半躺在峒口，已经快要死了，这才抱了回来，成了她的异姓闺女。所以第三次来搬到五层楼上伊汝的单身宿舍住，倒对她的心思。

她又像当年子弟兵在羊角垴住的时候那样，把那些编辑、记者、美术员、摄影师、校对员、译电员……的被窝褥子，枕巾褂裤，一个房间挨着一个房间，该拆的拆，该洗的洗，该补的补，忙得个不亦乐乎。无论谁把臭袜子藏掖到什么地方，她都能找出来洗干净给补整齐——那时没有尼龙袜，补袜子是单身汉的一大愁事。然后再赏给你一顿臭骂："真出息，你们这些识文断字的，还不如我们家老黑！"

有人去请教伊汝："大娘家的老黑是谁？"

"哦！那是她家喂的一条黑老母猪！"整个单身宿舍爆发出一阵大笑。郭大娘望着这些年轻人，似乎又回到烽火弥漫的年代，只是如今年轻人都不大唱歌了，这使她遗憾。那时，八路军走到哪村，唱到哪村，都能把人心里唱出一团火来。好多人怎么参加革命的？都是被八路军的歌子唱去的。于是她恳求伊汝："你跟大伙一块儿唱个'风在吼'吧！多少年也听不着了。"好在大家都会的，又是这样一个革命母亲的请求，就兴高采烈地分部轮唱起来，唱着唱着，年轻人注意到这位妈妈的脸上，是笑着的，但是止不住的眼泪，却在那张笑脸上簌簌地跌落下来。可是谁也没有注意到，站在门口的毕竟，也悄悄地抬起手，拂去脸颊上滚烫的泪珠。

大伙发现总编辑出现在这灯光黝黑的走廊里，至少是破天荒的事。人们笑笑，离开了伊汝的房间。毕竟看得出，这种笑是谨慎的，敷衍的，是一种对付上司的笑。当屋里只剩下他们三个人的时候，他叹了口气，对伊汝说："上回你说得对，不完全是客观，应该从主观上找原因，难道我们身上不正是丢掉了一些可宝贵的东西吗？"

"你指的是什么呢？毕部长！"

"有酒吗？"他望着桌上伊汝给郭大娘买来的扒鸡，油嫩光亮，不觉嘴里有些涎水了。

"我这儿可没有巴拿马赛会获奖的名酒！"

郭大娘又像在羊角垴的家里，望着他们吃小米捞饭时的样儿，看他们就着鸡腿，喝着枣酒，谈论着她有时听懂、有时听不明白的一些题目。

什么传统啊！作风啊！什么和人民的血肉联系啦！一会儿又冒出个斯大林和安泰；斯大林，郭大娘是知道的，在电影里都看过那个叼烟锅的人，可安泰呢？她想，没准是个老干部了，能见到那样大的外国人，恐怕未必吃过S县的小米捞饭了。

“大娘，生我的气了吧？”毕部长眼睛又眯起来了，这份高兴，不是来自枣酒、也不是来自扒鸡，而是他像一名实习医生那样，终于找到了患者的病因。发烧是表面现象，而病毒感染才是肌体受到损坏的内在因素，“你骂我一顿吧，老坐小轿车，不接地气，就不容易听到人民的声音，就昏昏然，大概总有三十八度五了吧？”

郭大娘不完全明白他的话，但那总的意思分明是领会了：“一家人能不有个长长短短的吗？只要不生分，那总还是嫡亲骨肉。”

“人民总是原谅我们！”这位老布尔什维克捶着自己的脑袋。

在支部生活会上，伊汝继续发挥着他的观点：“……说实在的，进城以后，我们心里还有多少地盘留给根据地的乡亲，留给群众，留给人民呢？慢慢地就把那些用小米养我们的，用小车推我们的，用担架抬我们的，把我们认作儿子、认作丈夫掩护过的老百姓忘了。而我们党正是靠这些老百姓打败了敌人，夺取了胜利，所以党章、党纲千叮咛，万嘱咐，要密切联系群众。因此我想，要丢掉了这个优良传统，会不会有那么一天，人民群众要唾弃我们？危险啊，同志们，我在给自己敲警钟。有一种花，是蓝颜色的，叫做毋忘我，每当我看到这种花的时候，我就觉得那朵蓝色的花好像在问我：你把我忘记了吗？是的——”他望着斜坐在对面的凌淞，她那时刚解决了组织问题，也许是党的生活会，她觉得没有必要搞服装展览，穿得像中学女生那样朴素，胸前别着一朵小白花，表示她深切怀念那死去的爱人。他心里笑了笑，接着说：“有时也会迷茫、也会糊涂的。”直到下班铃响，会议结束时，大家收拾东西乱糟糟的情况下，她突然塞过来一张纸条:“不反对吧?我来看看大娘!”

凌淞推开玻璃门下台阶时,还回过头来瞟他一眼,似乎在问:“欢迎我吗?”伊汝只好摊开双手,表示出“请便”的意思。原来她爱人活着,或者在医院里躺着的时候,她和伊汝确实有些不拘形迹,那份亲昵,那种接近,使得伊汝真有些吃不消。后来她爱人已经无望,而生命的残灯只剩下一丝光焰,却又不肯轻易撒手而去的几个月里,因为他和他都是毕竟的秘书,又是知己的朋友,所以那一阵子,他和凌淞交替守候这位奄奄一息的人。她不止一次向他哭诉:“他受罪,我更受罪啊!”

“你不应该催他死嘛!”伊汝觉得她的感情是不可理解的。

他注意到她看她丈夫时,那美丽的眼睛是冰冷冰冷的,而一旦转向他,那明亮的眸子又闪烁着热烈的火花。也许她喜欢修饰,直到她爱人咽气那天,她那头发一丝都不乱。

当她成了未亡人以后,就开始注意和伊汝保持一定距离了。然而伊汝何尝轻松些,那总在捕捉他的眼光,使他觉得自己很像一头被猎人追逐的猎物,不论逃跑到哪里,那双魅人的充满诱惑力的眼睛,仿佛黑洞洞的枪口一样,总瞄准着他。

终于她那高跟鞋噔噔地走到单身宿舍的门前,而且向所有五层楼上的单身汉居民们打招呼,伊汝这才感到被动,这无疑是一种宣传攻势,在造舆论,弄得满楼轰动以后,她才推门进来。那分对郭大娘的热情、亲切、礼貌、真诚,别说羊角垴的这位军烈属,就连被撂在一边的伊汝,也至少半信半疑看待她的来访。他的致命伤是重感情,而重感情的人,往往容易轻信。直到说了好一阵子话,郭大娘也从“同志”的称呼发展到“闺女长、闺女短”的时候,凌淞突然想起:“瞧我这记性,大娘你爱看苦戏吗?我这还有一张《秦香莲》的戏票,你快去看吧!”伊汝这时开始嗅出一丝阴谋的气味。

一听说苦戏，一听说包公铡陈世美，又是这知疼知热的好闺女特地想着，那还犹豫什么。凌淞还给她多塞两块手绢，好在剧场里擦眼泪，叫辆三轮车给送走了。

她重新回到房间里，伊汝这才发现站在他面前的，是一个真正的美人。白色羊绒衫在脱去外套以后露了出来，裹住她那浑圆的肩膀，丰满的胸部，和柔软的腰肢，那两只水汪汪的大眼睛，盯着他："伊汝，你下午讲，有一种花叫毋忘我，你看我像不像？"

他摇摇头。

"那么你的毋忘我，该是刚才大娘讲的妞妞了，不过，你比较一下，我美，还是她美？我好，还是她好？"

伊汝不习惯这种咄咄逼人的进攻："凌淞，也许你比妞妞美一千倍，好一万倍，但是价值观念在爱情上是不存在的。好啦！凌淞，我尊敬你，也感激你，我们会做一个很好的朋友，而且你也一定会寻找到你的幸福！"

"不，我只爱你，这是命中注定的，即使他不死，我也要离婚嫁给你的。没有办法，我第一眼见你，你从朝鲜前线回来，那罗曼谛克的样子，就把我吸引住了。以后，你帮我改了多少篇稿子，每一次都在心里留下一个烙印。起先我还过意不去，后来，我坦然了，有什么值得说一声谢呢？你在给你未来的妻子效力，因为我早晚要属于你的。我早就觉得他是骷髅，而你才是人。我爱你，爱是残酷的，没有办法，我知道我对不起那个妞妞。但是你是我的，今天我到你房间，也是向所有人宣告，我是你的。如果你不反对，明天我们就结婚。一个女人有权利得到她的爱情，她的幸福，她所爱的人！"于是，她走过来，紧紧地搂住伊汝，把那张闪着泪花的脸贴过来。

四

一清早，伊汝就被枝头檐间的麻雀喧闹声吵醒了。对于这种灰不溜秋、吱吱喳喳的，和人类有着亲密来往的鸟类，他怀有一种特殊的好感。它没有美丽的羽毛，也没有婉转的啼声，然而他喜欢这些蹦蹦跳跳，永远也不大肯安静的小动物，因为麻雀曾经是和他同命运的朋友。当满城掀起一个消灭麻雀的运动，上至国家机关，下至学校街道，人人手执长竿在轰、在赶、在打，使得它们疲于奔命的时候，伊汝的"冰冻三尺"的理论，也开始在大字报、批判会上受到"义正词严"的责难。到了一九六零年，正式宣布对麻雀"大赦"，不再把它列为四害之一，那一年，伊汝也被宣布，解除了"劳动教养"。他总结过："是这样，麻雀糟蹋粮食，但也捕捉昆虫，我'冰冻三尺'尽管言论、文章有毛病，但也曾为革命出过力，至少，在给人民修车吧！"这么多年，他修过多少车啊？"解放"、"黄河"、"菲亚特"、"日野"、"五十铃"、"吉尔"……也许是他那使人喜欢的柔和的眼神，也许他是个天生的汽车钳工，好多老师傅把一些看家的绝招，悄悄地传授给他。但是昨天那辆道奇，可使他费了点难，要不是为了农工商，他才不会钻到车底下，又滚了一身油污呢！

心心马上喜欢上他了，一口起码两声师傅。当伊汝终于拆东墙补西墙地把车修好以后，她高兴得蹦跳起来，用拳头擂着伊汝，脸笑得像一朵花。他望着这个野小子式的姑娘，心想："怎么没有一点你妈的文静呢？倒像个活猴！"到了莲花池，她定要拉他翻山去羊角垴，到她家去。他很想同她一路作伴走，但是他改变了主意，决定在莲花池歇一夜。一个将近五十的人，是应该懂得"慎重"这两个字的分量了。

他走出房间，在招待所的院子里，那些山区的麻雀一点也不怯人地跳着、飞着，似乎还在议论他："这个家伙，大概没有睡好吧？"是的，他眼皮有些发胀，那位鼾声不亚于毕部长的人，在隔壁房间里吵扰了他一夜。现在，伊汝踮起脚隔着窗户看进去，那位老兄显然睡了一夜好觉，精神足足地起早出门办事去了。生活里就有这样的事，也许并不是有意地，把别人伤害了，当人家抱怨的时候，却瞪起眼珠子，不允许发牢骚。难道能因为不是有意，那伤害的事实就不存在了吗？不信，你失眠一夜试试？扩而言之，假如你用二十年时间，证明"冰冻三尺"并不是一句错话，就能明白为什么伊汝第一次捧着邓副主席在十一大的闭幕词，会吧嗒吧嗒掉眼泪了。他是搞过文学工作的人，懂得用上"恢复"这两个字，决不是一个泛泛之词，要不是丢掉或者失去一部分党的优良传统和工作作风，干吗谈"恢复和发扬"呢？

现在，他攀着这座莲花池主峰的时候，已经忘掉了一夜失眠的苦恼。清凉的晨风，带着早霜的寒气和松林的清香，使他精神爽朗。遥望着峰顶，迈着大步爬上去。

他看到一个人影，一个在佝偻着身子俯伏在那莲花瓣的泉水池里。决不是什么错觉，二十年柴达木的风沙，并没有使他的视力衰退。他加快步伐，在这样的清晨赶山路，最好有个旅伴，唠着庄稼、天气，唠着过往的云烟、人事的盛衰，路会在脚下不知不觉地短起来。这是二十二年以后，头一回翻这座主峰。当年最后一次离开羊角垴时，那位深情的山村姑娘，就站在那个人影站着的地方，凝望着他一步步地离开。那时，不论是妞妞，还是伊汝，都深信不疑隔不上十天半月又会重逢的；而重逢时的欢乐——喜气洋洋的庭院，红彤彤的新房，热气腾腾的锅灶，迎亲的鞭炮，接新人的唢呐……使得这两个年轻人分手时，竟丝毫也不觉得有什么离别的痛苦。他走了两步，回头看看，妞妞还站在那里微笑，走了一程以后，那短发宽肩膀的身影，依旧伫立在山峰顶巅。他用双手合拢在嘴上，朝她喊着："回去吧！妞妞，顶多半个月，完成任务就回来。"

群山也附和着："就回来！""就回来！"回声在山谷里震荡。

然而这一别，竟是二十二年！

也许那时候人的思想要单纯些，怎么就没想到手里捏着的，报社催他返回的加急电报，是某种不祥的预兆呢？自从在支部生活会发表了"冰冻三尺"的议论，自从那天晚上好容易挣脱凌淞感情的罗网——只差一点点哪，拿司机的行话说，要不是油门开足，排挡吃准，加上轮胎绑了防滑链，就会在那千分之二十三的结了层薄冰的上坡路滑下来。于是，当郭大娘从戏院带着一双哭红了的眼睛回来，骂着那忘恩负义的陈世美，喜新厌旧，铡他还便宜了他，该千刀万剐的时候，想不到伊汝在收拾她的和他的东西。

"干吗？"

"回羊角垴！"

"干吗？"

"结婚，我该跟妞妞成家啦！"

郭大娘高兴得合不拢嘴："该这样，该这样，我早说过的，伊汝要把妞妞忘啦，天都不能容的，要不是妞扭，伊汝两条命都没啦！"

是的，妞妞救过他两回命，一次是从还乡团手里，她像一头豹子似的拼死搏斗解救了他；一次是在龙潭口战斗中，在死尸堆里硬把他寻找到。想到这里，他老老实实，一五一十把十分钟前发生的一切，告诉了郭大娘——他的母亲。如果不这样，也就不是伊汝了。

凌淞在离开这屋以前，曾经以讪笑的眼光，以哀的美敦书的口气告诉他："圣人，从明天起，整个报社都会知道我在你这儿过夜的。"于是，郭大娘和伊汝就像抗日战争时期，得到情报，鬼子要来扫荡，搞坚壁清野一样，准备撤走了。不过，谢天谢地，用不着埋、用不着藏，门上挂把锁就行。他们背着该带的东西，到毕部长那四合院，向他辞行。但是遗憾，只有何茹一个人穿着睡衣躺在沙发上看外国画报——那时还不大兴内部电影这名堂。她先看见伊汝，倒是蛮高兴的，因为他曾经是她和毕部长谈恋爱的中间站，书信往来、约会地点、馈赠礼品，都得由他经手。说实在的，所有当秘书的都没有这项任务，要操心首长的婚姻，然而伊汝的工作手册里，总有一个代号叫 X 的，那就是何茹。她感谢他，因为那时别看毕部长以打呼噜享有盛名，但想把这个呼噜抢到手的还大有人在。因为伊汝投她的赞成票，她现在才在这四合院里悠闲自在。可是一看到这位小老弟身后，一双解放脚，一副黑腿带，一件家织布的大襟褂子，一条裹着脑袋的洋肚手巾，顿时间，脸上的笑容倏地消失了，趿拉着拖鞋站起来让座。伊汝讲明来意以后，她便说："还用等老毕吗？他那种大尾巴会一开就没个完。"

郭大娘说："等等他吧！"一来是那场重病使她明白，这次来了，下次未必还能再来；二来八年抗战，起码有一半时间，毕部长是在她家住的，她把他当自己的兄弟那样看待，所以这次临走以前，实际也是临死以前，即使听不到他的呼噜，哪怕让老姐姐再看上一眼，走了，心里也是充实的，连面都不照，该是多么空落落的呀！

何茹从抽屉里拿出两张五元的票子，用指头捻着递给了郭大娘："我就不远送了，拿着吧！路上花，再扯几尺布做件褂子穿吧！"

伊汝深深地被激怒了，他看着郭大娘的手在颤抖着，那种对于山沟人的侮辱，那种对于纯真高尚感情的污蔑，着实伤了这位军烈属的心。当年她被敌人捆绑吊打，要她讲出党的地委宣传部长的下落，她宁死也不开口，差点被拉出去枪毙。这种和共产党、八路军同生共死的精神，难道是今天这两张五元钱的钞票能够买来的吗？

一路上，郭大娘的脸也没见过笑容。直到了羊角堖，直到了那由盆子、罐子、玻璃瓶、木桶组成的种子实验室，看到了那张文静的脸，才像雨后新霁的天空一样，第一次出现了预示晴朗天气的红霞。

“妞妞，你看我把谁抓回来了？”

她半点也不惊奇，难道他会记不得那淡蓝颜色的毋忘我花？

“咦，俘虏呢？”郭大娘回过头来。

也许伊汝想到终于和心爱的妞妞结婚，有些不好意思，就像过去八路军进村那样，放下背包，抄起扁担水筲，到井台挑水去了。那天晚上，他们娘儿三个，团坐在炕头吃小米捞饭。破天荒地，伊汝吃一碗，妞妞微红着脸给他盛一碗。山村的习惯，做丈夫的从来不自己打饭；他先还抢着不让，但郭大娘拦住了：“应该的，应该的，你们早就该是两口子啦！”

有些美好的记忆，哪怕在漫长的一生中，只有一天，两天，或者三天，也永远不会忘记。然而就在那第三天的傍晚，在归窠的鸦噪声中，报社的电报来了。

在莲花瓣的水池边分手时，他说：“你看，这多不好！”

“那有什么，你也不是不会回来。”

他感谢她的信任：“你不会以为我在骗你吧？妞妞？”

她那诚挚温存的妻子般的脸上，闪出最亲切、最信赖的眼光：“净说些傻话，人家把身子都给了你，还有什么不相信的呢！”

那是伊汝一生中真正的爱情，唯一的爱情。

伊汝急匆匆地赶回报社，只以为又是什么紧急任务。他是出了名的快手，常常出现这样的情况，深夜，大样发回来以后，不知哪位领导会突然间对哪篇文章不感兴趣，也不说撤，也不说留，只是打个问号。为了安全起见，毕部长只好皱着眉头下令拆版，这时他准会喊：“给我把伊汝从被窝里拖来，弄一篇不痛不痒的，去掉标题留空，一千五百字的文章！”于是睡眼惺忪的伊汝必须在半个小时里赶出来。也许这就是办报人的乐趣。办报有时如同玩蛇一样，弄不好就会被咬一口，而这一口往往是致命的。毕竟后来终于给弄到祁连山的南部去，就是一个例子。兴高采烈的伊汝在报社走廊里，猛一下看到一张《"冰冻三尺"是怎样出笼的?》大字报标题，眼睛都直了，虽然还未点名，以××来代表他，但"冰冻三尺"是他嘴里说出来的，还能有错？再加上凌淞写的一张《坚决与××划清界限》的"检查"，他觉得天好像黑下来了。不过，他还是谢谢她的，尽管她说他乘人之危，利用她感情上的脆弱，提出一些非礼的要求，表现出决非正人君子的行为等等，总算没有把他描绘成强奸犯。那样的话，他就不是去柴达木的汽车修理站被"劳动教养"，也许去劳改队了。

据何茹这回告诉伊汝，凌淞后来在一九五八年嫁了一个比他大二十岁的老头，钱倒是蛮多的，但幸福和爱情是不是也那样多呢？就不得而知了。可是，老头在运动一开始受到冲击，不久就心肌梗塞，倒在牛棚里，现在也平反了，补了万把块钱……听到这里，伊汝说了一句何茹觉得莫名其妙的话："我也不想修喇嘛寺！"

"糊涂虫呵！糊涂虫！你们都是一个模子倒出来的，老头子又弼马温上了，儿子呢，偏要在林区养他的意大利蜂。你哪？老弟，也不接受老大姐的好意……"

有的人也在走，不过是原地踏步，总离不开那起点，伊汝望着这个代号为 X 的老大姐，后悔当初投她的赞成票了。

等他爬到峰顶，那个人已经一路下坡直奔羊角垴去了。步子迈得很大，显然走热了，远远地看见他敞开了衣扣，衣襟在山风的吹拂下飘扬着。不知为什么，这背影看来有些眼熟，他掬起一捧又凉又甜的水，润润嗓子，然后望着那个快进村的人，不禁纳闷：他是谁呢？

五

他觉得——然而又似乎绝不可能的——有点像那位弼马温部长。他又手搭凉棚仔细看看，然而遗憾，那身影穿过挨着村寨的坟茔墓碑，很快进村了。

他从那些坟头上飘扬着的，新插上的白幡和纸钱，这才想起，今天正好是阴历七月半，怪不道昨晚上月色那样好。

伊汝想：那闪过的人影，没准就是弼马温部长。这位齐天大圣，能行得出这种事来。他记得，当他头上顶着"右倾"的桂冠，在祁连山南草地一座战备粮库劳动改造的时候，在叛匪的马蹄声嘚嘚传来的紧急关头，他，一个"非党员"——那时就发明出这种"挂起来"的党章上没有的处分，竟爬上了粮垛，撇开那个只知道摇电话讨救兵的领导人，振臂高呼："当过共产党员的站出来！这是人民的粮食、国库的粮食，一粒也不能让叛匪抢走！只要我们那颗共产党员的心不死，就得保住粮食！有枪的，有手榴弹的，走在前头，什么武器也没有的，找根木棒，同志们，跟着我上！"

这个弼马温活了，拖着两条浮肿的腿，肚子里只有酱油汤和一小钵子双蒸饭的毕竟，从粮垛上跳下来，手里握了根草地上打狼的大头棒子，走在最前头，向马蹄声迎去。伊汝那次正好去看望这位老领导，赶上了，他有点不好意思，因为他已经被正式开除出党了。不过，在死亡面前，他那颗从来没死的共产党员的心怦怦跳了。从驾驶台里找到发动汽车的摇把，也挤进那一串戴着"右倾"桂冠的厅长、局长、秘书、干事行列里去。

"打——"走在最前头的这位"非党员"的毕竟，举起大棒，雷鸣似的吼着。

那股偷袭的匪徒，看到这支严阵以待的队伍，犹豫了一阵以后，别转马头跑了。当他们回到粮库时，那位负责监督改造这帮“老右”的领导人，还在捧着电话叫喊：“快派队伍来，快派队伍来……”

毕竟就是这样的性格，连把他在那茫茫的柴达木盆地找到，也是怪不一般的。因为伊汝一九五七年离开报社，来到盆地，除了给妞妞写了封信，说他对不起她，让她不要等，只当他死了的诀别词以外，就开始过着与世隔绝的生活，和所有熟人都不联系。一九五九年年末，毕竟因为给内参写了两篇反映人民声音的情况报道，加之报纸对那些高产卫星总放在二三条位置来刊登，他就被发配到草地来了。他知道伊汝在柴达木，可没有具体地址。草地和柴达木相距千里之遥。于是，这位弼马温写了总有百十张小纸条，贴在所有柴达木来拉粮的车屁股上：“伊汝快来找我，我在某某粮站。”

半年都过去了，伊汝有一次修车，拆大厢板，才发现这位老首长工工整整的钢笔字。一直等到麻雀不与苍蝇蚊子为伍的时候，他搭了辆顺路的车子——司机对技术高超的修理工是敬若神明的——来看望毕部长。两个人见面的时候，一个忍不住哭出声来，一个眼睛眯成一条线，高兴地笑着。毕竟张开臂膀：“来，伊汝，咱们连续拥抱三次！”然后，他从贴心的口袋里，掏出一个小布包：“大娘半年前从羊角垴来我这里了，在这儿住了几天，我们谈了许多许多。临走时，她说：‘我这辈子是看不到那一天了，我活着一天，给你们烧香，我咽了这口气，到了阴间，也保佑你们平安无事地熬着那一天。’说着，她拿出两个布包，那是她把她的棺材卖了一百八十块钱，分成两份，一份给你，一份给我——”说到这里，那个布尔什维克也忍不住放声大哭了。

“党不会忘记我们的，人民不会忘记我们的，伊汝，记住啊，永远要记住，人民是我们的亲爹娘。”

他打开那个布包，里面整整齐齐放着九十元人民币，如同捧着一颗滚烫的心。不过，这回伊汝没有哭，而是沉思。母亲，大地，人民，安泰，共产党……这一系列词汇在他脑海里转着。

分手的时候，伊汝分明看出他有什么话要讲，但他咽住了。他似乎建议他应该回羊角垴一趟。干嘛？伊汝心想，帽子是摘掉了，可是悬心的日子并没有过去，为什么还要别人陪着自己一块过这种悬心的日子呢？何况自己早就写下了诀别词。他望了望祁连山的积雪，努力使那颗突然热起来的回乡念头，冷却下来。转回身，那颗总惦着他人的心，又关切到毕部长两条臃肿的腿上，便说："老部长，男怕穿靴，女怕戴帽，你要当心你的身体！"

"不怕，我们会熬到大娘说的那一天！"

尽管这个布尔什维克守着粮仓，有那么多的落地粮、仓底粮，别人都是合理合法似的享用，而他却一堆一堆地扫好，簸扬干净，送回垛上去。自己每顿吃那一小钵子双蒸饭，饿了就喝酱油汤充饥。

伊汝把身上带的粮票统统搜罗出来，统共十二斤多一点，乘着临别的最后一握，塞在老首长的手里，然后跳上了汽车。他倒没有见外，只是担心地问："伊汝，你呢？怎么过？"

"没关系，我在哪家毡房，哪座帐篷都能讨到一点吃的，你多保重吧！"车开动了，他朝这位老上级挥手。

毕竟向他喊着："记住，伊汝，人民永远也不会忘记我们的！"

那个人影完全有可能是他，伊汝这样想，七月半，按照旧风俗，是给死去的亲人上坟的日子，也许他是特地来看望去世多年的郭大娘。何茹不是说了嘛，他要寻找一些什么丢掉的东西。然而，当伊汝下了山，再走几步就要跨进羊角垴那座阔别二十余载的小山村时，他迟疑了。心心，那个活泼可爱的姑娘，使他在这最后一刻，犹豫着是否应该去惊扰那有了这大孩子的母亲？于是，他找了块石头坐了下来，呆呆地望着这个几乎没有什么变化的山村。这二十年，他随着车队去过不少地方，他理解，人民的生活远不是那么富裕的，真使他一个当过八路军的人，心情感到沉重。特别是像这样为革命贡献过力量的老根据地，基本上仍是老样子。那些吃过S县的小米捞饭的将军们、部长们，不知道还记得起地图上这很不起眼的一点不？不过，一想起从那卖白薯的老乡，从心心嘴里讲出来的，那个来自亚德里亚海滨的新名词，就觉得羊角堖明天也许会更好的。

他坐了好大一会，太阳从头顶上慢慢地偏了过去，有两次，他几乎站起来要往回走了。然而，不看看妈妈的坟墓就离开，不望望那些看他长大的乡亲就离开，伊汝就不是郭大娘心目中的伊汝了。于是他站起来，抖掉身上的尘土，听凭那两条腿，走进了村子中心的一座小院里。依旧是那矮矮的山墙，依旧是那一排花椒树；大门口那棵枣树，长得更高更大了，树干上还留着这个调皮的小八路刀砍斧剁的痕迹。据说，只有这样鞭打它，才能结出更多更甜的枣。他安慰地笑了，也许正因为如此，才受那二十多年的磨难吧？院里静悄悄的，门上挂着把锁。接着他似乎下意识地伸出手去，在那枣树树干的一个疖疤洞里，摸到了钥匙。没有变，还是老规矩。但是他正要开门，突然觉得有点冒失，这已经是人家的家了，闯进去合适吗？可是当年毕部长在草地分手时，好像有句什么郭大娘不让告诉的话，要说又止住的情景，涌现在眼前，于是打开了锁，吱呀一声推门进去。

屋里还是老样子，盆子、罐子，大缸小桶，育着各式各样的种子，不过，桌上压了张纸条，他拿起看了，是妞妞的工整笔迹，那是老八路毕竟手把手教出来的。

我和心心去后寨买给妈上坟的东西，饭在锅里，你自己热着吃吧！要回来的晚，你到妈坟上来吧！

很显然，这是妞妞给她丈夫留的便条，伊汝不由得凄苦地一笑。隔着门帘，就是里屋，早先是郭大娘和妞妞住的；那时，他和毕部长住在现在成了育苗床的外间大炕上。窥看人家夫妻俩的私室，伊汝觉得是很不礼貌的。但是，那门帘却是半撩着的，尽管他目不斜视，仍然不由自主地瞥了一眼。他发现那收拾得整洁干净的炕上，一双双新鞋齐齐整整地摆在那里，就像抗日战争期间妇救会给前方战士做的军鞋那样，收集到一起准备送走似的。

难道还有做军鞋这一说吗？他终于走进里间屋，站立在炕梢，望着那一排尺寸相同、式样统一的布鞋。最使他诧异的，每双鞋里都有一个年号，1957，1958，1959……他数了数，不多不少，正好二十二双。天哪！伊汝差一点栽倒，跌坐在炕边做饭的小灶坑里，碰翻了锅盖，一大碗煮熟的白薯焖在锅里，上面也有一张纸条，笔迹潦草，而且有几个字被水汽浸润的模糊了。不过，他还是辨认了出来。

爸爸：

这就是你站（赞）不决（绝）口的糖狼（瓤）赛蜜。你知道这种最甜最大的白莸（薯）叫什么吗？她的名字叫“妞妞”！

你的女儿心心

这时，他走到外屋，才发现墙上还挂着他在朝鲜采访时和法国记者贝却敌一块在板门店谈判会场前照的相片，他穿着军大衣，没有戴帽子，头发像公鸡尾巴似的翘着。而就在这张照片旁边，有一张奖励优秀拖拉机手的光荣证书，上面的名字赫然写着“伊心心”三个大字。

妈呀！伊汝跌坐在那里，好半天他起不来。望着那些盆盆缸缸里正从泥土中钻出来的嫩芽，他不禁想：只要一粒种子埋下去，土地母亲就会长出一棵苗来，爱情也是这样。他无论如何也不能沉沉稳稳在这屋里坐等了。心急火燎地冲出了屋子，跑出了院子。太阳已经偏西了，他得赶到龙潭口去。毫无疑问，郭大娘一定会埋葬在那里。那一仗，她丈夫、儿子都牺牲了，就地埋葬在那战场附近的山头上。于是他用急行军的速度，往那儿赶去，十来里路呢，而且还要翻山。不过，现在他的脚步轻盈多了，心里也松快多了，甚至耳边似乎响起了当年走这条路时，常常哼唱的小调："军队和老百姓，本来是一家人，本来是一家人哪，才能够打敌人……"他想，不知为什么，这样的歌子现在很难听得到了。那是多么简单的真理，难道不是一家人吗？他现在马上要见到的，亲手在绝望里缝制了二十二双鞋的妇女，是他的妻子；而一定曾给她妈妈在生她时陷于难堪境地的拖拉机手，是他的女儿；那埋在地底下，把一切不幸和痛苦都揽在自己身上的军烈属郭大娘，不正是他的亲娘吗？她肯定是怕他牵挂、怕他分心，才不让毕部长告诉他，有一个等待着他的妻子，有一个从未见过爸爸的女儿啊。她像亲妈似的了解这两个孤儿呵，尽管她死了，看不到这一天，但她确信会有这一天而闭上眼睛的。马上，一家人就要团聚了，可太阳却落在西山后面去了。

冰冻三尺，非一日之寒，然而，只要有诚心，再厚的冰也会融化的。他一路想，一路走，当最初的暮色，在波涛起伏似的苍山上，抹了一笔深沉的色彩以后，龙潭口到了。

阴历十五，又叫做望，西边太阳还未落山，东边的月亮已经爬了上来，晚霞满天，暮霭沉沉。正在他寻找郭大娘坟墓的时候，他先听到一声："爸爸！"紧接着看见心心飞也似的奔跑着。就在她跑来的方向，伊汝看到妞妞正站在坟边，还是那张文静的脸，还是那副信赖的眼光，似乎继续二十二年前分手时的谈话："我说过的，你不会不回来的，看，你不是回来了吗！"

心心附在他的耳边说:“爸爸,昨天妈妈猛一下都不敢认了,说你一点没有变,半点没有变!”

“怎么会变呢?心心,在你名字里的两颗心,是永远也不会变的!”

这时候,可以听到不远处走来的一个人应声说:“不会变的,而且一定会好起来的——”

“毕部长——”伊汝和妞妞几乎同声地叫了起来。

他几乎蹦跳着跑过来,这个弼马温部长呵,都忘了自己是六十多岁的老头子了。他一只手拉过妞妞,一只手抓住伊汝,那一双眼睛又紧紧眯着,这回连一条缝都不留了。

心心突然高声叫着:“快看哪!妈妈,爸爸,月亮,看月亮……”这时,附近的山村,有敲锣的,有放炮的,似乎还有人喊:“看哪!天狗吃月亮啦,天狗吃月亮啊!……”这偏僻的太行山区里,还保留着那些古老的,带有纯朴气质的风俗习惯。

黑影开始侵入了那晶莹玉洁的月亮,顿时间,群山暗淡了些。那黑影腐蚀的面积越大,似乎整个天地也越发阴沉。到了六点多快七点的时候,坐在郭大娘坟头上的一家人都陷入了黑暗里,仿佛跌进了漆黑的深渊,不由得想起“四人帮”横行时,那些逝去的年头。是的,再也比不上那惨淡的日子里,丢失掉更多的东西了。

好了,到了七点一刻,虽然有点云彩遮住,月亮开始摆脱那些黑影,发出了一点光彩,正好照在心心那一对既像妞妞,又像伊汝的眼睛上。

八点半钟,一轮更加明亮,更加皎洁,也更加佼俏动人的月亮,悬在半天。似水的月光,泻满了整个大地,整个山林。心心蹦跳着喊了起来,好像对在地下闭上了双眼的她奶奶喊道:“过去啦!过去啦!月亮又亮堂堂地照着我们啦!”

是的,在太行山,今夜好月色,明朝准晴天。

危楼记事（之一）

在S市Y大街J巷，有过一幢危险房屋。市政当局好像计划拆除，但也只是计划而已。亏得大家能够将就凑合，楼房里的二十家住户（自然也包括我），竟然在危楼里生活了许多年。谢天谢地，现在，谁也找不到这幢整天让人提心吊胆的楼房，它那破陋窳败的形象，已经从地平线上消失了。危楼原址正在破土动工，大兴土木。据说不会很久，S市的最高层建筑物将在这里拔地而起。

危楼不存在了，但危楼的居民还在。下面所讲的，也许是正生活在你周围的，而原来却是我邻居的一些故事。

故事之一：一个拼命节省突然发了洋财的青年工人，一个没有户口终于成为明星的乡下姑娘，一篇有关名与利的寓言体小说。

“文革”已经是昨天或者是前天的故事了，虽然还不到夏商周那样遥远的程度，但人们努力忘却的心情，倒希望那梦魇颠倒的日子越远越好，但是，如今提笔来写这幢互相谗嫉又互相亲昵，互相捣鬼又互相拥抱的危楼居民,不得不回到那灰暗的阴霾的十年里去。有什么法子呢?诚如一位西贤所说:“正经的年代产生严肃的人,狂悖的岁月产生荒唐的事。”而阿宝突然发财而至歇斯底里的故事,确实也只能在史无前例的日子里才会出现。

啊!那奇迹般的十万元巨款,简直像一场荒唐的梦,随着这故事,又在我脑海里光怪陆离地出现了。我记得索尔·贝娄这样描写过:“钱,那是唯一的阳光,它照着哪里,哪里就亮。它没有照到的地方,就是你看到的唯一发黑的地方。”那捆扎得结结实实,像十块沉甸甸砖头似的人民币,当真地把危楼照亮了。而光亮度最为集中的焦点,就是这位孑然一身的阿宝,一个极普通的炊事员。但是太强烈的阳光,却使这个可怜人,出现了日射症的反应,太悲哀了!十万块钱,一笔横财,幸运与苦难几乎同时降临到这个年轻人的头上。尽管与此同时,还有抄家的搜查队,还有戴红箍的专政队伍,还有幸灾乐祸的眼神,还有当时很盛行的人皆为敌的仇视态度……这一切,也许是金钱阳光没有照到的地方,围观的危楼老少,竟看不在眼里,而把双眼死死盯住那十捆人民币。就在这个时候,阿宝好像再也承受不住这有形无形的压力,口齿不清地嗫嚅了几句;满腔怨愤随着黏痰涌上来,口吐白沫,往后一仰,休克过去了。

在危楼各色人等中,也许只有乔老爷算得上是阿宝贴近的邻居。其实,阿宝是个不愿去打扰别人,也不愿别人来打扰他的人。他的哲学是独善其身,即使受过他父母托过孤的,作保护人的老乔,阿宝也恭而敬之地保持住距离。尽管如此,热心肠的乔老爷还是抢前一步,扶起脸色灰白,牙关紧闭,人事不知的阿宝。而且,似乎不怕什么牵连,也无所谓忌讳,更不在乎非我族类的眼色,抱住阿宝,沿着危楼里扭曲的、摇摇欲坠的楼梯,一步一步地走下去。送这个非常需要钱,但有了钱以后却成了心病的小伙子去医院。

追着乔老爷而去的，是我们这幢危楼的居民组长，一位年过五十，但精力旺盛的范大妈，就是她把抄家的搜查队、文攻武卫队引到危楼来的。以一种胜利的骄傲，一种不出所料的称心劲，赶到乔老爷前头，拦住他，似乎对一个大逆不道的劫法场的罪犯，喝问道："你把他弄到哪儿去？"

其实，要不是阿宝决心摆脱这笔财富，给那帮气势汹汹的家伙，讲出巨款的下落，任凭他们把危楼翻个底朝上，也决不会找到的。凡"文革"中抄家的能手，倘非贼星照命，想趁机发财者，便是泄私愤者。或者两者都不是，只是一种暴虐狂，真为所谓"革命"者并不多。然而，阿宝却像佛经故事里所讲的造舍利塔以赎身的施主那样，他本意倒是想超脱自己，结果反而把自己造到了塔的里面出不来了。他交出了这笔巨款，理应得到表扬，哪怕是一点鼓励或者肯定，也该有的。可那些虎视眈眈的眼睛，相信阿宝还有十捆这样的钞票，藏在另外什么地方。"文革"那几年里，大家聪明得对谁都不讲真话，因而对别人的话，也决不可能相信。人与人之间隔堵墙，彼此窥测，满腹狐疑。所以只认为阿宝另有十捆，而不是百捆，应该说相当宽容的了。

抱着阿宝的乔老爷，当然恨这个被保护人，发了这么一笔意外之财，招呼不打一声。这种不尊重、不信任的情绪，使得乔老爷十分懊丧。"难道我老乔是贪小爱财之辈？要是你这个小伙子早偷偷地找我商量商量，也不至于落到这个地步！"但是，范大妈一拦一挡，乔老爷发现自己更恨的倒是这个可恶的女人，她已经不止一次引鬼上门，抄这家，抄那家，弄得本来岌岌乎危哉的楼房，更加摇摆晃晃。只要J巷外Y大街一过重型车辆，可怜的危楼便像打摆子病人那样瑟瑟颤抖。如今那帮抄家队大有不找出另外十万元，决不罢休之意，一个个像喝醉了酒似的，拆间壁墙，撬水泥地，扒天花板，非把危楼毁于一旦不可。乔老爷这个一生乐呵呵，似乎从不知忧虑的人，头一回金刚怒目式瞪着抄家得了理的范大妈，狠狠地啐了一口，梗着脖子走出危楼。

沉默，是最大的蔑视。不答话再加以一啐，乔老爷终于吐出郁积已久的愤懑之气，因为他和他那三十年代当过明星的妻子，也曾被这帮职业抄家队光顾过。他老伴一点为数不多的金银首饰，就在那回抄家中不翼而飞，而且还不敢声张。因为对旧电影明星的信任程度，连阿宝的百分之五十还不到。如果你有金戒指，肯定会有金手镯，必然会有金项圈。真到棍棒齐下，皮开肉绽之时，你乔老爷怎样搪塞？忍了吧，打碎牙往肚里咽，谁让你娶了电影明星咧！连你通红通红的好成分，也给冲淡了。其实老乔年轻时也是纨袴子弟，不过衰败得早，后来下海演话剧，剧团垮了蹬三轮，紧接着解放，成了无产阶级。没想到“文革”一来，旗手专门收拾三十年代，他也跟着倒霉，但他这啐受到大家的拥护。房子固然不好，没有一家住户不怨天尤人，骂爹骂娘的。但目前它还能挡风遮雨，还能提供你哪怕是絮一个窝的空间，而拆迁搬进新房的希望又那样渺茫无期，眼睁睁看这样折腾作践危楼，是相当愤慨的。所以对范大妈特别的不满意，尤其不满意她那张年轻时也曾漂亮俊俏过的大脸盘上，露出来的飞扬兴奋的神气，最好朝她脸上啐痰才解恨。

范大妈才不在乎这些，或者也可能她根本不曾察觉邻居们异样的眼光，追出大门外，在J巷里继续拦截乔老爷，不让他走。就在这个时候，从巷口浩浩荡荡杀进另一支人马，顿时间烟尘蔽日，喊声震天，立刻把危楼团团围住，枪炮对准，子弹上膛，电喇叭声称阿宝是他们厂子里的工人，他们有权处置，而且十万元是阿宝向厂领导主动交代的，应归工厂。拿到钱的这一拨自然不愿交上去，其实他们也未必敢私分，现在争的无非是功劳归属权的问题。双方用革命的词藻：什么摘桃派呀！什么躲在峨眉山呀！互相文攻几个回合以后，就一拨楼内一拨楼外武卫起来。中国人素以爱好和平著称于世界，在那十年间，不知怎么搞的，动辄拳头开路，枪炮说话，打个不亦乐乎。这两拨争夺的焦点，是危楼那颓败残破，本已不怎么体面的大门。经过一番拉锯战以后，门倒了，门框也散了架，门外的一拨蜂拥而进。双方肉搏血战了一番，有脑袋开瓢的，有肚皮豁开的，至于皮破血流，手足脱臼的，更不在话下了。最后双方达成协议休战，各取走五捆砖头似的人民币，撤离了危楼。劫后余生的男女老幼，从躲藏处跑出来，各自收拾被当成战场的家。最堪钦佩的，这些武斗战士于混战之中，能忙里偷闲地顺手牵羊，不失时机地捞些外快。所谓“文革”成果最大，就造反起家者而言，是很准确的。可危楼的大门，自此直到“文革”结束，一直无人过问，能掩饰危楼破败的这一点门面失去以后，每个人都赤裸裸地把自己暴露了。

阿宝的昏迷，还未到得医院，倒也无药自愈了。睁开了那双由于精神折磨而塌陷下去的眼睛，发现蹬着平板三轮的是乔老爷，在后面推车的，却是他最害怕失去，然而并未失去的未婚妻。轻轻地叫声阿芳，两行清泪簌簌跌落下来。在那样的岁月里，连爱情都是苦涩的。

阿宝算得上是危楼的老住户了。一九五七年，由于我写了篇干预生活的作品，碰上厄运，转眼间，好多朋友都做出见面不认识的陌路人一样。为了避免他们尴尬，只好想法离那些聪明自洁的同志远点，就托人在Y大街J巷深处这幢危楼里找了个落脚之地。好像记得搬进来的时候，阿宝还没有上小学呢！这个孩子在我印象里，和他那善良得近乎怯懦，本分到愚昧程度的父母亲一样，老实得实在出奇。老实是做人的根本，但过分的老实，以至不能应付世变，显得那样迂腐、笨拙，就未必值得去赞美了。阿宝的双亲在轰轰烈烈的大跃进年代里，由于过分恪尽职守，以致积劳成疾。随后，在接踵而至的困难岁月中，就相继撇下阿宝和大女儿到另一个世界去了。阿宝的这位姐姐我从来没见过，也没听提起过。但我觉得正是阿宝姐姐有些什么不名誉、不光彩的污点，使得老两口一辈子像生活在瓷器店里那样，小心翼翼，唯恐碰碎什么似的谨慎行事。

阿宝能熬过三年灾荒，也许算人间奇迹。虽然饿得皮包骨头，但还活着。他为什么要当炊事员呢？正是那饥饿的日子里，无数次总结经验才得出的结论。以后他上了班——这里我得为我也不怎么喜欢的范大妈记一笔，正是她到阿宝爹妈的工厂去大声疾呼直至吵闹不休，厂领导被她缠得没法，才把连童工都不够格的阿宝收留——从领一笔工资开始，直到今天，除了最低的生活费用外，一分钱的奢侈，都未敢尝试。就这样，聚沙成塔地攒下了两千元存款。可那时候，大家都信奉穷则变，富则修的哲学，越穷越光荣。于是，阿宝这四位数的存折，就成了某些人嫉恨的目标。但同时，也成了女孩子追求的对象。

要照乔老爷的评价，阿宝倘无那张存折，不会有姑娘瞧上他的。他也并不丑，大体上还是说得过去的。不知怎么搞的，阿宝的被告面孔，挨打姿态，一种似乎从双亲那里继承下来，在血管里流动的窝囊废气质，使得他好像先天理亏三分的软弱、胆怯、闪让、退避，脖颈和腰杆都不怎么直挺的神态，让人感到扫兴和灰心。但有的女孩子，爱神的箭往往不能射中她的心怀，偏偏很容易为金钱敞开心扉。所以，阿宝一看到那双贪婪的眼睛，怀着觊觎之心，紧紧盯住他胸前口袋的时候，他常常产生一种热辣辣的焦灼感，好像胸脯上抹了芥末面或者辣椒油似的难受。

“你还想挑什么天仙不成？”乔老爷有时急得朝他嚷，“你都快三十了，打一辈子光棍吗？”

老天爷还是慈悲的，它不那么势力眼，终于在“文化大革命”两派打得天昏地暗的时候，无论城市农村都被搅得鸡犬不宁的时候，在S市Y大街J巷那棵和崇祯爷上吊差不多的歪脖树下，我们可怜的阿宝，和另一个同样可怜的姑娘阿芳相遇了。

当时，阿宝正匆匆忙忙赶往工厂上班，为了节省五分钱公共汽车票钱，成年累月这样步行着。其实，整个厂子早就停工停产，几千职工以革命的名义白吃白拿。可阿宝自打进厂就在食堂，所以不论别人怎样造反有理，他得把大家喂饱。因而在十年浩劫里，真正做到革命、生产双肩挑的，唯有炊事人员。而阿宝又是其中的佼佼者，连一分钟也不曾迟到过。

阿芳——请原谅我在《危楼记事》系列短篇小说中，这种对老一辈有姓无名，对年轻一代有名无姓的称呼法，主要是为了避免给我的这些邻居造成不必要的麻烦。而已经在银幕、屏幕头角峥嵘，说不定在你家墙壁挂着的明星月历上，有她玉照的阿芳，我更有责任为之隐讳。这随便起的名字，只不过是个代号而已。你可千万别去索隐推测，以致对当代明星产生误解——显然还是第一次背井离乡，从遥远的同样被“文革”风波搅浑了水的乡下，来到S市谋生。她迷了路，找不到她要投靠的人家；而且也走累了，靠着那歪脖树歇歇脚，盘算下一步该怎么办？

也许是她那可怜巴巴的神态，那怯生生、孤立无援的模样，那被刚睡醒的城市所特有的喧嚣纷扰，惊吓得茫然无主的眼色所吸引，阿宝才迟疑地停下来的吧？其实，要不是早些时候，被推了阴阳头的朱大姐（这位过时的电影明星总希望自己年轻，所以喜欢大家这样称呼她）曾经打算仿效她先祖朱由检那样，在歪脖树结束屈辱羞耻日子的话，阿宝决不会驻足，以疑虑的神气打量阿芳的。

朱大姐并不想死，只不过一时气短，悟不过来罢了。等到也是上早班的阿宝，把她从树上抱下，那一口背过去的气，终于缓转过来的时候，她才真正感到活着是多么的好，而且，小巷里的空气是多么的清新宜人。这个一辈子不曾生儿育女的明星，像母亲似的搂住阿宝，简直疯狂了似的亲他，感谢他把她救了，还千叮咛万嘱咐：“千万别告诉你乔大叔……”但是，谁知是范大妈有某种特异禀赋，还是她有着业余侦缉的嗜好，好像什么事情都脱不了她那对年轻时也很动人的眼睛。她嘿嘿冷笑一声，揪住这位寻短见者，押往造反部，以企图自绝于人民的罪名，把朱大姐另一半头发也剃光了。“这样也好——”乔老爷端详半天后说，“要是演《阿Q正传》的小尼姑，倒不用费事了！”

还是这棵歪脖树，还似乎是不久前的场面，结果又被似乎像上帝无所不在的范大妈碰上了。她这一回不是嘿嘿冷笑，不是连忙报告，而是猛扑过来，像老鹰抓小鸡般的，想一把攫获住阿芳，撕个粉碎似的。

阿宝也诧异范大妈那凶恶枭厉的样子，而阿芳——她不像今天这样见过世面——被那五官挪位，肉丝都横起来的脸，吓得只是索索地抖。尤其那沙嗄的声音：“你干什么？你想在这儿干什么？……”如同多年不上油的车轴在转动，使人感到扯心拉肺一样的难受。她求援似地叫了一声：“大哥——”期望着阿宝，此时此地也只有他能证明，她在这巷子里，除了歇歇脚，什么坏事也没做。阿宝这个人，虽然有那种胎里带的软弱，但他的同情心，也并不比别的正直的人少一点。不过，自觉地位卑下，力量微薄罢了。但今天，也不知从哪平空增添一股勇气，竟敢斗胆拦住范大妈，护住已不知所措的阿芳。

范大妈胳膊一震，没想到一个软柿子捏的阿宝，竟敢公然抗拒或者蔑视她的权威。开头，她只是出于一种好意，认为这棵歪脖树，肯定有找替身的吊死鬼在作祟，朱大姐上吊未成，现在又来个讨死的。所以，她恶狠狠地扑过去，倒不冲阿芳，是冲阿芳背后那个伸出尺把长鲜红舌头的吊死鬼。她看不见，但她相信有。实际上她有点迷信，而且她认为自己佩戴的“文革”期间很盛行一时的革命装饰品，具有某种降妖伏魔，驱邪避秽的功能。这自然是可笑的，有些荒诞不经。可她，却是至诚地相信，你拿她有什么法？正如她早年间装神弄鬼一样，硬说有位仙姑附在她身上。搬到危楼以后，还闹过两回，她丈夫那样狠狠揍她，也无济于事。一折腾就是半天，遍地打滚，口吐白沫，还说一些莫名其妙的鬼话。看来，只有鹤翔庄的自发功可以解释这种悖谬了。但是，胳膊震麻以后，立刻意识到这是妨碍她履行职责。一种似是天赋神权，范大妈批准自己监管坏人，并且防范那些可能沦为坏人的好人。前者如黑五类，黑九类；后者则由她疑神见鬼去画圈。至少在危楼里，能够让她放心的，绝对纯粹的好人家是没有的。甚至像孤儿出身的阿宝，她也总用眼角的余光瞟着点儿，好像他那样节衣缩食，揣有不可告人的目的和野心似的。尤其有一回，邮局把一笔汇往灾区的百元款项，东找西查，终于证实是他寄的，并退还给他的时候，阿宝死活不认这个账。这件事轰动危楼，它使人们看到虽然卑微，虽然无足轻重，虽然像躲在窝里不敢探头的鸟那样的人，有颗多么良善的心。尽管他非常节省，但并不吝啬。可范大妈却从此认定阿宝的钱来路不正，于是他成了她心目里另册上的人。“好！你竟敢和盲流串通一气！”马上严词责问，“她干吗的？她找谁？她有证明吗？她什么成分？你——”范大妈转脸对阿芳，“走，跟我到街革联去谈谈！”

乡下姑娘哪里懂得街革联其实是街道造反革命联络站的简称呢？那时候，群众组织多如牛毛，甚至在动物园的猴笼里，不知谁塞进一块木牌，上面居然写着“红面猴造反总部”。这当然是恶作剧，但猢狲们不知底里，上蹿下跳地抢着玩，倒也是现实的缩影。我一直怀疑是乔老爷干的好事，但他矢口否认，可又不掩饰脸上流露的得意之色。阿芳哪有乔老爷的胆量和幽默感呢？一听要谈谈，便知道不是好去处，连忙以乡下人的聪明，拔脚就跑。

范大妈马上就判断她不是好人，只有坏人才心虚胆怯，大喝一声：“站住！”随即追赶过去。阿芳慌不择路，摔了一跤，连随身带的包袱也来不及捡，爬起来没命地冲出J巷，很快消失在Y大街的人流里去了。

阿宝也许是有生以来头一次，体会到一个男人保护不了一个女人的屈辱，他感到十分痛苦。以能够与范大妈媲美的高嗓门，冲她恶狠狠地说："你像话吗？欺侮人！她怎么碍着你啦！"

"欺侮？"范大妈不解地重复一遍。那腔调，表明了这个字眼在这种场合，纯属多余。对于被她监管和需要防范的对象，这种欺侮，不仅是必要的，还是正当的。她就是这样认为的。

阿宝夹着这个轻巧的，和主人同样单薄可怜的包袱，走到巷口，站在范大妈视线以外的地方等候。他估计，过不一会，这个乡下姑娘会踅回来寻找。阿宝等啊等啊，一直到无法再等的时候，买票坐车去厂里给造反派做饭。午饭开完，又掏五分钱回来再等，白白耗去一个下午，不见她人影。傍晚，阿宝接着等，在路灯下，溜达到深夜。实在太晚了，才姗姗回家。阿宝自己也诧异，怎么这样诚心诚意地等了一天？是因为她可怜？因为她受欺侮？因为她叫了一声大哥？因为她那苦楚动人的面容？因为她那双只消看一次，就永远忘不了的眼睛？……

他的心不那么宁静了。

几经踌躇，阿宝解开了她的包袱，多么寒伧单薄的内容啊！真有点像某些人提倡的三无小说那样空空如也，唯一的奢侈品，是面小玻璃圆镜。镜子背面夹着的当然应该是她本人的照片，但阿宝怎么看，也和早晨在巷子里见到的那姑娘吻合不起来。看来乡镇上的照相师也有其独特的天才，能把人照得完全不像自己。和我们读某些特级作品一样，评价的好和实际的好，常常总不吻合，看来权威的眼睛并不权威。

就在此时此刻，一种淡淡的，不可捉摸的脂粉气息，令人烦恼地钻进他的鼻子。可当真地去闻，依旧是他寒酸破旧屋子里特有的霉味。然而，稍停片刻，不经意间，那温馨的香味又轻轻袭来了。他不由得问自己："她这会在什么地方呢？没有钱，没有粮票，而且说不定没有一个肯帮助她的好人吧？……"霎时间，一种同情，一种关注，一种比同情和关注还多了些什么的感情，从胸臆间油然升起。于是，他再也不能安然地在床上躺着了。决心到此时此刻所有无家可归的人，唯一存身之地的火车站去寻找她。

迈出这一步是容易的，但为这一步所付出的代价，将是异常沉重的。假如阿宝当时要能预见到未来的话，也许脚步会迟疑，不像这会儿兴冲冲地在马路上奔跑。那速度，真好比两肋生翅，脚底生风，冲刺似的朝S市那总搭着脚手架，总也修不好的车站票房飞去。心头那股热劲，连他自己也不明白从哪来的？仿佛刚出笼屉的馒头，塞在他胸膛里似的，那样实在，那样熨帖。以致他的保护人大清早在巷子里撞见以后，听他如何如何地讲了一通，立刻警告他的话："那可是个无底洞！"他压根儿没往心里去。

"阿芳说了，她不会拖累我的，她能养活自己，说不定还可以帮助我咧！"

乔老爷嗤了一下鼻子："说得好听，到头来还得靠男人养活！"也许他正和他老伴，从街革联请罪回来，心头老大的不顺。这种洗心革面的早课，是给坏人准备的，乔老爷当然不算，但他老伴算，因为是三十年代臭明星。谁曾想到"文革"风暴制造了那么多的家庭悲剧，这对本来是半路夫妻的两口子，倒越发风雨同舟地亲密了。乔老爷心甘情愿降格为坏人，陪老伴请罪。从此，他每天清晨去装作虔心忏悔的样子，而且每次都能泪流满面，表现出内疚和自责的痛苦。这使得许多同时请罪的坏人，秘密地向他取经讨教，乔老爷也丝毫不保守地传经送宝。原来倒是朱大姐早年拍电影所用过的，一种极原始的刺激流泪的办法，往手背上抹一点辣椒面，必要时揉揉眼睛，泪水就辣出来了。于是大家都仿效行事，每天的早请罪就变成了一场流泪竞赛。头头们作为改造坏人的成绩到处宣扬，还开过现场会让人们参观以乔老爷为首的流泪表演呢！

阿宝振振有词地回答他的保护人："你都能为朱大姐把眼睛辣成了红眼耗子，我怎么就不能为阿芳——"

乔老爷截断他的话："这姑娘再好，她的农村户口，是一道你过不去的关口！"

"范大妈她答应帮忙——"

"什么？老范婆子？"乔老爷眨巴着辣劲未过，泪囊肿痛的双眼怔住了。

然而，确确实实是范大妈。

阿宝怎么也料想不到会在票房里，碰上他恨不能咬一口的范大妈。而且更出乎意外的，正是这个范大妈，在挤得满满登登的，上访告状，革命串连，等待接见和买票签证的人群中间卖茶汤。尤其让他惊讶的，还是这个范大妈，竟然扬起胳膊招呼他，语调是那样亲热，"快过来，阿宝，帮帮忙！"

他糊涂了，不知究竟哪一个是真的范大妈？危楼里那人皆为敌的眼睛，怎么也嵌不到这张做生意的殷勤笑脸上。其实，这正是阿宝的天真之处，在那灰暗的十年里，有多少人向我们展示出双重人格和两面嘴脸啊！不过有的弥合得巧妙些，天衣无缝，浑然一体。而范大妈则是属于煮夹生了的饭之类，不免有点硌牙。就如同读有些作家所炮制的作品，外面是国产包装，内里却是洋作家名篇的翻版一样，不仅硌牙，还会让人倒胃口的。阿宝尽管十分地不乐意——他来车站并不是为了帮她做买卖啊！可那张笑脸（据说早些年也曾风流一阵的）使他不得不费点力气，朝她那儿挤去。但双眼却在密密麻麻的人群里，寻找他一心一意要找到，而且必须找到的那个乡下姑娘。那份迫切的心情，让人感到不是她的包袱丢在他这里，而是他的什么重要东西，被她拿走了，急着要找回来似的。范大妈显然注意到他神不守舍的状态，便问："你怎么啦？阿宝！"

他能对这位事端制造者说什么呢？只好恭喜她生意兴隆："想不到这么晚，会有这么多人！"

"你还没见过大串连那阵——"她神采飞扬地回忆不久前那有史以来的壮举，一次上亿人的全国免费大旅游，"哦！我这批过准的，忆苦思甜茶汤，三毛钱一碗，五毛钱一碗，有人还抢不到手呢！"

因为阿宝在炊事班工作，虽然他独善其身，不问世事，但一把炒面，一匙糖，冲上开水，该值多少钱，是算得出来的。现在卖两毛一碗，已是对折拐弯的利润，竟敢百分之三百、五百地牟取暴利，而丝毫不妨碍她自以为很革命的左派身份。阿宝虽说政治头脑少些，也对她坦然自若的神态，有点纳闷。这个年轻人心里琢磨："她会一点不害羞！"

傻兄弟，比她更心口不一的，比她还要下作，讲漂亮话而干不漂亮事情的人，从来也不像在"文革"期间那样公开的无耻，简直到了赤条条无牵挂的地步。范大妈只不过是这支长长队伍末尾的一个小卒罢了。至少她在收摊的时候，把赚得的几块钱，塞进口袋以后，说不上是高兴还是忧愁，破天荒充满人情味地对阿宝说："我要像你有那么多存款该多好，毛毛也能从插队的乡下办回来了。唉，我也不必半夜三更在这儿挣钱，贴补她的工分了！"她又叹了一口气，心情那样沉重，以致阿宝不禁扭回头去打量她。

他们走出永远不拆的脚手架，到车站门前的广场，天色已经微明。这时，范大妈才想起来问他："阿宝，你干什么来啦？"

"昨天早上，你在巷子里，那歪脖树下——"

范大妈恍然大悟："敢情她是你对象？"

"啊呀，你说哪儿去了！范大妈！"阿宝埋怨她，"你把那姑娘打跑了，可包袱丢在——"

"你放心！"范大妈说得那样轻描淡写，"昨晚上我在票房见她来着——”

阿宝紧紧抓住范大妈的茶壶水碗篮子:“人呢?”

“我把她扭到车站派出所,交给警察了!”

“你啊!”他搡了她一把,差点把范大妈业余挣钱的饭碗砸碎。

这回范大妈倒没有着急,也许因为她年轻时曾经风流过,甚至成家之后,生儿育女,还暗地里与旧日情人来往。所以她装神弄鬼,惹得死去的毛毛爸死命揍她,都和这段情缘有关。因此,她拉住要去派出所找人的阿宝:“你相上了她?”

阿宝急于要走,没好气地:“相上又怎么样?”

“可她是乡下人!”

“乡下人怎么样?”阿宝不完全是赌气,但语调听起来很像,“我偏还不愿意找城里人呢!”

“那你可得大把往外撒票子,户口、工作,这两样你要想办成,哪样也得一个大数才行!”

“只要有价码,不愁没办法!”

也许她被年轻人的至诚感动了:“要是你真肯掏钱,大妈许能帮你个忙——”她抬头一看车站大钟:“不行了,我得赶紧回去,管着那帮坏人请罪,让他们老老实实——”那种神圣的使命感,唤醒了她灵魂中另一个人皆为敌的范大妈,刹那间,那张人情味的脸,布满黑沉沉的疑云,嘴角,眼角,鼻翅都凛然收紧。阿宝急于找人,才不愿意多看她这窦尔敦式的面孔呢!扭身朝车站派出所跑去。

假如不是阿宝赶到,阿芳肯定随着那装满盲流的列车,被遣返到遥远的他乡一去不回了。他冲到停在货场的那列闷罐车上,挨个地从每节车皮,每张面孔去寻找那对难忘的眼睛。一面查看,一面也吃惊车厢里竟然装得下这么多人。其实,这有什么奇怪的呢?把人变成货物那样对待，就可以随便堆码了。而且，人通常在得意时才膨胀，落魄时就收敛，到挨打时，自然要缩成一团，减少接触板子的面积，所以很有点像罐头沙丁鱼那样挤得紧紧的。

车头已经拉响汽笛，准备起动，阿宝满头大汗，心都急得跳出来，也找不到他要找的那位不知姓名的姑娘(要是知道的话，也可挨着车皮喊叫)。也许他觉得这一次要失去了她的话，大概这世上再不会有那样一双吸引他的眼睛了。即使在车轮缓缓转动，完全绝望的这一刹那间，他还紧紧盯住每一张从眼前闪过的脸。天哪！阿宝几乎疯狂似的跳起来，拼命地喊了一声："下来，快跳下来！"他一眼瞥见了在人群里，正好奇地向外张望的阿芳。

阿宝来回寻查的时候，她清楚地看到过的，但她把他忘了，可经阿宝这一声几乎是力竭声嘶的喊叫，马上省悟过来，而且毫不犹豫，动作是那样麻利迅速地从人堆里跳下了车。

她当然不是为那包袱跳下来的，也不是为有一副被告面孔的阿宝跳下来的，她是为可能展现在她未来生活里的世界，扑向阿宝的怀里。现在很难考证，那是不是她第一次的即兴表演？她成功地扮演了妹妹的角色，而且使人相信，由于她哥的窝囊老实，差点当盲流给遣送外地。她的眼泪，她又急又恨的神色，再加上阿宝那一时不知该怎么说好，和终于找到的高兴，两者混合起来的狼狈相，歪打正着，被持枪弄棒的工人民兵释放了。

谁知是命运的捉弄，还是我们生活的这个世界，实在变化莫测，你想得到的东西，哪怕你尽量回避，也很容易地落到你的头上。乔老爷解放前在剧团混饭吃的时候，那样追求已经没落的明星朱大姐，人家还是嫁了个资本家。等到了新社会，这位蹬三轮的无产阶级，拼命想得到他非常渴望的，譬如党票，譬如职务的时候，被遗弃的朱大姐，使他躲不迭地找上了门。从那以后，直到退休时为止，一直是门市部主任，而这个门市部，连他也才有一桌人。范大妈不也这样吗？那么多年，偷偷摸摸和情人来往，且不说得到他，私下见一面，很可能要付出被打个半死的代价。如今，丈夫去世，女儿插队，自己“革命”的时候，却害怕这段旧情了。怕他来，他还真来了，轻轻地敲她的窗户。她求他走，她说她造反了，戴上红袖箍，就不兴再动凡心了。可窗外人执意不肯离开，差不多天天来纠缠，范大妈害怕自己沉沦便报告了，那情人差点被打断了腿。结果也不管用，你不想得到的东西，是不容易摆脱的。那位实际是毛毛的生父，仍旧不时来打扰。似乎我们的阿宝，也如同危楼前辈，经历着想得到而得不到，想推而推不掉的两种格局的磨难。

你决不会想到你的影星月历上，那位最时髦、最洋气的女演员，是我们危楼的阿芳。假如我不给你讲这个故事的话，恐怕难以从她时尚的打扮，摩登的装束，以及通体的浪漫色彩，而知道她曾经是土地的女儿。拿作家刘绍棠喜欢说的话来形容，那就是头顶高粱花，从柴禾棵子和土坷垃中成长起来的孩子。然而人的适应能力也真强，尤其女性，追赶时代潮流，几乎是一种本性。曾几何时，最初走进危楼那阵，还算是朴实单纯，带有乡土气息的阿芳，当阿宝拿出存折上的二分之一款项，为她解决了户口以后，她就成了一个城里人，连S市那种小字眼和儿化韵，也学的惟妙惟肖。接着，阿宝又用剩余的二分之一款项，给她谋到了一份在国营单位的工作(要是集体单位，可少花几百元，但阿宝还是狠了狠心与存折告别)，这样，她穿起可身的确良军便服，背着绣有“为人民服务”红字的，但必须洗白了的军绿色挎包的时候，不知底细的人，常常把她当做部队文工团的舞蹈演员呢！这时，即使拿放大镜，也找不到她一点属于乡土文学范畴的事物了。相反，她倒有资格嘲笑那些怯打扮的同伴，这和有些人自以为写出一点毛姆的冷峻，或者加缪的淡漠，会在作品中贩卖些洋式的玄虚，便藐视一切，性质是相同的，都属于自我感觉未免太良好的假洋鬼子一流人物。

接着便该是危楼居民拭目以待的婚礼了。因为作为邻居的我们，总担心阿宝这种爱情至上主义，会不会得到阿芳相应的回报？真是到了黄金散尽还萧瑟的时候，她变卦了怎么办？你了解她吗？阿宝，你知道她的底细？她的来历？她的家？她的父母？以及她的脾气性格吗？当她的变化越来越快，越来越大的时候，人们不禁为他捏把汗了。问题归结到一点，只有结婚才能证明阿宝这大把钱花得不落空；当然，也只有结婚，才能证明阿芳不辜负这一番情意。可婚礼却迟迟不见动静，不免引起一些议论。危楼的人，实际应算一锅良莠不齐的大杂烩，互相咬起来——常常为一丁点大的事端——竟谁也不肯撤嘴。可是，我的这些邻居，又会为实在不相干的缘由，彼此搂抱在一起，海誓山盟，同仇敌忾。譬如阿宝与阿芳的事情，全楼的人几乎都团结起来，不赞成越来越漂亮的阿芳，而越来越萎靡的阿宝，虽然恨他太多情，一致认为他这种自作自受的苦恼，纯粹是活该的，但同在一个屋顶下生活多年，自然地为他愤愤不平。其实，这本是杞人忧天，即使结婚了，不也照样离婚么？但一时间竟成了危楼谈话的主题。也许"文革"期间，除了那些捞到什么的和失去什么的两拨子人有事干，其余的也实在百无聊赖，才会这样没话找话来消遣吧？

我所以说几乎观点都一致，危楼里还是有人并不这样看问题的，一位是阿芳暂时在她家借宿，认她是姑的范大妈。她总是说："急什么，还不到年龄！"听起来，这是掌握政策的人的口气，事实上她是怕阿芳出嫁，她失去了一个免费劳动力，影响她的茶汤生意。另外，一种悻悻然的心理，她也不大乐意看到阿宝痛快顺利地达到目的。"没想到这小子真肯下大注！"她多少次埋怨自己的失算："早知道还不如把毛毛许给他咧！"

所以后来在给阿芳办户口的时候，她也只是表面上张罗，并不真的卖力。甚至到快解决时，她暗地里又去捣鬼，想法不让他们成功。但是到底“农转非”了，气得她那晚上不去车站做生意，早早关灯睡了。和她作伴的阿芳也摸不清她犯的什么劲？直听她在床上翻来覆去，因为她卖茶汤已养成夜间工作的习惯，怎么也睡不着，而且脑筋清醒得厉害。她思忖，难道这丫头命好，告密居然不起作用，后来她豁然通了。人们造反夺权，像动物园猢狲那样抢来夺去，无非想捞点好处。阿宝那张存折，是最有力的通行证。不论你怎样使坏捣乱，也无能为力。钱，比亲爹的话还管用。想到这里，她骨碌从床上爬起。

“姑，你干吗？”

“睡他娘个屁，还是到车站挣钱去！”

她不同意大家的看法，因为她认为自己代表政策，或者是政策的化身。其实当时比阿芳年纪还小的姑娘，都睁一只眼，闭一只眼的准许登记了。一些妇女闲着没事，索性超过指标在家生孩子玩。可在她管辖的范围里，要有能够作践人的机会，一般是不放弃的：“按政策办嘛！”

其实，她的政策，只要一盒不超过三块钱的糕点，就可以改变的。

另外一位，就是乔老爷的三十年代了。

朱大姐自从成为荒诞派戏剧《秃头歌女》这四个字的形象以后，就不大好意思抛头露脸，终日在危楼蛰居着。尽管她吃核桃仁，抹生发油，尝试偏方，头发也像三类苗一样长势不旺。因此，她需要一个听众，听她讲她的黄金时代。阿芳便成了最合适的人选：第一，她什么都不懂，你怎么讲她都相信；第二，她求知欲极盛，什么都想知道。危楼的人没有一个不曾听过三遍四遍，都尽量躲着她，生怕她拉住你，给你沏茶，端出点心，央求你坐下来听她讲三十年代。她知道我因为写小说当了右派，私下对我说过：“我最爱看张恨水的小说，看一回，流一回泪，害一场眼病，水银灯把我的眼睛烧坏了。想当年，我们在徐家汇联华公司拍片——”说到这里，她去抱热水瓶，我连忙借故离开，否则，只要沏上茶，就得痛苦地当一个小时的听众或观众。

也许人一到了这一把子年纪，都有讲讲自己过去的欲望？所以她不赞成阿芳匆匆忙忙结婚，那样的话，阿芳该关心阿宝怎样在学炒菜，怎样在红案、白案上忙着的事情，不会听她讲怎样拍《荒村女侠》、《白衣大盗》、《妈妈，我不嫁人》之类的电影，和老板们、小开们怎样追她、捧她的光辉历史。只要范大妈出去公干，朱大姐便从床底下掏出来未被抄走的老电影画报，老相册，老唱片（百代公司给她灌的电影插曲），让阿芳见见世面。

唱片转动着，摩擦的沙沙声压倒了当年朱大姐嗲声嗲气的歌喉。对只懂得语录歌与样板戏的阿芳来说，这支古老的流行歌曲，并不感到多大兴趣，倒是那张沉醉在遥远歌声里的面孔，总吸引着阿芳。她说："姨——"这位嘴甜的姑娘把朱大姐从三十年代拉了回来："你一听这歌，你就年轻了，跟这些照片一样！"

朱大姐翻着相册，抚今追昔，多么怀念逝去的青春和一去不再来的浮华岁月。她对阿芳说："你干嘛着急嫁人结婚呢？像你这张脸子，要是——"

"要是什么？姨——"

她没有对阿芳讲，却把下文告诉了丈夫："真的，像阿芳这张上镜头的面孔，要退回去多少年，贴上电影公司老板，再认个阔姨太当干妈，你愁她不会红得发紫？"

乔老爷的金鱼眼差点没暴跌出来。连忙登上三楼那间有门无窗，应该叫作阁楼或亭子间的屋子，其实叫做大壁橱，也许更恰当些。阿宝正在吭哧吭哧地刨木料，汗流浃背，根本没顾到保护人站在走廊里打量他。

“阿宝——”

他吓一跳，连忙站立起来，两手垂着：“哦！大叔！”

“阿宝，你们的事到底打算什么时候办？”

他凄苦地一笑：“等把钱攒得差不多了！”本来他就是一张自觉心虚胆怯的脸，再加上一副哭相，谁看了也不受用。据说，他学炒菜手艺也是有长进的，然而，他要到敞开窗口的小炒部去显身手，人家一看那张脸，再好的炒菜，也吃不出香味来了。

“那你到哪年哪月？你就不怕鸡飞蛋打？”

“不会的，大叔！”我们这位阁楼上的罗密欧，很有信心地回答。

“我是怕你两千元扔在水里，万一……”

“要阿芳真是那样的话，我也……”这时，阿宝那种殉教徒的哭丧相，把乔老爷给气跑了。

我很钦佩阿宝，以一种中国风格的，特别能吃苦耐劳的韧性，来攒他结婚的费用。一般讲，食堂炊事员的伙食费，是比较低的，但为了省出每一个铜板，他退了伙。自己以贴饼子、大酱，和那年夏天一毛钱一筐的处理西红柿，来解决肚皮问题。另外，又想尽一切办法，使最少的钱，产生最大的经济价值。怎样让壁橱成为新房，而又使自己干瘪的钱袋能负担得起，着实让阿宝伤透了脑筋，跑细了腿。罗密欧决用不着给朱丽叶去打沙发，但阿宝必须努力。因为“文革”已革得家家户户都沙发化了，那时的S市，可称为沙发城。好像大家并不真的想着，世界上还有三分之二的受苦受难的劳动人民，只图自己受用。阿宝也算一个，因为他随大流惯了，难能免俗。而穿上了“文革”时装，梳了两把刷子头的阿芳，更是追赶时代的先锋。

幸好当时正在处理抄家物资，阿宝终于花几块钱买回一对单人沙发，那狼狈破旧的样子，和危楼有点近似，那肮脏灰暗的德行，与阿宝倒相当般配。阿芳一见他拖回来，像拖回两条癞皮狗，心里马上就堵了一大块，那时她脾气好，不像后来她对阿宝不客气，但也微露怨言：“看你——”

阿宝当然明白便宜没好货，便安慰未婚妻说：“别看这沙发不像样子，可簧好，是德国货！”

一听到德国货三个字，已经完全祛除了乡土气的阿芳，马上表现出一副诚惶诚恐的姿态。

命运之神也真会给人开玩笑，给这个拼命节省的未婚夫，带来了一笔横财。假如是五百元该多好！加上已攒下的数百元足够了。但是，他得到不是五百，也不是五千，而是在两只旧沙发里，各找出五万块钱。整整齐齐，像十块砖头出现在他面前的时候，这种慈悲实际上和惩罚也差不多。我想起另外一篇寓言体小说，一个贫穷的意大利男孩，收到一份从异国寄来的礼单，当他兴冲冲到海关领取的时候，没想到却是一位曾来那不勒斯旅游的印度王公，为了满足他的欲望，而送给他的一头活着的，有好几吨重的巨象。现在，阿宝和那意大利孩子一样，傻了！

问题就出在德国簧上。

这就是迷信的结果了，譬如我们有些作品，其实未必好，但只要洋人鼓了掌，国人就定有跟着喝彩的。有的时候，洋人的意见，权威的评价，和乡镇上照相师的美学观点，水平也差不多的。那破沙发里的德国簧，没过几天，一坐下去，再也不肯恢复原状了。阿宝只好拆开来修理，若不是动手那天晚间，有最新指示发表，本可以免去一场悲剧。在危楼里，想瞒过范大妈那双业余侦缉的眼睛，几乎是不可能的。我不知道她是否像朱大姐爱读张恨水小说那般，在研究福尔摩斯探案？她确实具有这方面的天赋。然而，偏偏那天晚上，她把危楼全体居民，都带到 Y 大街上去游行了。

阿宝本不能请假，但危楼人也自有公道心肠，都愿他花了那么多钱以后，早点结婚，免得发生意外，大家都尽力帮忙。危楼虽小，人才济济，什么处理品，便宜货，假公济私，开个后门之类，还是有办法给阿宝省几个钱。甚至在派出所挂了号的，以打架斗殴闻名的危楼二双——一对孪生兄弟，也愿为阿宝效力。不过他们能量不大，顶多就是："用得着咱哥俩给谁一点颜色看看的地方，阿宝哥，你尽管吩咐！"所以大家一致赞成阿宝留下看家，顺便改造沙发。范大妈也不敢太违反民意，便率领众人，浩浩荡荡出发了。

幸福，最好是细水长流，要是如山洪暴发，河堤决险似的冲来，这种足以把人溺毙的幸福，还是躲远点为佳。可阿宝太需要钱了，如饥似渴的想得到它，现在，这十块砖头，让他不知所措了。最新指示通常要安排到深夜才播放，至今我也没能悟出这样安排的道理。等到庆祝完回来，已经微明，但推开阿宝那扇从来没关过，今晚偏偏关紧的门，发现他竟然坐在沙发上，两眼直勾勾地，如醉如痴，像是中了邪。在人们印象里，阿宝和医院不沾边的，摸摸脑门，除了一点冷汗，并未发烧。但他说出来的话，倒有点像谵语似的不知所云："大叔，要是一个人快饿死了，捡到巧克力糖，你说他怎么办？"

据说，乔老爷年轻时学过法律，肯定读过犯罪心理学，应该能判断出这正是作案契机的流露。可他心思全用在泡女演员，客串演话剧上，结果混个不良不莠。他一点不考虑他的话会起到什么作用，以小市民贪便宜的口吻回答："那还用说，捡起来往嘴里一扔，有什么好客气的！"好像不吃，倒是天大傻瓜似的。

"不犯法？大叔，确确实实是捡的——"

"只有小孩，才把捡到的钱，交给警察叔叔。"

第二天，阿宝给已经进他们厂子业余文工团的阿芳打个电话（顺便说一句，她已搬到单身宿舍去住了），让她回来一趟。因为危楼的人，倘非长着防贼的两眼，便生有作贼的双目，那份敏锐，无异 X 射线，直扫心胸肺腑。他不敢长时间离开屋子，从十万元到手，每分每秒他都在紧张不安的状态中度过。

好半天，阿芳才来接电话，也许电话传声音质不良，他听起来很像朱大姐灌的那张唱片。“这怎么能行呢？我刚刚得到了一个角色！”

“什么？”阿宝没弄懂她得到的什么东西，但她声音里透出的惊喜，紧张，兴奋，不安的心情，他猜想，难道她也发了横财？

人各有志，阿宝和阿芳的区别，某种程度类似现实主义与浪漫主义的分野，阿宝脚踏实地，重谋生之道，尚利而不尚名；阿芳展开幻想的翅膀，对未来有许多美丽的梦，所以求名重于求利。她在电话中怎么能讲呢！别看现在是连句台词都没有的群众角色，而许多名演员，都从这个台阶起步，登上成功的宝座。

“你赶紧回来，阿芳，无论如何——”

阿芳也听出未婚夫语音中严重的成分，只好赶回危楼。阿宝见她进屋，急忙把门关紧，掏出秘藏的十捆万元人民币，使得好不容易变成城里人的阿芳，又变回去了，那种没见过多少大世面的土包子相，出现在那漂亮的脸上。

“怎么办？”

“你说怎么办？”阿芳反问。

前一个怎么办，显然是缴，还是不缴？而后一个怎么办，听的出来，实际是怎么用的意思。求名者并不反对利，兼而有之，当然更好。阿芳开始和未婚夫盘算，怎样来消化这十万元，真可算一道煞费苦心的难题啊！

乔老爷下午钓鱼回来，马上觉察危楼气氛不大正常，有几个人正交头接耳，窃窃私语。尤其范大妈，还做出维护道统，义愤填膺的样子，一把拉住老乔：“你快管管他们吧！大白天，也太不像话啦！”然后跺着脚：“丑死了！丑死了！”

乔老爷是什么角色，马上明白怎么回事。一看范大妈那份假正经，淡淡一笑，故意气她：“这有什么？谁不打年轻时过来！”

“那也得有时有晌！”

“半夜三更敲窗户，好？”乔老爷反唇相讥。

范大妈立刻脸上生霜：“造谣可耻，我就知道你们对新生的红色政权心怀不满！”

“你上纲我也不怕，咱们就事论事。”

“就是你们这对资产阶级，把年轻人拐带坏了。告诉你，放老实点，我成分好，就能管你！”

“我蹬过三轮，怕你！”乔老爷打出王牌。

她也祭起法宝：“你老婆是臭明星，黑帮！”于是，互相揭底，战斗升级，说来也怪，屁大事也能引起全楼大战。有的烧阴火，有的假劝架，有的帮倒忙，有的在起哄架秧子。这种经常爆发的争吵，轻则动嘴，重则动手，实际上是一种穷极无聊的精力发泄，是人们在看腻了样板戏以后的业余文化生活。直到阿芳搀着阿宝出来，人们才愕然吵了半天，竟把吵架的起因给忘了。阿芳向大家解释：“他不舒服，我陪他去诊所！”说着，两人并肩走出已经失去了门面的大门。

乔老爷马上占了优势：“病成这样，亏你们想得出来。”

范大妈是干什么的：“哼，我掐着表来着，好几个钟头，再壮的小伙子也架不住！”

其实，那好几个钟头，是两个年轻人在房间里，正想方设法藏到别人绝找不到的地方。范大妈已经到另外一个世界里去了，按西方习惯，对死人应该宽容，这位与危楼几乎同时终结生命的人，心底里良善的本质，还是时而流露的，能让人见到一个真的范大妈。记得她缠绵病榻数月，知道自己快不行了，不也让毛毛去把往昔决不让进门的敲窗人请来，等那位头发斑白的钟表修理匠，坐到她的床边，她已经说不出话，只是把手让他握着，然后，慢慢地闭上了眼，离开了人世。这是后话。

就在那次争吵以后，她改变了政策，从反对阿芳结婚，到支持他们早早办事，一来茶汤生意，阿芳早不帮忙了，二来她也觉得应该理解年轻人，甚至坦率地说："乔老爷说得好，谁年轻时不曾饿狼来过？"

其实乔老爷并未讲过饿狼，是她发展了的。有人说阿宝送她一条过滤嘴烟，才准许不够年龄的阿芳办结婚登记。恐怕未必这样。我就记得有一回，范大妈把她养的两只刚打鸣的小公鸡宰了，浓浓地炖了一砂锅，端到三楼阿宝屋里。

"吃吧，阿宝，连汤带肉全吃下去！"然后，坐在对面瞅着他吃，"孩子，你可要爱惜你的身子！"

我敢发誓，她那温柔慈祥的样子，把我这个旁观者都打动了。

"孩子，那种事情怎么能过分呢？看你，才几天，两眼都眍瞜下去啦！"她见他迟迟疑疑，不敢举筷的模样，便说，"公鸡是补阳的，吃吧，这些日子你光吃西红柿，荤腥都不沾。"

阿宝刚刚在烤鸭店，和阿芳吃完归来，已经是七荤八素，顺脖子流油的小伙子，不得不打点起精神对付这两只笋鸡。藏金案事犯以后，阿宝向我承认："当时，我真害怕已经再装不进东西的胃，一下子全吐出来。大妈那眼睛多尖，她准会纳闷，公鸡到肚里一转，怎么会变成鸭子了？"

原来，阿芳拿定主意，这笔巨款，只要不显山不露水地慢慢贴补，是不会被人发觉的。起初，计划每月贴二十元，算了一下，要四百多年才能用完。干脆五十元吧，也可用到二百年之久。再多就怕要露馅，所以想到只有吃进肚里，花多少钱也不会出纰漏。虽然原则这样定了，但天生怯懦的阿宝，总有点怛怛怵怵。先是左眼跳，后是右眼跳，也弄不清究竟是跳财还是跳灾，终于闹成个心惊肉跳，无法安宁。因此，他总在犹豫："要不，还是缴公吧？"

阿芳无奈，叹了口气："你也真成不了气候！"同意由他自便的时候，阿宝又舍不得那十块砖头了。这大概也是危楼出不了圣贤豪杰，也出不了江洋大盗的原因。小农经济思想和小市民心理杂交的结果，一条沉重的使你无法起跳或者飞跃的尾巴，牢牢地嵌在了臀部，而且很难摆脱。"文革"出那么多小爬虫，其道理也就在这里。

事实正是如此，胆小不得将军做。所以，几乎把S市著名饭店吃遍的阿宝，除了从炊事员的职业角度，了解到天外有天，增加许多业务知识外，非但未曾长一点膘，相反，倒像害了一场重病似的，整天一副霜打的样子。尽管到目前为止，花的还是自己好容易攒下的数百元钱，那十块砖头原封未动。但佳肴美味，一点引不起食欲，倒像吞服蓖麻油似的难以下咽。再加上三年灾荒留下来的，只能消化瓜菜代的胃和装不了荤腥的肚子，落下一个习惯性腹泻的病根，害得他经常从三楼急急忙忙冲下来，提着裤子，夹紧屁股，直奔J巷公共厕所而去。

要是仅这点口腹之累，倒也可以忍耐。问题在于这十块砖头，如同十枚地雷埋在屋里，整日里悬心吊胆的折磨，使阿宝受不了。假如承受这份痛苦，能够为他们的爱情增添一些什么，或许还值得，还划得来。可阿芳说了："你别愁眉苦脸好不好？也不要胡思乱想。你对我那么好，我不会忘恩负义的。早早晚晚，我这个人总是你的；当然，人给你，可灵魂，永远属于我自己。"

听这话，简直是现代派，而人呢，由于中西餐可她性子点着吃，心情舒畅，营养得法，胃口良好，越发地丰腴润泽，透出青春的魅力。本来，她是演被座山雕欺凌压榨的夹皮沟村民，但人一旦有张好脸子，就像磁铁似的产生吸引力，于是支左的同志，派头头，三结合的干部一夜之间都变成了精通艺术的行家，坐镇排演场，非要导演给她换角色，这样，她就演小常宝了。其实，她未必演得好，直到今天，我也不敢恭维她在影片、电视剧里的演技，有什么办法，照样红得发紫。就像一些时髦作家那样，经权威一吹，光轮顿起，由此开始，涂鸦即成好作品，放屁也是美文章。阿芳就从这一天开始，相信自己有征服别人，开拓道路的能力。因此，她和阿宝商量，把说好的婚期往后拖延。

“我们还年轻着咧，是不是？”

阿宝苦笑地：“当然——”

她一笑：“你要不放心的话，我今天晚上就住在你这儿，报答你那两千块钱！”说不走，还真不走了，一面脱掉外衣，一面收拾床铺。“阿宝，你是好人，可你不懂得我的心。我看过朱大姐的相册，我听过她灌的唱片，还有她讲过的好日子。我想，我长得比她年轻时强多了，为什么我就不会到达那一步呢？早先，我只要能做个城里人，就觉得登天了。哎，你怎么啦？”

阿宝轻轻掩上门，离开了这间屋子。

他到楼下大双、小双那儿去借宿，这对父母均为高干、沦落到危楼的宝贝，绝想不到世界上还有这等傻货。把他嘲弄够了，便挤挤眼说：“走，咱们去陪阿芳，省得她冷清。”阿宝跳起来，挡住门口：“你们敢——”

大概人们还很少看到他这种勇敢和尊严的神色，哥儿俩愣住了，如果真那样做的话，他肯定要和你拼命的。“得啦，你别当真，哄哄你的，兔子还不吃窝边草咧！不过，你也太窝囊，太孬种，太肉头啦！”两个人一齐把他往门外推，轰他回自己屋子：“难道你是属骡子的废物蛋吗？”

“我是人，不是牲口！”

阿宝也被激得冒火了，才爆炸似的迸出这句话。大双、小双愣住了，对生活对世界已完全绝望，长期来自暴自弃，无异行尸走肉的哥儿俩，想不到还有把自己当做人那样尊重，把自己区别于动物的人。他们望着那消失在危楼大门外的背影，好像发现了远古期残留下的孑遗生物一样，在绝灭感中多少注入了一丝希望。这兄弟俩回到屋里，又接着喝酒。不知怎么搞的，话也不多了，酒也没味了，于是推开桌子，倒在床上。过了好一会，小双叫了声哥哥，总有几分钟之久，大双才回答："干吗？"

小双毫无反应，大双以为他醉了，便把灯关了。在漆黑的房间里，他听到小双在叹气："我真想哭一鼻子！"

"我也心里憋得慌——"

"为咱们死得冤屈的爹妈嚎丧吧！要不，我非去杀人放火不可！"

"哭吧，小双，你要哭就哭吧！"

等到小双嗷地一声叫起来，他再也忍不住。尽管拿枕头拼命蒙住自己，也无法控制地嚎啕大哭。一直哭到范大妈来镇压他俩这对走资派的狗崽子为止，可这时候，阿宝已经在他工作的食堂里，找几张板凳拼起，仰卧在那里了。

他端详着那块从不离身的小镜子，他觉得照片上的她，离他既很近，又很远；那脸庞似乎很熟悉，可又很陌生；应该说是印象很深的眼睛，猛地看上去是深情的，闪烁出热烈的光彩，但细细注视，眸子里又有点冷漠和不可捉摸的神情，很看不透她的心。

然而，他爱她。他对照片上的阿芳说："也许是命中注定，说不定最后，巷子里那棵歪脖树，该我挂上去咧！"

第二天，阿芳埋怨他："你真狠心！"

他诚挚地说："你别再提钱了，那是我心甘情愿为你做的，我也不非要你跟我好，你要不愿意，我也决不会拦你。"

"阿宝,原来你这样想我,不屈心吗?"她确实是伤心地扑在他怀里哭了。这样,阿宝又转过来赔不是,哄她,安慰她。

危楼人有时心术也很不正,每当阿芳进进出出,大家都紧紧盯住她的腰身和腹部,好像她是应该到露马脚,让人看笑话的时候了。但实在看不出一点蛛丝马迹,便又撇嘴说:"如今工具多灵,叫你抓住把柄?"或者,以揣测的口吻:"还不知到医院去刮掉几个了呢?"

一直到大双小双实在听不下去,忍无可忍地在楼道里发出警告:"谁要在背后糟蹋人家清白人,看我不撕碎那张×嘴!"一副凶神恶煞口气,谁敢置若罔闻,这才消停下来。终于全楼都知道阿宝和阿芳,不仅是无罪的羔羊,而且纯洁得像天使一样。在那祸水横流,邪恶充斥的年头里,也真让看惯了污秽与脓疮的人们,为之眼目一新。危楼居民的主要弱点,乃是自私贪婪,穷极生疯,由此派生出嫌贫嫉富,趋利忘义的处世原则。危楼一部动乱史,小至鸡争鹅斗,大至头破血流,都和经济拮据联系着的。不过,也不影响他们偶尔产生同情恻隐之心,尤其是无需掏腰包的话,会陪着你掉泪,甚至比本人还激动些呢!但范大妈决定募捐,成全这对还差大立柜的小两口,早早完婚的时候,大家哪怕勒紧一点裤带,也三块五块地凑份子。大双小双当然不会后人,但范大妈有点怀疑那十元票来路不正。她对坏人,候补坏人,不太好的好人,以及好人中与前面三类有什么瓜葛者,表面上总做出警惕与防范的样子。例如她正同她认为的好人说说笑笑,一旦我走近了,她马上脸皮绷紧。可只有我和她,或她进我家门来有什么事,或我妻子给她端一碗富强粉饺子,就松弛下来了。这样来回变脸而不嫌累,我也着实佩服。

那对孪生兄弟拍拍胸脯:"这钱最革命了,都是拣的破烂大字报,到废品收购站卖出来的。""文革"十年,许多好书变成纸浆,用这纸浆造出来的纸,变成大字报,再回炉只能变手纸。他们哥俩后来从纸的循环中,走上正道，则是另一篇记事的内容了。

范大妈瞪了他俩一眼，同时，也不客气地扫视了一下乔老爷和朱大姐。因为这位应名的保护人，居然一毛不拔，不但分文未掏，还冷言冷语。乔老爷的赌气，分明是冲她的，前些日子还抠阿宝姐姐的问题，没茬找茬，唯恐中国坏人少了她没事干。屎盆子扣在阿宝头上，转过脸来又朝大伙敛钱帮他，弄不懂她什么病症，有点像她年轻时闹狐仙附体似的，一会人，一会鬼。这不，兴冲冲地捧着一把票子，到三楼找阿宝去了。

不过，话说回来，倘若范大妈只有一张紧绷的面孔，一点好的念想也不给别人留下，恐怕今天谁也不愿提她了。也许好就好在她是夹生饭，还有一半属于人情味的东西，不会被人忘怀。阿宝至今还念叨范大妈塞给他去买大立柜的钱，那一百元包含全楼每家每户的心，他捧着，觉得分量是那样重，到今天也还记得。

范大妈问他们俩："够了吗？"

阿宝老实，他有十万元，能收下这一百块钱么？连忙说："我们怎么好意思要呢？"但他想不到阿芳却顺着范大妈的话，回答说："姑，要说够不够嘛？还差一点，我们自己攒吧！"

范大妈显然也不是很舍得地，从怀里掏出另外五十块钱，放到阿芳手里："拿去吧！这是我一点意思——"

"不，不！"阿宝坚决不收这份钱，因为他和阿芳知道这钱来得多么艰难，是多少个深更半夜在车站卖茶汤，三毛两毛攒出来的。

"将来你们发了大财再还我，要还不上，就算大妈当这个姑，给阿芳压箱底的钱！"

善良的人最容易受感动，阿宝心头一热，泪水在眼眶里直打转。他当时恨不能掏出许多钱，成倍地，甚至成十倍地偿还给这些日子过得不那么舒展的邻居。事后，阿芳嘲笑了他的慷慨："偷来的锣鼓敲不得，你怕人家不知道么?”

“那一百五十块钱——”

阿芳是个会成器的女人:“客气什么,用呗! 记住,买极其一般的,咱们千万不能露富!”

于是阿宝的这场噩梦,随着大立柜的到来而结束了。社会上对我们危楼发生的这桩奇闻,有许多讹传和杜撰之处,其实问题出在那筐被遗忘了的处理西红柿上。人们在挪动屋里家具杂物,以便放置立柜的时候,发现了已经腐烂发酵,快成番茄酱的半筐西红柿。危楼人的眼睛,范大妈的侦缉本能,都是高水平的。接着又看到了床底下长了绿毛的点心,和许多枚滚进墙角,地板缝隙里的硬币。

可怕而又难堪的沉默,维持了好几分钟。人们有许多疑问,可不知该怎样问;阿宝当然应该解释,但拿不定主意怎么说。正巧,这个时候,阿芳来到危楼,嘴里还唱着“只盼深山出太阳”呢!

他叫了一声:“阿芳,你快——”从他本心,恨不能把这让他日夜得不到安宁的巨款交出去,宁可穷死也心甘。可为了阿芳,这秘密无论如何不能泄露。他怕失去钱以后,会不会失去她? 尽管他做好失去的准备,歪脖树也想过的,但他真心地爱,比罗密欧还罗密欧。所以他需要她一句话,或者一个眼神,一点暗示。但不做脸的肚子,剧烈地疼起来,好像绞肠痧的使他片刻不能停留,必须快到厕所,否则就要拉在裤子里了。这样,他没有得到阿芳肯定的答复,随后,又被愤怒达到了顶点的范大妈,冲进男厕所,扭着他到街革联,更不知她的态度了。但是,无论人家怎么问,范大妈怎么跳,他还能咬紧牙关撑住劲。等到被抄家队押着回到危楼,在人群中找不到阿芳时,他慌神了,悄悄地问了一声:“大叔,她呢?”

“一言不发走了,你啊你啊……”

刚才阿宝离开后，乔老爷是问过阿芳来着，究竟怎么一回事？吃处理西红柿的人，会大把扔硬币而满不在乎，这在逻辑上是讲不通的。阿芳好说什么？然而她审时度势，判断阿宝那劣根性的懦弱，肯定凶多吉少。于是抢先一步，到阿宝厂里替他自首交代，并且还说阿宝已被坏人绑架，很可能马上来抢钱。她在路上预先把头发弄得乱蓬蓬地，拽断了几枚纽扣，做出一副英勇搏战，冲出重围来报告的样子。说话也故意上气不接下气，一下子把敌意挑动起来。那些待命的武斗队，正愁找不到寻衅打架的茬口，更何况皇皇十万元巨款，不由分说，杀向危楼去了。

阿宝听说阿芳走了，而且是一言不发，立刻失去了精神支柱，全面土崩瓦解了。他想既然人都失去了，还要钱有什么用？莫如爽性缴了，省得老是一块心病，吃不好，睡不宁地折磨自己。想到这里，便从沙发里，仍是原来资本家藏钱的地方，掏出全部存款，十万元，一分一厘都不差。这就是说，截止目前为止，还是用自己攒的钱去吃喝，尤其阿宝那不争气的肚子，吃多少，拉多少，等于花钱买了一种习惯性腹泻的毛病，真是又伤心，又憋屈，那几百元打算结婚的钱，是容易节省下来的吗？

人们全被十万元那索尔·贝娄形容的阳光，给照得头晕目眩。也许阿宝头一回在光天化日之下，看清楚这许许多多的钞票，他的日射症反应比别人更强烈。所以，一听范大妈讲他下落不明的姐姐，一看到她勾来的抄家太岁的面孔，他顿时腾云驾雾起来。尤其逼着他交出更多更多来路不正的钱，推他搡他，把他像揉面似的折腾时，天地都在旋转，很快失去知觉，跌倒在那给他同时带来幸福与痛苦的沙发上。

阿芳想不到自己从人们看腻了的样板戏中的主角，成了大家听烦了的讲用会上的明星。不过，她还是很受欢迎的，因为她终究有点表演才能；因为她那张漂亮面孔的魅力；更主要的，是这十万元的传奇色彩，吸引着见钱眼开的人，纷纷赶来，即使得不着，听一听，也算过了瘾。于是，阿芳在S市的机关、学校、团体讲了个遍。不但她无需讲稿，广大群众也都背答如流，她怎样斗私批修，在灵魂中爆发革命的？怎样帮助未婚夫提高觉悟，不做金钱奴隶，走革命道路的？怎样冲出重围报告，使得十万元财产终于回到人民手中的？……这时朱大姐的头发也稍稍长了一点，成了阿芳最忠实的听众，每讲必听，关键时带头鼓掌，而且以她早年拍电影的经验，指导阿芳的表演。每次在上场讲演之前，给她手背上摸辣椒面。“要有眼泪，苦戏最打动人心了！你就说阿宝怎么不听你劝，揍你，揪你头发——”

“他连指头也不敢碰我，姨！”

“嗐！”朱大姐点得再明白不过，“这不是做戏么？”

阿芳讲得越生动，我们危楼罗密欧的形象越糟糕，在人们眼睛里，他不但是吝啬鬼，守财奴，还是一个暴虐狂。邻居倒不这样看，第一，他终于明白钱不是万能的，不那么孜孜以求了，倒比过去显得人情味一些；第二，花了数百元吃馆子的结果，他烹调技术长进了。楼里谁家有大事小情，少不了由他掌勺。甚至阿芳天花乱坠讲累以后，不也到阿宝这儿美餐一顿嘛！

“你别讲我把你揍得青一块，紫一块的，不行吗？”阿宝求她，“我都没脸进厂，一上街人家就指指戳戳！”

“我白让你当未婚夫啦！这点谎都不肯替我圆——”

阿宝什么都可以迁就忍受，一提当未婚夫这说法，马上脸部表情变了：“怎么？照这么说，还有不给当的时候了！”

“你呀你呀！我说过多少遍，早早晚晚，人是你的，我得看时机，到了时候准办，你放心！”

果然，她这一套活学活用的典型经验，像朱大姐那张百代公司唱片，听得耳朵起茧子的时候，她决定——在S市人民的心目里——作出自我牺牲，为了帮助他，改造他，要和阿宝结婚了。如同近来一阵很流行的题材，为了感化挽救失足青年，一定先要嫁给他一样。阿芳这样宣布以后，又在全市制造出一次冲击波。好多记者来到危楼采访，一些慕名的、学习的人，也络绎不绝于J巷之中，没想到快要倒塌的危楼，居然回光返照地红了起来。

最灰溜溜的莫过于范大妈了，她终于明白，天赋神权也好，优越感也好，左的面孔上那股凌人之势也好，只不过是她的影子罢了。当光线不再照射她的时候，这影子就消逝了，连自己也跌落在黑暗中。从此开始，她就一蹶不振，随着“文革”结束，随着危楼拆迁，她撇下她临别一握的钟表匠，和插队归来成为“民主墙斗士”的毛毛；也撇下我们这些坏人，准坏人，和不够好的好人，撒手仙逝了。最初那阵，我们这些人真有点贱骨头，害怕没有了她，无所适从，会过不惯。及至搬进新居，终于悟过来，失去她未必不是好事。不过，旧邻相会，谈起她来，也觉得她脸皮不绷紧的时候，还是有值得我们追忆的、可怀念的地方。

而阿芳转败为胜，占了上风以后，名气一天大似一天。讲用会的风头，只是发迹的开端，紧接着便在电视剧里露脸，不久，被电影厂借去拍片，这就更红了。虽然，她还不满足，还在努力追求更大的名气；但我们危楼居民，包括J巷居民，Y大街居民，都引以为自豪地说：“阿芳原来是我们这儿的！”可拆迁离开危楼，也许她由于天南地北地拍外景；也许执意求名到如饥似渴的程度，如同当年阿宝拼命攒钱，以致变得人情味都淡薄了一样，阿芳和我们老邻居疏远了。

至于他们小两口迁进新居后的生活如何？保护人也说不出什么来。也许我的职业习惯，喜欢搜集素材，当然要问出个结果。乔老爷抹煞着金鱼眼：“不是记者报道了吗？挺好！”

那篇专访我也看过的，说她艺术上取得那样成就，对自己的爱人，一个朴朴实实的普通工人，仍然一往情深。在海滨拍片的空闲时间里，总去捡五彩斑斓的卵石，以此象征坚贞不变的爱情和纯净的心……像阿宝这样工人与艺术家组成的不平衡家庭并不少，譬如歌唱家，譬如舞蹈家，但她们的工人丈夫，要比阿宝幸运多了。他们不会有多余和孤独的感觉，不会有依附和从属的感觉，更不会有傀儡兼奴仆的感觉。可怜的阿宝这样苦恼，正因为他没有得到，阿芳拒绝给的，那永远属于她自己的灵魂！

阿宝知道自己卑微，对于爱情，他倒真有点罗密欧，要么全部，要么全不。在推又推不掉，得又得不着的两难境地里，他竟然不止一次地重访J巷，去探望那棵歪脖树……

不平等的爱情，该有的什么痛苦，阿宝就承受什么折磨。他确实不明白她还想出多大名？她也真有些憔悴了，那双眼睛虽然疲倦，似乎刚卸妆那样残留着隐隐的黑圈，却永远聚精会神地，在电影广告、画报、影视类杂志和报纸上，寻找自己的照片和名字。如同阿宝怀揣着十万元巨款那阵，求名的阿芳像他查点钞票一样，在认真地统计她照片与名字的出现率。那碗还是导演开车送她回来时，端上来的夜宵，都已经凉了，还顾不上吃。

“阿芳，你太累了！”

“求求你，别管我！”她把头埋在统计数字里，好像屋里根本没有他这个人似的。

“你要嫌我碍事——”

“又来了，又来了……”她焦躁地跳起来，推他出屋，把门从里面反扣上了。

当然，这也不是头一回，阿宝倒在门厅的沙发上，抱着脑袋，从歪脖树一直想到那碗夜宵。生活的发展变化，是多么难以预料啊！在炊事班只会烧火的阿宝,能做出这一碗比头发丝还细的龙须面,而在歪脖树下当做盲流被驱赶的阿芳,却对这碗堪称工艺品的夜点,不屑一瞥。一直到第二天早晨,门开了,那碗面仍一筷子未动,放在桌子上。

“你没吃?”阿宝努力忘却一切一切的不快。

阿芳想起昨夜来:“让我怎么吃得下去,就端一碗,亏你做得出,叫人下不了台!”

“往日导演就送你到楼下,没想到他进屋。”

她立刻火了:“他进屋怎么啦? 我还要留他在这儿过夜呢! 你知道要评选最佳女演员么?”

这句话着实伤透了他的心,抬起脚,离开了这间屋子,他什么话也没讲,那怯懦的背影在门外很快消失了。

……

正当我们议论着只有均等的力量,才能保持相对平衡,好像爱情也不例外的时候,如今已是好样的危楼二双(一个在搞书法篆刻,一个和我同行,在写小说,不过他崇奉现代派),破门而入,后面跟随着的,正是我们刚谈到的罗密欧,垂头丧气,满面晦色。

哥俩把一段麻绳,扔到乔老爷跟前:“大叔,你看他想干什么名堂?”

朱大姐是有过这段生活体验的,赶忙拉他过来,埋怨地说:“阿宝,你怎么能想不开呢? 女人总有收心的时候,你看我和你大叔,不也过得很好么?”

“我没有上吊　　”他辩解着,“我这不是好好的嘛!”

“胡说,我们哥俩正在工地干活,见他在歪脖树那儿转悠,然后挂上了这绳套,正要把头伸进去——”

乔老爷跳起来,这位老话剧演员一把拽住阿宝脖领:“活见鬼,连罗密欧都敢同人家决斗,可你这个天生的窝囊废!”

他挣脱开，以难得见到的倔犟，回答屋里人质询的眼光："不错，我是打算那样结果来着。可我没有朝绳套里钻，我想开了，我不干了！"他还强词夺理："怎么？不兴我不自杀？"

写现代派小说的小双揭穿他："要不是我们跑得快，你就伸腿瞪眼了！"

"我已经拿定主意不死了，一见你俩，更死不得了！"说到这里，他叹了一口气，"厂里打算让我领着一帮知青开饭店呢！我要撂手一走，他们不又得回家待业。你俩找份工作多难哪！想来想去，人总不能为一个人在世上活着……"

"阿芳怎么啦？"乔老爷听他话里有话。

"也没怎么着。大叔，这回倒好，我一通百通！"

"屁，那个导演得收拾收拾他。"大双拿出当年破罐破摔，横行无忌的样子，"阿宝哥，我得给他放放血，让他明白怎么做人！他要再缠阿芳，我让他这辈子坐着轮椅拍戏！"

"你疯了，不怕犯法，好容易上了班，还当上先进工作者！"乔老爷警告着。然后，他盯住阿宝的脸，似乎要看出什么蹊跷。包括朱大姐，包括我，也都想知道究竟是怎么一回事？

"反正打他个鼻青脸肿，不算过分。有一回，我亲眼见他用车送阿芳回来，在大门口，居然敢动手动脚……"小双像写小说似的讲起来。阿宝用双手捂住脸。要不是汽车喇叭响，要不是阿芳一阵风似的进屋，我不知道这可怜的丈夫该怎么办？

"哟，你们都在这儿，快说说这个阿宝吧！"阿芳抽出一支烟，点燃了，烦躁地吸着，"像话吗？要去自杀，败坏我的名声！你说你多无聊，多没意思，也太酸了，太嫉妒了，不看看人家是什么样的名人，别人想巴结还不屑理呢！对你亲热，说明看得起你，流露一点感觉，正好表明你在他心目中的位置。阿宝,阿宝,你也不想想,我能跟他们来真格的吗?”

“哦! 天……”阿宝紧抱住头,生怕它爆裂似的那样用力。

朱大姐到底拍过片子的,深有感触地说:“阿芳,可也是——”可一看乔老爷那双愤怒的金鱼眼,把下面的话,咽回肚里去了。

“阿宝,干嘛那么狭隘? 我在争取最佳女演员,明白吗? 你想不付出点代价,不豁出一丁点,能行吗? ……”

索尔·贝娄把金钱比作太阳,那么名声的追求,大概就是对于飞蛾的火光了。

这时,危楼二双砉拉一下站起来,那拳头捏得关节嘎嘎地响,只问了一声:“那导演在车里等着吧?”便大步朝门外走去。阿宝跳起来,拖住他们哥俩,对阿芳说:“你走吧!”

“什么意思?”

“我让你走——”

“分手吗?”

“说不定这样对你、对我都好,我好不容易悟过来的。”

阿芳先愣了一下,很短,只有几秒钟。然后,瞅瞅阿宝,瞅瞅大家,转身走了出去。

那哥俩几乎不约而同地:“你这个窝囊废!”一使劲,把他搡在地板上。只见他一摊泥似的软在那里,泪水簌簌地跌落下来。

“让他哭吧!”乔老爷把大家都请到别屋,“哭够了就好了!”

……

大概没过两天,阿宝找我来了,好像乔老爷的话还挺灵,大概他哭够了,没事了,忙他的知青饭店了。原来饭店快要开张,至今连个名字还没有着落。

“您是作家,给想一个漂亮的!”

我突然想到陆文夫前不久发表的关于苏州吃喝的小说;阿宝炒的菜,还多少有点南方味。“干脆,你们就叫‘美食家’大饭店吧! 怎么样?”

“好! 开张那天,您一定来捧场!”

真奇怪,当他为一个人活着的时候,总那样萎靡;现在,为几十个待业青年忙着的时候,连讲话的腔调也不大一样了,不但响亮,而且干脆,跟你握手,也敢使劲了。

再没有比开张志喜那天更热闹了,简直谁也想不到,来祝贺的客人当中,有一位来自大洋彼岸的美籍华人,一家什么公司的女董事长。你猜是谁? 阿宝多少年不知下落的姐姐,回来看望她弟弟,还要把他带到美国去呢!

好消息总是不胫而走的,在锣鼓齐鸣,鞭炮喧天,“美食家”大饭店的招牌揭幕的时候,我们危楼的朱丽叶,也急急忙忙,带着抑制不住的亢奋来了。

那还用介绍吗? 她紧紧搂抱住那位女董事长。我突然发现,尽管她快成最佳女演员,但那副阔别了的,在J巷歪脖树下,没见过多大世面的土包子相,又在她脸上出现了。

阿宝至今也没有离开“美食家”大饭店,因为这里是他懂得人活着,到底应该干什么的起点。也许铺面还不够大,卫生条件较差,服务态度还不够好。可是他说:“姐姐,会一步步好起来的,你信不信?”

“根据什么?”

“因为我爱它!”

——诸位读者,假如你们有兴趣,请光临“美食家”大饭店品尝指教!

地址:Y大街十字路口;电话订菜:七八五四三。

涅　槃

一

老诗人白涛，给我打了一个电话。“你有空嘛？老兄！”

“什么事？”

“你马上来一趟。”

“非要现在嘛？”我刚在电脑前坐下来。

“是啊！”

“至于这么迫不及待？”

他有点不耐烦，“请你来，你就来嘛！”

从电话里，听出他有气无力，精神不振，与以往人不一样。“你怎么啦？智者！”我喜欢这样称呼他，智者，也就是充满智慧的人，而充满智慧的人，自然也是绝顶聪明的人。在我认识的首都文化人圈子里，白涛，是少数当得起这个“智者”称号的人。

他在电话里郑重其事地说，“老兄，我一点也不是耸人听闻，我觉得我死到临头了。”

外边阳光很亮，秋高气爽，相信我听到的不是鬼话，令人不胜诧异。

然后，智者腔调大变，在电话里，和我没头没脑地探讨起死亡哲学来，不知他老人家葫芦里卖的什么药？“人总是要死的，活了这一大把岁数，居然不死，你不觉得奇怪嘛？不知为什么直到今天尚健在着？连我自己也纳闷。老兄，能不能麻烦你来一趟，商量一下后事。”

虽然我比他小，还是晚辈，但他喜欢叫我老兄，我也跟他没大没小。“神经啦！你——”

“我很正经地跟你讲话！”

假如这是一位躺在病榻上，命危旦夕，一直要求安乐死的人，说出这种丧气的话来，也许不足为奇。白涛虽年逾古稀，但作为一个男人，尚能谈得动恋爱，能有心思想到女人，应该是离死还有一大截子路的，平白无故扯到后事安排，所为何来？

智者是不是又在打出一张怪牌？这个一辈子没跌过跤的人。

“替你写遗嘱啊？”我跟智者开玩笑。

他很顶真地说：“那倒不必，问题是有些事要办，需要一位老朋友来做，挑来选去，再没有比你更合适的人选了。”

这位文化界的老前辈，不久以前，在一家什么生命测验中心，做了一次从头脑到心脏，到四肢，到性功能的全面测试。仪器是德国进口，做检查的是人家外国专家。查出来的结果，他老人家简直健康无比，那心脏比年轻人跳动得还有力量。洋专家说，如果不发生车祸、谋杀、暗害等意外灾难，活到一百岁以上，是一点也不会成问题的。

在场的人，皆趋前紧握智者的手，表示祝贺。因为大家都觉得他身体从来不是那么结实，好像应该比谁都要先走一步。一个隔三差五，总是要住几天院的人，生命力反而更强壮，真让健康人眼红不已。白涛作清醒状，他说，刘海粟大师九十岁登黄山，那体质，不也没有过百嘛？但中国人喜欢凑趣者多，大家坚持说他行，因为他眼下还能把一个年轻得要命的女子把握得牢牢的，说明他大概有点内功。他莞尔一笑，马上人瑞似的接受大家的致敬。还说俏皮话，看来我是能看到中国式的社会主义完全建成，而诸位，那就对不起，你们是看不到那一天的了。

大家相信，这个社会，有害的人死得早些，无害的人死得晚些，其实是好事，于是，有人万岁，有人乌啦地喊起来。

这就是他的人缘了，此人一生喜结朋友，不端架子，老老少少，男男女女，他都谈得来。不像一些老人家，死倔横丧，总像别人欠他二百吊似的，敬他不是，不敬他更不是。智者还为此次健康体检，专门写了一首诗，登在报纸副刊上，我只记住其中几句：

“百岁不算老，
我欲活百五。
百五不满足，
争取到二百。”

他的诗墨迹未干，怎么要和这个世界再见了呢？不正活得有滋有味的嘛？我只好关掉电脑，准备到帘子胡同去看他。

白涛，从我认识他那天起，就见他老是吞食各式各样的药片、药丸，身体不是很结实的，别人得过的病，他几乎都得过，别人没有得过的病，他也得过。现在看来，智者未必真的有病，他的病，也是他老人家的智术之一，我辈凡夫俗子，只能高山仰止了。所以，他做出老是病病怏怏的样子，老是带病坚持党的文化工作的样子，老是有写史诗的欲望，而无荷马写《奥德赛》和《伊利亚特》的力量的样子。在中国，样子很要紧，只要口到心到，手到不到就无所谓了。他一谈到他一时半时拿不出杰作时，总是怅然不已，感喟再四。

“常想写大诗，
力薄不能为。
譬如登高山，
此志岂敢懈?”

在上次文代会期间，这首诗还印在了《简报》上，成为佳话，表明他虽病弱，但情志不衰，上面本想安排他当顾问的，看到他如此不能忘怀于史诗的创作，真是浩气长存，精神永在，哪敢让他退下去，还是给他一个实缺。

听到这样安排后，他又写了一首小诗。

“生平无奢求，
采菊学陶潜。
寂寞非坏事，
怡然在山泉。”

组织上一看，明白了，从关心他的身体健康，体谅他的创作欲望出发，跟艺术家协会打了招呼，尽量少给白老增加负担，专门配了一个专职秘书。这些年，他基本在家上班，单位有事，过问一下，当然是在他认为有必要过问的情况下才过问的，总的来讲，这位文化老人，地位不低，待遇不差，虚实不拉，好处皆沾，大家也只有眼馋的份了。

我恭维过他：“智者，你真行!”

他作谦虚状：“马马虎虎啦!”

这表明了一个老有病的人，倒未必比老没病的人的生命力差，俗话说：“破药罐熬柏木梢。”是一点也不错的，像白涛这个出了名的病秧子，预测能活百岁以上，我是相信的。他能见到中国式的社会主义建成，而比他小许多岁的我们，却未必见到，这是不值得奇怪的。

但是，一转眼间，他怎么会觉得自己快不行了呢？这真是号外新闻!

"好了,智者,我马上就到府上去。"

"你快点儿来吧,晚了也许见不着面了!"

我在电话里说:"你别说得这样邪乎,行不行?"

"是这样的。"

也不知真的假的,听他口气很严重,不过,对于这位文化界的老领导,我也有一丝心理准备,不知道此老又想制造什么新闻?反正他这一生,除了政治运动住院,"文化大革命"装死,一般情况下,他是闲不住的。故伎重演,怕人把他忘了!

我放下他老人家的电话,并未立刻出发,想了想,还是先给谷玉打个电话,问一下这位老先生的近况再说。她是他的秘书,他的五言诗弟子,他的半公开,半秘密,半合法,半违法的情人,理应对徜徉在山林中的老人,要了解得多一些。

谷玉,是一个正当年的,像水蜜桃那样饱满成熟,一碰就流汤的,已经到了不摘不行的可爱女人。这个世界,要是没有像她这样的女人的话,男人真的就无事可干了。她漂亮非凡,聪明非凡,能干非凡,而且也理智非凡。她和智者保持这样一种合作伙伴兼情人的特殊亲密关系,无疑找到了一个进可以攻,退可以守的堡垒。她认为只有傻女人,才急着谈婚嫁,一旦名花有主,专属于谁的话,那就失去了自由。而失去了自由,也就失去了一切。所以,对像她这样的不系之舟而言,像帘子胡同白涛府上,那磨砖对缝的四合院,该是她最好的泊位了。

她是做大事业的女人,她说过:"过去是智者吃政治的世纪,现在是美人搞经济的时代了。"一个知道自己美丽的女人,就懂得自身的价值所在了。

我说过:"你们两强的结合,这世界,对二位来讲,便无坚不摧,无攻不克了。"

他俩的笑声，竟惊飞了帘子胡同四合院里那棵大枣树的鸦群，哇哇的叫声，打破了夜的沉寂。

谷玉说的话，真是妙语如珠。我们这些他的朋友都说，一个人来到这个世界上，像白涛这样过"吃政治"一辈子，算对得起自己了。这是别人无法生气的事情，智者什么时候正经做过事呢？可他一直担当着很重要的领导职务。他什么时候拿出过史诗或者别的大作呢？可他在文坛的地位，却很不一般。他什么时候为党为国，或者为"英特纳雄耐尔"立下汗马功劳呢？可他应该有的，全有了，不应该有的，也有了。

何德何能，也就不去理论了，且说他什么时候具有那种男性魅力过呢？可在雪崩中葬身冰窟的晏波，简直可以称作女中翘楚，一位司令员（我生平很少见到有如此丰富人性的一位领导！）始终不渝地追求了一生的女人，却曾经是他的妻子。甚至到了垂暮之年，上帝还给他这份安慰，一个如花似玉的谷玉，也让人惊叹这位老先生艳福不浅。他有一首诗，写了这份艳遇：

"生平无他爱，
唯爱革命多。
早春风流韵，
晚霞不蹉跎。"

早春，指的是谁，晚霞，指的是哪一个，别人不了解，我是知情的。但他，对于那个失踪的"早春"，早忘得干干净净，连提都不提了。

我劈头就问谷玉："是不是你惹老人家生气了？"

谷玉在电话里反问我："怎么回事，他？"

"他说他马上就要死了。"

那美人的扑哧一笑，让我放下了心。

白涛是异人异相，这一点大家是公认的，第一，他那双眼睛，很有特点，使人想起只有老鹰才具备的敏锐视觉。第二，他那鼻子，也不一般，细而瘦长，老是在嗅着什么气味似的翕张着。第三，便是他的耳朵了，总是在倾听似的支棱着。在文化界，颇有几个善觇人相的星士，或者钻进气功玄妙中的高人，他们有见过白涛的，事后对我说："恕我直言，这位白涛先生，看他那相貌气色，五官位置，眼神鼻息，轩宇轮廓，倘非大圣大贤，便是大奸大邪。"

我把朋友的说法，告诉了智者，他，莞尔一笑："这话说得还很有点辩证法，从来成则为王，败则为寇，不过，一个七十出头的老人，无论想做圣贤，还是想做奸贼，都来不及了。幸而，我一辈子还算走运，不像晏波，生无宁日，死无安处。都因为太有性格的缘故！"

他的妻子，那位播火者，一生就是在风险跌宕中度过，做过地下工作，冒过枪林弹雨，去过不毛之地，经过历次运动，艰难险阻，浮沉颠沛，这个女人活着的日子里，从未安生过。要不是司令员终生不变的关照爱护，五七年那一关怕就过不去。

谷玉在电话里告诉我："他最近大概碰上点麻烦，有些神经兮兮，谁知道，他犯了哪根筋——"她跟他同居，但不是他的老婆，所以，说话比较超脱。

我想象不出智者会碰上什么麻烦？中国人最容易碰到的麻烦，说到底，在过去的年代里，无非是政治上的麻烦，现在倒多半是为富不仁，贪赃枉法，投机捣把，钻营舞弊上的麻烦了。而他，从进入解放区开始，一直到改革开放的今天，经历那么多的形形色色，大大小小的政治运动，只有别人当牺牲品的，他可是连一毫毛也未受到损伤，这是我们时代的奇迹，也可以看到他吃政治，而不被政治吃了的独到功夫。

到了经济挂帅，金钱第一的时候，他让谷玉那女能人出面，做他的经纪人，搞字画文物买卖，一个画廊，一个艺术经营公司，名义挂靠在他当主席的艺术家协会，交一些象征性的管理费，剩下的，二一添作五，他一半，她一半，各入各的腰包。老先生的财产，主要是这所帘子胡同的院子，和院子里原来他妻子那个家族留下来的值钱的和不值钱的一切。说是具有天文数字，那是夸张不实之词，但决不是我们挣些许稿费者所能想象，倒是一点也不冤枉他的。他随便拿几幅字画古董押在银行里，就能贷出百把十来万块钱，开个公司什么的，绝对不费什么口舌的。

在共产党内，属于进城时期的老干部中间，能像他这样发财的，并不很多。老实讲，他真是没有吃过什么亏，而且又靠共产党的招牌占了便宜的人。他对我不见外，曾经开导过我："你不要书生意气了，现在是个发财机会，你看谷玉干得多欢，这个世界，从来是饿死胆儿小的，撑死胆儿大的。等共产党明白过来，人家早把牛牵走了，你再去拔橛，分明是往枪口上送么？"

对此，你不心悦诚服也不行。

我问谷玉："是不是一块去看看你的老未婚夫？"

"现在走不开，我在等一位老板，有一大笔饥荒，得填补上窟窿。"

在这个世界上，像这样敢作敢为的女人，还真是少见，以名流的身份遮掩住实际上是盗坟掘墓的脏活。这个戴白手套的文物鉴定专家，一旦犯事，她早把屁股上的屎，擦得干干净净，不留痕迹。再说，白涛这大红袍，是她最好的掩护。所以，得其所哉，生意越做越大，看来，她说得对，是她的时代到了。

"那他，到底为什么，平白无故想到了死？"

这女人透出一丝口风："有一天，他忽然念叨晏波的名字，这是很少见的。"

智者虽然吃政治，但对这样一位特别亲密的女人，会不谈他为什么想到了死的问题，是不可能的。"你没觉得奇怪？"

“还有让我弄不懂的，还提到了帘子胡同那房子——”

听谷玉这一说，似乎老先生有安排后事的一点意思，但我不信。

这些和他失踪的妻子，都了无关系。晏波，在“文革”批斗高潮中，从牛棚中突围而出，远走边陲。说来，也只有她那种具有十二月党人妻子的充满革命浪漫的女人，才做得出来。试想一想，天都塌下来了，你一人站出来能顶得住嘛！这就是晏波的天真了。“文化大革命”对智者来说，确实是史无前例，连当场休克的手段也使用了，也未能逃脱几天牛棚的灾厄，不过，他终究是吃政治的，在牛棚里，造反派见他乖顺，还让他当了个走资派的头。他反对晏波这种极其幼稚的冒险行为，“你这纯粹是意气用事！”

“难道看着加农炮被诬陷，被折磨死？”“加农炮”是我们这些他的部下，给他起的外号，他本人也不反对大家这样亲切地叫他。

“文革”期间，他在边疆任省委书记，自然是走资派无疑。当她在一张小报上看到原来在根据地时的这位首长被批被揭的材料，其中提到了她，就有越棚（也就是越狱）的打算。

“晏波，你是爱他，还是害他？”根据他吃政治的经验，一旦处于运动的被告地位，唯有深刻检查，低头服罪，否则，任何辩解，只有加重倒霉的可能，“你当共产党比我早得多，怎么会一点也不悟？别犯你的共产主义幼稚病，好不好？”

她是相信真理，相信公道，相信党，相信人民的革命家，她对他的这种懦弱，不屑一顾。“好吧，我坦率说，我恨我不爱他，干嘛我要害他！我要去给他申诉——”她趁他装病住进医院，趁监管的专政队员松懈之际，逃出牛棚，直奔火车站，一去不回。现在，回想起来，这样骑士风度的女人，真是难寻难觅了。为了给一个曾经追求过她，也曾经保护过她的首长，证明对他的诬蔑是无耻的栽赃，证明她和那位司令员之间的关系，是绝对的清白，甚至是不是带有后悔的情绪，去弥补她对他的感情上的负债，那就不好推测了。但她日夜兼程，急如星火，赶去讨一个公道，不能不为她的侠胆柔肠赞叹。这一路上，避开造反派随之而来的追捕，对一个做过地下工作的人来讲，倒不是什么难题，但没想到，途中翻车，埋在雪窟，从此就无了下落。

智者虽老，春心犹在，那种花花草草的欲望，一辈子也不消停的，以后，白涛便采取与女人打游击战的办法，有感情就交往，无感情就分手。因为一，不能证实晏波果真死亡，二，像晏波这样的女人大概也再难找到，三，他总觉得所有想同他谈及婚姻者，无不看中他帘子胡同的四合院，和他的钱袋。

谷玉则不，玩玩可以，结婚不行，和他这样的智者合作，很愉快，也就够了。她的哲学是：我可以给你想要的我的年轻肉体，但你不能干涉我的行动自由。我是你的合伙人，但不是你的注册老婆。我们一起挣的钱，亲兄弟，明算账。至于你的财产，你从你前妻那名门望族继承的全部，我连正眼也不看一下。如果你百年以后，在遗嘱里写上一笔，馈赠我一些什么，我也不反对。不过，你要是以为这样可以像钓饵似拴住我，那也没用。说实在的，如果不是你多少有利用价值，加之也不容易找到这样的合作对象，我也不会往帘子胡同跑。

这女人的话，不能不信，但也不能全信。虽然她说到这里，眼里闪着泪光。像演戏，又不像演戏，像装蒜，又不像装蒜，女人到了成精的地步，你只有举双手投诚的份了。

智者对此有更精彩的言论："我是当事人，我得信，否则我们就没有合作的基础，但我也不能不留神，因为我们都生活在这个尔虞我诈的社会里。"

"此言有理。"她赞他一句。

“真可惜，当年没建议你进中戏，而学了画。”

他们俩在合作上，真是珠联璧合。

无论如何，那是一个生猛鲜活的女人，作为一个老男人，是有一种受宠若惊感的。智者私底下对我承认：“我活了一辈子，有这最后日子的辉煌，能享受这黄昏恋情，晚霞风流，也就够了！”

“可你把一个绝不该忘的人忘了，甚至连她失踪后，找都不去找一下！”

“你不要哪壶不开提哪壶，好不好！”

他有了这个谷玉以后，更讳谈晏波了。就因为这个谷玉，这个带给他欢乐和钱财的女人，他也不会想到死的，他要活下去，能活多久就活多久，不断给她回报，那就是“但愿人长久”了。

白涛曾经自负地写过：

“腊月小阳春，

暖靠南墙根。

莫看秋草枯，

苍松笑寒风。”

还有：

“古稀不算老，

伏枥路途遥。

革命加爱情，

两者我皆要。”

难道失恋了？这倒是老人家一块永远的心病，他是很怕她被一个比他更有权有势的，或有钱的，比他更年轻力壮的人横刀夺爱。由此可以断定，他想到了死，百分之百是因为谷玉的缘故。

二

这位声称要死的老前辈，口碑不算十分地好。其实，他没有害过谁，甚至，除了自身安危不得不为之外，也给人家打招呼，这说明他心地不坏。纯粹为整人而整人，如同为艺术而艺术的行为，他也不干的。

但中国人，有个毛病，自己倒霉，而对别的不倒霉的人，有种悻悻然的不满，这大概也是多年养成的平均主义的后患了。

我一点也不想为这位忘年交辩解，他既没委托我，我也没这义务。不过，凭良心讲，要都是像他这样一个无害的人，不怎么收拾人的人的话，第一，天下太平得多，第二，人间悲剧能少三分之二，第三，事后落实政策的麻烦，也会相对减少。但大家背后说起他时，摇头的多，点头的少。

智者明白这些对他的不佳舆论，他回答得也很俏皮，“人，比较害怕凶神恶煞，越是面目可怕，人，越是敬服。人，还有另外一个缺点，怕硬欺软，你对人无害，人，本应该庆幸，至少可以多一份安全，但是，人有不安于位的本能，不会满足这安全，反过来，还会产生一种对弱者施虐的欲望。”

别人对他的评价，他也不在乎，一个人，能一辈子平安快乐，无灾无难，在中国这几十年来，实在是为数不多的，不是这次运动，就是下次运动，迟早会摊在头上的。他能远离中国的一切的人为的政治灾难，能比别人相对地少受到折腾，除了有福气，有运气之外，也说明他是一个非常明白的人，才能巧妙地周旋，不使自己卷入漩涡里去。哪怕马上要身陷囹圄，也能从狱卒的手下奇迹般逃生，这真是了不起的头等聪明的超人，直到他年逾古稀，仍看不出他的一丝昏聩。他那在《麻衣神相》上，都能说出名堂的眼睛、鼻子、耳朵，始终处于一种可怕的清醒程度之中。

吃一辈子政治，吃成了精。

有一次，我们这些他的朋友，在帘子胡同他家聚会，都承认，一个人难得不倒霉，而对他老先生说来，最伟大的是一辈子不倒霉，这简直是当代中国史上的一个特例。将来要写《第二十八史》的时候，好像应该给他立一个吃政治的传。

他一边饮酒，一边微笑，“诸位别恭维我了。”

那天我多喝了两杯，我没有他永远不醉的高水平，有点管不住自己的嘴。“从我一九四八年认识你起，在阜平西寨那山沟里，我就不怎么佩服你的，白涛老兄！但几十年交往下来，我又不能不赞成你了。因为你活得不但比我们哪个人都好，而且聪明到共产党拿你没办法的程度，了不起。”

他笑笑，根本不把我的讽刺当回事，因为我是晏波带到解放区去的关系，他跟我不甚见外。“大家只是个印象而已，其实比我春风得意些，左右逢源些，沾共产党的便宜多些的，大有人在。老实说，在这个世界上，像我这样只顾自己的聪明人，不是很多的，那些不但聪明而且会整人的人，害人的人，吃人不吐骨头的人，才是真正吃政治的英雄呢！”

大家轰然叫绝：“对极了！”

“喝酒吧！”他端起杯子，“没有必要为无谓的事情伤脑筋！”

我是他府上的常客，因为我们相识太早，记得进入解放区后，第一个用枣子酒把我灌醉的就是他。

他还为我写过一首诗：

“阮伶不戒酒，

李白诗丰收。

人生常苦短，

何故不自由?”

那时,我们这些新去的知识分子都吃大灶,领六斤小米的补贴。他其实早去不多日子,也是晏波通过封锁线,护送到根据地的。但他是诗人,又到联大去讲了几个月的新诗运动,竟混上了中灶伙食,营级干部。可护送我们这些大学生到解放区去革命的,那个风风火火的晏波,经常出生入死的城工部的人,也不过和我们一块啃窝窝头,享受大灶待遇,我们替她打抱不平,要找领导去说理。

现在已经很难找到这种赤诚的职业革命者了,她好像除了动员知识分子到解放区参加革命,如同播火那样,把我们这些青年人的热情鼓动起来外,她对于自己的一切一切,都无所谓。她阻止了我们,“干什么?干什么?”走到半路上,被她追上来,赶我们回驻地去。

后来,也知道,她不是没有想法,不过,她觉悟高,不去想而已。也许因为这点历史因缘的关系,我和智者这几十年倒没断了来往。

他就这样渐渐成了一个不大不小的人物,诗人以他不官不民的特殊身份,上见大官,下见平民,就这么一个自由自在,但又很有分寸的态度。他不去讨人喜欢,也不特意地讨谁不喜欢,他让人觉得他无野心,可信任,不戒备,可又是有本事,很努力,有分量的人物。他的诗,经常见报,他的画,也有水平,他在文化人中,像官员,可在官员眼中,又是一个从老区来的属于我们自己范畴的文化人。身体又不好,经常住医院,也就不把他太当回事,又不能完全不当一回事的对象。所以解放后,这次运动,那次运动,在劫难逃者众,他能安然无恙,而且并不比别人吃亏,就是沾了这种不即不离,和不使得强者十分戒意他的便宜。

“这老小子,该捞的全捞到了。”这也是有些人不肯恭维他的原因。

一九五七年,我被打成右派后,相当长一段时间,潦倒落魄。那一次,晏波也险几给戴上这顶桂冠,亏了加农炮保护了她,这位将军进城后官做得很大，说话自然算数，也就把她下放拉倒。因而，剩下一个白涛，他总是把我找去帘子胡同，到他家陪他，有时小酌，有时赏饭，倒不怎么嫌弃我脑袋上那顶帽子。因此，我固然不甚喜欢他，但也不像别人那样讨厌他。虽然心里也不甚平衡，我倒霉因为我写了小说，晏波倒霉因为她说了农村的真实情况，而白涛，比我们俩更加言不及义；可刚一开始整风，他就因胃溃疡住进了医院，他三教九流的人认识得多，医生总不让他出院，躲过那场暴风雨。

"别喝闷酒哦！"

我借酒盖脸，故意问他："我弄不懂，怎么她有事，而你没事，她下放，而你安然无恙？"

"你以为是我把我老婆推上断头台的嘛？"

我说："但愿不是！"

"当然不是！"

后来，没有很久，晏波下放结束，又回来了。我们谈起来，对于她先生这平安无事的岁月，使我不能不相信命运这一说，不知为什么，上帝总给他笑脸。我从来也不敢跟上帝作对过，但上帝却总是惩罚我。

他当着晏波大发宏论："那是因为你们太执着，当然，这并没有什么不好，不过，有时候执着，有时候就不能执着，要知道，脚上的泡，全是自己磨的。"

我说："我其实是很现实的，我怎么不想适应？我讨好过，我改变过，我服帖过，我低头过，我甚至求饶过，但上帝仍旧不允许我适应呀！"

智者一笑，"这说明你适应得还远远不够，适应是一门学问。有主动的适应，有被动的适应，有适应中的不必适应，也有作出不适应的样子，而实际的适应，有大适应而小不适应，也有半适应的半不适应……"

晏波不耐烦地截断了他："算了，别贩卖你的庸俗哲学了，不是所有的人，都像你这样滑头——”

“不是滑头，而是聪明，每个人在这个世界生存，都有一个态度。有人要硬碰硬的改造这个世界，有人只想以柔克刚地适应这个世界。这就是我们最根本的分歧！”

晏波也不客气：“这也就是你永远是你，我永远是我的缘故。鸡和兔固然不能同笼，鸡和鸡，兔和兔也未必能在一个笼子里共同生活下去。”

一提到这个古老的话题，白涛哈哈大笑。笑归笑，但从那开始，这两口子实际上也就分道扬镳了。所以，那位百分之百的女布尔什维克，忍受不了造反派对一位清白无辜的同志，那种诬陷不实之词，才愤而突围牛棚，一走千里，踏上她自己的寻求伸张正义之路，也许是对他这种适应生存学说最后的弃绝吧？

也许，她终于悟了去寻找她错过的爱？人家越是要揭发那尊加农炮，她倒越是觉得自己当年的弃绝，是多么的错误了。于是，她走了，留下了白涛在牛棚里做一群被管制的走资派的头。

从我认识白涛那天起，他就是一个天生应该当头的人。如果你和他一起沦落到一座孤岛上，那他准是鲁滨孙，而你却非是礼拜五不可。他这一生，组长，队长，部长，会长，主任，常委，成员，书记，没有他没干过的职务。他是我们国家里常见到的，一个永远动嘴，而不动手的人物。他认为，真正的革命家，不必一定身体力行，只管原则领导，只管掌握方向，只管画圈拍板，只管给下面精神，指示和红头文件就行。坐在主席台的位置上，到时候能够说上几句提纲挈领式的意见就行。

当然，在主席台上，还得有一个自己的用塑料丝织成的套子裹住的茶杯，有一个塞在耳朵里的助听器，有一副看文件的老花镜。其实，他听力和视力，都好得异常，那位德国医生给他查过的。

我时常替他扮演的角色担心，“万一，你说出一些不在行的话来呢？

你不可能是万能和全知的上帝。”

“阁下，以后请你不要向我们这些成熟的老同志，提这些幼稚的问题好不好。领导只抓原则，而原则是虚的，是纲，是精神，是形而上的，是放之四海皆准的，怎么能外行呢？”

有一年，他到新疆和田地区去了。回来，给我捎来一块石头，说是和田玉。

“你到那儿干什么？挖掘古文物？”

因为他是文化人，而且在文物收藏上有点名气。

他告诉我：“我去是抓棉花生产。”我差点笑穿肚子，他也笑，当然是奸笑，然后正经地说：“我还担当两州八县的消灭二代棉铃虫的总指挥呢！”

“你可是连大麦和小麦，玉米和黍子都分不清的主——”

“这一点也不奇怪的，你还记得吧，老兄，大炼钢铁那时，我搞土高炉群，烧红了半边天，还向全国介绍过经验。”

他在这方面，简直是多才多艺，花样百出。点子多，名堂多，所以，哪儿热火朝天，那儿准有白涛。他这一生干了多少光辉业绩呀，说来简直可怕。将来给他写悼词，还真是难以下笔呢！诸如大放卫星，化肥开花，全民食堂，土地深挖；诸如戏剧改革，全民诗歌，英雄人物，样板歌曲，他都参与领导过，兴风作浪过，火上浇油过，天翻地覆过，最后弄得一塌糊涂过。这位老人家，跟着党一块儿成功过，也跟着党一块儿犯错误过，但是，成功的时候，处处见他的身影，错误的时候，就不知他到哪里去了。

“算了算了！”我也懒得和他说了，凡是我们党头脑一热，搞这些莫名其妙的大呼窿运动时，他就来劲了，共产党说一，他准是要加番成为二，共产党说二，他准要搞到十，不过头，不罢手的。

这人，就这么神！

所以，上头看他是文化界的砥柱，底下看他是艺术界的栋梁，外行人看他是专家，专家又觉得他是内行。搞美术的看他是鉴赏家，搞国画的认为他是收藏家，搞音乐的当他是个知音，搞京剧的相信他是一个不错的票友，在诗人眼里，他的五言诗也算独具一格，在作家眼里，他要品评一篇小说或是散文，那一个个新名词迸出来，也让人头晕的。在艺术家协会里，他被视作一个超脱的领导，活得潇洒的人物，是与广大群众不摆架子，和蔼可亲的首长。因为大家对那些在位置上喜欢指手画脚的头头脑脑不免反感，而对他另眼相看。可惜他身体状况不佳，否则，他要主持经常工作的话，也就是大家的福气了。

“人是一条龙，
也是一条虫。
懂得辩证法，
一生便从容。”

他的这首五言诗，倒可以看出他的一点玄机。

他才不会事必躬亲呢！他没这么傻，他就在这抓与不抓之间，才得猎取人心，不抓不行，太抓也不行，只有这样，一可偷懒，二可少负责任，三也省得和那些抓权的人增加矛盾。

这首题在画上的龙虫诗，还挂在集雅画廊里出售，那些虚无缥缈的龙，和支棱八岔的甲壳虫，看不出多好，也看不出多坏，和他当领导的本事一样，什么都有一套，但不能深究。不过在中国，或者在这个世界上，一定要跟长官过不去，要探根寻底的呆子，几乎是没有的。所以，只要沉得住气，能唬住人就行。

谷玉经营的这家集雅画廊和艺术品公司，其实是捣卖文物的一个黑窝点，推销这种龙虫图和莫名其妙的现代绘画，纯粹是门面。你要有工夫在那坐一会，准会听到那女人给来光顾的人介绍，“这位老画家深受马蒂斯野兽派的影响，还与西班牙的戈雅的画风，多少有点近似，所以，这是西化的国画，也是中国画风的西洋绘画。中国独一，西方无二。”那个成熟的桃子，与其说介绍作品，还毋宁说是展览自己，那流溢出的色香味，能让顾客情不自禁要咽下口中的唾液的。

漂亮女人兜售商品的一个优点，就是容易使顾客产生人和物的错位感，使他认为那个女人的天生丽质，也就等于所买东西的货真价实，就来不及地掏出钱包了。每当我在集雅画廊里，看到那些冤大头们，居然相信她说的这些鬼话，居然买这些鬼画，我除了惊叹这个世界没法讲得清的无可奈何外，不能不赞佩这个尤物，那种要把整个世界摆平的雄心壮志。

有时，我也纳闷，“谷小姐，嫁汉嫁汉，穿衣吃饭，干嘛不正经找个女人的归宿？在这里混得这样开心？”

她笑了，那眼波飞来，令人眼晕：“你不愧是一个现实主义的作家，可太过实际，就俗了。你要知道，一个漂亮女人的黄金时间是很短的，我倒要试试，能做到什么份上？然后也不枉此一生。”

这个早先艺术学院的三流学生，能够巴结上白涛，能够跟一位比自己父亲年纪还大的老头睡觉，也真是够胆气豪迈的。“我非常感谢老头儿，他正好给我提供了这样一个舞台。”

我心想，小姐，你别说的比唱的还好听了，我会不了解你缠着老头不撒手的底蕴？

这个女人很聪明，她说我想错了她：“第一，我不愿随便嫁一个男人，糟蹋了我的本钱。第二，女人不全是为做爱活着的，我有我自己的十年计划。第三，白涛虽老，但他风流，至少我还未遇上一位超过他的，能够与我旗鼓相当的男人。老，我不怕，只要有功夫。”

谷玉这番话，也许是实情。白涛对于女人，应该承认是有一种特殊的魅力的。而且，大概懂得一点房中术。连晏波，那么一个追求革命理想的人，几乎为他牺牲了一切，差不多毁了自己。如果是一个不过尔尔的家伙，这两个女人恐怕不屑一顾的。

我认识晏波在先，接触白涛在后。一九四七年，我还是个高中生，她来发展我们参加地下党的外围组织民抗先，有了来往。她父亲是大学者，住在帘子胡同一座前后两进的四合院里，到他们家，满坑满谷都是线装书，还有许多书画古玩之类，好像进了琉璃厂一样，现在这些都成了白涛作为学者化艺术家的本钱了。

可第一眼看到白涛时，已经到了解放区。也许因为他听晏波提到过我，非常亲切，非常热情，而且来了一个在解放区很少见到的洋礼，拥抱我，一连三次。

我很尴尬，他很自然。

老实说，他能在当时那种相当清教徒的，相当禁欲主义的空气里，自行其事，也着实令人佩服他的勇气。譬如，大家都穿二尺半的军服，戴八角帽，他偶尔还穿起西装来，戴过毛主席去重庆的巴拿马帽，招摇过市。我不知道，这是不是革命队伍中的个别死角现象，有的人，他就可以被允许，被默认，不必一定拘束在规矩方圆之内，稍微出点格，不太伤大雅，人们可以容忍，可以视而不见，也颇是令人费解的。

我想这和加农炮的性格有关系，他喜欢有才华的部下，虽然他是红小鬼出身。

那时，宋加农是我们五分区的一号首长，绝对的一个大老粗，脾气大得厉害，绰号也是由此而来的。按照一般规律，他应该不大喜欢文化人，但也怪，很宽容白涛那种名士风流的行径，也许在他眼里，多少有点属于稀有动物似的好玩吧！他很少有说有笑的，但白涛经常到他那儿去喝酒聊天，给他讲北平的所见所闻，所以，司令部出出进进，独他是很随便的。

大凡领导人聚在一起，并不都言必马列，也是需要一些轻松话题的，他就经常制造一些绯闻啦，浪漫啦，笑话啦，洋相啦，让人们在那清苦的日子里，至少嘴上不那么单调。尤其他的诗，不晦涩，很上口，那些文化不甚高的首长，看得懂，读得通，对他还很欣赏。加之白涛这个人，别看他有时装疯卖傻，其实很聪明，说他颇有心计，也不为过。他即使出点格，过点头，冒点炮，也不会走得太远，总是适可而止，差不多便收。有时让头儿伤点脑筋，可也不至于为之大动肝火。闯一点小祸，屁股也好擦。所以对这位基本上识相，不给领导造成大麻烦的他，优礼有加，因而破例地不怎么严格要求他。我们出操的时候，他可以睡懒觉，我们学习的时候，他可以在他的屋子里写诗，我们帮老乡收割庄稼，汗流浃背，他可以背着手，在那里“悠然见南山”，构思什么宏篇巨著，这就使别人眼红的不得了。

可在大会上，只要加农炮在人群中一眼瞥见他，必然会站起来招呼："我们的大诗人，不当场来一首诗助兴嘛?"

偏他有这种说来就来的捷才，记得我到解放区的第二天，正碰上一次祝捷大会，司令员话音刚落，他跳上台去，即席朗诵了一首诗：

“日头天上挂，

人间大变化。

小米出真理，

枪杆打天下。”

这首诗，好是说不上的，但有点气势，行伍出身的宋老总马上高兴了，他是个粗人，但有时——那是不发脾气的时候，是个可爱的将军，因为他的脾气讲求痛快，连声说：“好！白涛的诗，简单明了，通俗易懂。”

那时的白涛，人长得帅，要个子有个子，要文才有文才，尤其令人钦服的地方，笙箫管笛，无不在行，唱戏演讲，慷慨激昂，提起画笔，像模像样，作曲指挥，当仁不让，那时，时兴木刻，他操起刀来，也是一个行家里手。若是谈文学，谈诗歌，就更难不住他，而他的五言诗，对不起，说起来都能把人吓一跳。

“诸公，我写五言诗的本源，如长江，黄河发源于巴颜喀拉山一样，是从这儿起始的——”

于是，他拿出一把折扇来作为佐证，你一看，不得不肃然起敬了！

扇倒无甚稀奇，竹骨纸面，制作粗陋，但却是毛主席的墨宝。那扇面上龙飞凤舞着“军队向前进，生产长一寸。加强纪律性，革命无不胜”的诗句。我未考证过，白涛自成一格的五言诗，是否受主席这首诗的影响，抑或他自己的攀龙附丽？但那笔主席的手书，是毫无疑问的。我刚到解放区，认识他不久，就看他经常放在手边了。我很惊奇，他竟然对毛主席这把具有某种文物意义的扇子，不怎么当回事，至少，在表面上，他是这样子的。一谈起来，很无所谓的样子：“早先，求主席写两个字，不是太困难的。”

这也许是事实，不过足以说明，他资格比我们老。接近重要的人物比我们多，他说，他写过一些诗，送呈给毛主席过，遂有了这把扇子。这故事不知真伪，但他出版过一本《新五言》诗集，倒是不假。其中有一首：

“初到解放区，

天地顿时阔。

滴水注大海，

小我成大我。”

诗下自注曰：“在平西，呈毛主席。”

日理万机的毛主席，那时忙于进城，成立共和国，是否有空一阅，待考。但他送上去，大概也是千真万确，这也算是他一生中的殊荣，也是他终生享用不尽的政治资本。

他也会调侃:“不是谁都可以吃政治的,除了有吃政治的聪明,还得有吃政治的本钱。”

我斜着眼打量他,表情虽然平淡,但那暗中得意的劲头,也不是看不出来,因为能有这份本钱可以骄傲者,并不多。

他不大在乎别人怎么看他的,除非到了一定的临界线,再不在乎下去,会给他带来灾难时,他才会收敛。否则,该拿的拿,该要的要,该伸手的伸手,该脸皮厚时,也够厚颜无耻的。他知道我在腹诽他,反过来问我:“你肯定没有送过,即使你有这份心思,连往上递的门也找不着的。别不服气,命也运也。”

他对我说这话时的神态,满足之情,溢于言表,这时候的他,便是神采飞扬的白涛了。

服了!虽然,我嫉妒得恨不能骂他王八蛋,但我不得不宾服他,因为他活得比谁都好。但是,忽然之间告诉我,说他想死了,我不讳言心胸里的阴暗,坦白讲,真有点幸灾乐祸的快感呢!就像希望一个不败的拳王,也有倒下被人数十的时候。

谷玉在电话里,听我说到他不怎么想活,虽然认为可能是白涛的故伎,喜欢耸人听闻,并不太当回事。她说她和这位老板谈完调拨头寸的业务以后,就过来帘子胡同。不过她一再申明,如果老头真活腻歪了,不是她惹的,而是其他什么缘故。

“你估计,因为什么事触动了他,才想到死亡上的。”

她说:“反正他从不提晏波的,这倒是有点蛛丝马迹的意思!”

等我到了帘子胡同,那座磨砖对缝的四合院里的大枣树上,老鸦在呱呱地噪着,很有点不吉祥的气氛,我以为我来晚了,没准先行一步,到上帝那儿去报到了。推门进去,看到他面前几盒录像带,正对着电视机那一片雪花发愣,我放下了心。

“哦,你还有心思看三级片,大概还不至于马上涅槃?”

他听出我话中的讥讪之意。“老兄,不要用这种腔调同一个命在旦夕的老同志说话,我找你来,正是要和你商量这件事的。”

“行了,老先生,你离死神十万八千里,别制造新闻了,我拜托你!”

“我真的觉得我快要死了,不哄你!一个人不会拿死来开玩笑的。”

我站在那里,怔住了。因为自打在根据地那山沟里的西寨村,和他交往以来,无数次地听他这样那样当回事的,甚至赌咒发誓的语言,我都是在信和不信,或疑信参半地听着的。但这一次,我望着这位老朋友,不能不相信他大概真的遇上了什么难以解脱的大麻烦?

三

“你先给我坐下——”

他什么也没说,只是要我看一盒录像带。

“你把我叫来,看 A 片?你真会拿穷人开心,我是要写稿谋生的呀,你——”

他命令地:“少安毋躁,看了再说。”

“老先生,你葫芦里,到底卖的什么药?”

他不吭声,径顾往录像机里塞带子。

一会儿,电视机屏幕上出现画面,倒不是光屁股的三级片,好像是联播节目里的电视新闻,是在人大会堂某个厅里的一次什么会议。有些认识的和不认识的文化界的人士,像模像样地坐在那里。接下来,镜头一扫,就看到了他,也就是白涛,正在那里滔滔不绝的演讲。凭良心说,智者的口才不错,形象也佳,从他的身份,他的资历,和他的言谈举止的不同一般,电视台记者不给他几秒钟露脸的机会,是说不过去的。一个人,混到别人不可漠然视之的地步，不易。尤其在“冠盖满京华”的首善之区，那就很够意思了。

叫我来看这些，真是没劲。“算了，你老人家的光辉形象，隔三差五地总要让我们瞻仰的嘛！”

“你看下去再说——”他不想和我马上交谈。

这种会议新闻，是没有同期录音的，听不到他的铿锵之声，但面色红润，容光焕发，满座的人，都在注视着他，可见他的发言之精彩，之生动。在中国，能有本事扯淡得头头是道，是一种特异功能。因为共产党会多，而任何会都是靠与会者那些有用的、无用的语言来支撑的，所以，能讲出一堆无关痛痒，可又切题不离大谱的废话篓子，便受会议主持者的欢迎，不至于冷场嘛！而我们这位白涛先生，恰恰是不管与他疏隔的行业，不管与他风马牛不相及的话题，都能讲出个子午卯酉的人。那么像这种文化界的集会，他能不出席么？人家请他去，就是请他这张嘴呀！对他来说，讲讲大文化，从周秦汉唐，出土文物，辫子金莲，禅宗道门，到国标舞，呼啦圈，性文明，后现代，更是小菜一碟，手到擒来的事情。我未恭逢其盛，但可以想象，肯定是口若悬河，天花乱坠，唾沫星子乱飞，说得大家一佛涅槃，二佛出世的。

这种会议的报道，也就两三分钟的事，一会儿，那录像带演完了。

我不明白，好端端地把我叫来，不谈他的死亡问题，却是为了看他的风头出足的画面？我想纯系老年人的一时心血来潮了。

他问我：“你看到了什么？”

“看到了你老人家呀！”

他摇头：“除了我之外——”

“无非那些你常讲的‘大瓣蒜’了！”

他很躁急，“我不是叫你看那些——”

“看谁?”

他把带子倒回去,又从头放映,到了他的镜头以后,是一个会场的全景,他定了格,是几排沙发上的贵宾,和沙发后边的一般与会者。

“看到没有?”

“谁呀?”

他用手点着定格了的画面上的一个坐在后排的人影,“你细细看——”

影带的质量不佳,看不清那张脸,不过,分得出是男是女。我问白涛:“她是谁?”

老人的脸上的表情很古怪,像吞了一苦药丸,吐不出又咽不下。

“怎么啦?”

他不急着答复我的问题,摇摇头,把那个录像带退出来,又塞进去一盘。这是一次环境保护的座谈会,不知在哪个宾馆的会议厅里开的。我看到会场横幅上,写着“森林与人类,爱护地球这个家”的响亮口号,便知道会议主旨了。当然,还有与会的我认识的和不认识的人士,济济一堂,共商环保大计。

当然不用说,又是白涛的一个特写镜头,他大谈南极臭氧层出现空洞,对地球生物影响的宏大话题。这不是电视台拍的,是他从环保局搞到的,所以,有他的抑扬顿挫,从容不迫的声音。我不能不服气,这世界上除了由于他的性别,不能生孩子外,几乎无他不能的事情,无他不知的学问。

当他在讲到紫外线过度照射的危害,对近年来皮肤癌发病率增多现象的分析时,他又把录像机定格了。他用不着指给我看,我已发现在后排的座位上,那位剪短发的女人影像。在北京,经常在这种场合采访的记者,基本上就是那一拨子,很像京剧舞台似的,戏码在变,主角在变,但跑场子的龙套们，总是那几位一样。虽然这个短发女人，令我觉得奇怪，但也认为这不值得多么惊讶。而且，看上去，也不是怎么年轻美丽的小姐之类，老先生即使性亢进，也用不着太激动的，有一个谷玉也就足够他消化的了。

可他继续插进第三个录像带，用不着定格，我在后排与会者之中，又看到了那个齐耳短发的女人，这就使我有点纳闷了。那是一次纪念二战五十周年的学术性集会，白涛也在那里发表即兴演说，而且讲的是诺曼底登陆与开辟第二战场的历史，好像他亲自参加过那次抢滩战斗似的。就在他讲得兴起时，镜头很清楚地照到了这个看来是他的一名忠实观众的面孔，在目不转睛地注视着他。

“谁？”

他不吭声。

“到底是谁？”

他反问我：“你是真看不出来？还是假看不出来？”

我心里早就想到了一个人，但立刻就否定了。不可能的，一个已经死去多年的老朋友，难道会复活嘛？“不可能！”

“为什么不可能？”

“她已经死了——”

“晏波活着。”他斩钉截铁地说。

一个活得好好的人要死，一个死得好好的人要活，这是什么世道？

我认识晏波的时候，便知道她是共产党，如果像她那样的人居然不是革命党人，那倒是一件怪事了。虽然她家庭是赫赫王府，她祖先是豪门贵族，她父亲是著名教授，她母亲是富家千金，几乎与共产党无一丝一缕的瓜葛，然而，她却是城工部里负责学生运动的一员干将。她有一张漂亮的脸，那短扑扑的像男孩的头发，总是朝气蓬勃，总是精神抖擞，总是不断地煽动我们革命。

一看到她，就会想起读过的俄罗斯文学中从事革命启蒙的女性，后来，我们都嘲笑她是本世纪仅剩下的最后一位骑士，一位古典的职业革命工作者。因为，我们慢慢地也明白了，革命除了那圣洁，干净，正气，无私的一面外，还有那由于与旧社会脐带相连的关系，而不可免的肮脏，阴暗，污秽，卑劣的一面。而她，还是像在西伯利亚雪地里亡命的十二月党人那样，相信革命是那茫茫一片洁白的雪，绝对是纯洁无瑕的。所以，她那种壮烈的近乎殉道的死亡，在一次雪崩中，无影无踪地消失，也非常合乎她的天真无邪的情怀。

我从未见过这么一个活得不那么轰轰烈烈，但死得却轰轰烈烈的女性。于是，我从电视机定格了的那个女人影子里，看到了许多年前，那个骑马远去的女战士。

“太行冬来早，
丛山尽琼瑶。
战士马蹄远，
芳踪随雪飘。”

这是白涛在追求她时，写下的许多五言诗中的一首。

那时，在根据地，她是可以拥有一匹坐骑的特殊人物，那匹白马，是我们的司令员，在一次她负伤以后指名送给她的。加农炮有些出人意料的举止，很是不凡，颇有大手笔的感觉。赠马者豪爽，受马者风流，而这种非常规的礼品，也只有那个非常规的时代才会出现，一时传为佳话，很让我们一些初到解放区的年轻学生，为之艳羡。我时常回忆那些充满革命浪漫主义的日子，直到今天，我一闭眼，还记得起晏波在山村小路上，策马疾驰而去的英姿。

有的人适合于浪漫的时代，有的人适合于严谨的时代，有的人，则适合于多变的时代。在中国，也只有后者，才能永远立于不败之地。服气也好，不服气也好，白涛的伟大，也就在这里。要不，我怎么称呼他为智者呢！

一九四八年，那个不太温暖的春天过后，根据地里严酷的整风斗争终于结束，迎接全国解放的大进军开始，一种前所未有的好形势使解放区人豁然开朗，胸襟宽阔起来。加农炮在大会上讲话的声音，又嘹亮起来。曾经在人与人之间那种你死我活的斗争热情，被到新区去开辟、去执政的憧憬所吸引。老同志对我们这些新来的人，亲切得很，友好得很，当然，大批穿得花花绿绿的知识分子涌到解放区，也带来了一股新鲜别致的空气。我记得白涛在晚会上朗诵过他的作品，那时他已经是小有名气的诗人了，确实也反映了大众的心声。

“革命真自由，
放开嗓子吼。
小米饭好吃，
人人有追求。”

那是一次晚会上，在露天舞台的汽灯下，司令员点名，“白涛，来一首诗嘛！”他跳上台，站在台口，几乎不假思索的，就脱口而出这首《小米饭好吃》的诗篇。在场的晏波，那张女兵的脸，分明可以看出来，不是被他的诗人气质，而是被他诗中的心态吸引了。

她几乎是被当时北平的警备司令部马上就要抓住的情况下逃脱的，过封锁线时，又有了一番战斗，受了伤的她，要不是加农炮派了队伍去接应，也许早得香消玉殒了。

于是，她有了属于她的一匹马。

白涛演技，堪称一流，演教授像教授，演领导像领导，演起诗人来，那就更贴近角色了。女人终究还是女人，而漂亮女人更容易女人化些，因为，所有男人的眼睛，都在催她成熟和女人意识的觉醒。这时候看着白涛的晏波，和我读中学时认识的那个搞学运的鼓动者，毫无共同之处，和一个经常要穿越平汉路，往返于平山老区与北平一带的城工部交通员，也大不一样了。这个白涛，在他六七十岁的年纪上，还能把一个谷玉迷住，那么，他三十多岁的时候，晏波为他所动，是一点也不奇怪的。再了不起的坚强女子，动了真感情，就难免要全身心投入，而一旦陷入感情漩涡，如决堤之水，是很难不失控的。

她忘记她胯下的那匹白马是谁送给她的，那位英勇善战的加农炮，这是他最恰当的，也是最正式的表示感情的方式了。他不可能采取白涛那种西班牙骑士般在窗下大弹七弦琴式的浪漫做法，一首一首地写那些五言诗献给她，而是很务实地向她提出了求婚的要求，连商量也没有。那时，她和我不见外，对我说过，"这也不是考试，只是像做一道是非题似的，你只要答复 YES 和 NO 就行。"

我也觉得可乐，而这种可乐的事，也只有加农炮做得出来。

可以想象，对一个出身名门望族的千金小姐来说，这种命令式的求婚，是很尴尬的。"无论如何，那个诗人，也许我并不一定会爱上他，但是以一种我可以接受的方式，在追求我嘛！"这大概也是由于知识分子同声共气的缘故了。我问她："晏波，你怎么答复司令员的？"

"我只说了一个字，不！"

我问："他没有掏出枪来？"按行伍出身的司令员的性格来讲，这不是没有可能的事。

"他只是指着我的脸说：从来没有一个女同志，对他说过不。"

"你呐？吓坏了吧！"

"倒也不，我对他说：那就从我这里开始，领教不习惯这种求婚方式的女性。在战场上我服从你的命令，但现在你问我愿不愿意接受你的求婚，这不是军令如山倒吧，对不起，我是可以有权拒绝的。”

“后来呢?”

“他愣了好一会，才说了一个字，好!”

“你呢?”

“我也回答他一个字，和他一样，好!”

“接下来呢?”

“我敬了个礼，就出来了。”

她做得出来，这个特立独行的，不那么随俗的女性，即使她对加农炮有一百个好感，也会被这种自以为是的求婚方式激怒的。

“出了司令部，跳上那匹白马，挥鞭而去。”她笑了，“我捅了大娄子了，把加农炮得罪了，不过，我也不在乎，他会把我枪毙了嘛!”

她就是这么一个天不怕地不怕的人，相信革命是百分之百纯洁的人，而且肯为这伟大事业贡献生命的人，这时候，你很难相信，她曾经是一个出身书香世家的千金小姐，大家闺秀，而在我们那些年轻人心目里，再没有比她更像共产党的人了。我们都和她一起等待惩罚的到来，结果，司令员不但没有收回给她的马，还提拔了她，不再让她回到北平做地下工作了。

“这个加农炮!”她这样议论他。

“这个女同志!”司令员也这样谈起她来。

我就是她带我去解放区的，一路上，虽然未经过什么艰难险阻，那时的国民党，已是强弩之末，大势已去，但少不了的军警宪特的盘查，散兵游勇的侵袭，流氓无赖的骚扰，和地主还乡团的拦劫，也足够让我们疲于奔命的。特别在过封锁线，和两军对峙的中部地带的时候，那偶尔的枪炮声所造成的无端紧张，也足以使我们这些未经过阵仗的小青年惊吓的了。她喜欢冒险，至少我看出她乐此不疲，而且越是处境危殆，她也越是精神百倍。难怪加农炮喜欢她，她随着他的大部队，参加过渡河大捷那次战役，当时，她那一撅一撅的短发，总爱冲到枪声最激烈的地方，不知被加农炮狗血喷头骂了多少回，甚至把她关过紧闭。所以，在高粱丛中，在山间小径，在炮楼附近，在盘查哨口，走在最前面，真给我们长了不少胆。

从城市来的青年人，哪经过这阵仗。时不时地一惊一乍，自己吓自己，于是，她嘲笑我们这些半大小伙子："哈哈，还是大丈夫男子汉呢！胆子没有针鼻大，几颗流弹飞来，几个土匪武装，真正的危险还未碰上，就把你们吓得尿裤裆了，真够出息的。"

死亡在前，生命危殆，她说嘲笑，也就只好忍着了。

晏波是那种经得起端详的美，不用装饰而自然的美，一种说来也许有失阶级立场的，纯系贵族血统的美。再加之冒险的勇敢性，和她出生入死的传奇色彩，所赋予她的魅力，是一个很精彩的，如今已不大多见的巾帼英武气的女人。当然，不是说现在的女人，没有漂亮的，但凡有出众美丽的女人，无论在男人眼里，还是在女人自己心里，马上就有一种待价而沽，论斤出售的感觉。美，一旦成为可售品，美的真正价值便失去了。

白涛有一首诗，倒确实描写了这位充满罗曼谛克的革命女性。

"生为贵家子，
向往革命党。
历险真胆识，
美女不梳妆。"

加农炮向她求婚的事，她只是告诉了我这个情况，并未征求我对此事的看法。在她眼里，我们这些被她动员参加革命的学生，不过是小毛孩子，但被流行的英雄加美人的小说模式框住的我，认为这两个人的组合，不是一个很坏的主意。是啊，她这样在女同志中也算得上是一个出类拔萃的人物，如果要嫁人的话，嫁谁为好？那时，白涛在追求她，但她好像连考虑一下的可能也没有，她固然被他吸引，可烦他的华而不实，他的虚张声势，他的抢尽风头，他的过于聪明，聪明到狡猾，聪明到像油缸里的蛋，抓都抓不住。这样的人当朋友都危险，哪能选他作丈夫呢！所以，他写了不知多少追求她的诗，她都不屑一读。然而，命运也会作弄人，她还是嫁给了白涛。

这就是白涛的伟大了，他只要想做一件事，无不成的。

当然，我们这位动不动拔枪的司令员一纸考卷式的求婚，那种生硬得令人痛苦的强迫命令，从四十年代到五十年代的不死心的追求，也促成了白涛和晏波的结合。不过，平心而论，加农炮是我见过的所谓“土八路”中相当潇洒英俊的一位。你很难想象八路军中这一位戴上金丝眼镜，看起来温文儒雅的将军，但他的文化却真的不高。不过，第一，作战英勇，第二，脾气虽然暴躁，但在他不发怒的时候，又出乎意料的对人对事，特别对待知识分子，有一种容让宽和的态度。

然而，他千万别发脾气，把枪拔出来对准谁，总是要让对方魂飞魄散的。“但谁又是十全十美的圣贤呢?”我劝她，“晏波，他还不失为一个相当不错的选择。如果你在北平，没有什么特别的男朋友，如果你早晚总是要嫁一个人的话——”

她不会把我的话当回事的。

我说：“你的 NO，也许说得早了点！”

她摆了摆头。

很奇怪的，那时的解放区，无论队伍上，还是机关里，男女比例是严重失衡的，像晏波这样一位美丽出众的女性，除了白涛给她不断写诗外，竟无其他人敢于染指，连动一动念头的勇敢者，也没有听说过，是很让人纳闷的。我去得比较的晚了，不知以前是不是司令员放出话来，别人不敢越雷池一步？还是别人看出这已是司令员的禁区，还是少惹麻烦为佳，谁有胆子和加农炮竞争呀？

我私下请教过白涛，那时我和他还没有像现在这样熟悉。不过，他了解到我时常受到晏波的关照，也是他了解她的一个渠道，于是，他告诉我："这大概就是中国人的自觉性了！谁都长着一对眼睛，就是用来识别方向的。那匹白马，赠给了晏波，是个非同小可的举动，是一个强烈的暗示，比贴布告还灵光。不过——"他叹了口气："如果他真的娶了她，我也不奇怪。晏波敢拒绝他一次，不见得敢拒绝二次，所以，这婚姻从一开始，就多少有些强迫的成分。这种强迫，对某些巴不得的女同志来说，求之不得；可对我们这位贵族小姐来说，她是不能忍受这种不自由的。"然后他又告诫我说："你可千万不要去和晏波讲哦！"

我还真是中了他的计，对晏波讲了。

那时，我有些烦这个白涛，一个成天咋咋呼呼，就显他一个人的能，不管领导怎么待见他，群众心底里是反感他的。后来，我栽了跟头，吃了苦头，再回过头品评这位诗人，不得不服膺他是真正的智者了。他说过，"这是一个强者统治生活的世界，没有多少道理可讲的，而且许多强者，又都很机器的，既然是机器，就少人性，少人性，你就无法同他用人的逻辑交流，所以，你要生存，你只有按强者的逻辑，修正自己，而后能反过来驾驭住强者，利用住机器，这才叫聪明，这是一而二，二而一的事，你只有一，所以，你就倒霉。"

晏波听我说了不应该马上说NO以后，半天没言语，因为她正在给她的那匹白马梳理鬃毛，马很开心，在不停地捣腾马蹄，而她却心思重重，因为她拒绝的不是一个普通的求婚者，而是一位相当负责的首长，一位叱咤战场的猛将，一位说了就算，不算不说的男子汉，碰了她的钉子，不能不估计一下分量。想了一会，她说："你不能说诗人的想法不对，是不是?”她反过来说服我:“尽管这位诗人的许多话,都是夸大其词,神乎其神。不过,他有一次对我说,人和人能否生活在一起,在于心灵是不是相通?而心灵能否相通,很大程度上在于是不是有共同语言?而能否有共同语言,又取决于是不是在一个相同的文化层次上?老实说,我对这位诗人很不感冒,但不能因为不喜欢他这个人,连他说得很正确的话,也听不进?”

那是我第一次听到她对他的肯定评价,这实在是智者做人的一个了不起的地方。晏波长期做地下工作形成的习惯,不轻易相信一个人,而若是留下来一点不好的印象,是很难改变观点的。再加之她极自信和极自尊,对这个好卖弄,好表现,名士派,大背头的诗人,曾经是半拉眼睛也瞧不上的。甚至当有人问,是谁把他搞到根据地来的?她都保持沉默。是她受组织委托,把这个被国民党上了黑名单的白涛,通过封锁线,送入解放区的。可这个诗人,能够一点一滴下功夫,直到她一百八十度大转弯,以致晏波到最后,不能不嫁给他,连那幢帘子胡同的前后两进的翰林府,和府里的一切,和他更加看重的无形资产,都成为他希望得到的一份丰厚的陪嫁,也是人间奇迹。

于是,你就觉得,命运这东西,虽然是无法强求的,但也不是绝对的,注定的无法改变和不可挽回,其实事在人为,只看你是怎么努力和争取了。

可那位真心爱她的司令员,单刀直入的加农炮,哪怕有一点点白涛的圆通,也不至于要耗掉一生在等她了。后来,他率大军南下,我们则准备进军北平,等到新中国成立后,他从南方调到中央工作,这时,这两人已经结婚了。

智者二字,白涛是绝对当得起的。

但录像带里出现的这位短发女人,使得这位智者六神无主了。

我帮老先生把录像机关了，告诉他，“第一，晏波已经葬身在崩塌的雪崖之下，那些与她同一趟去边疆的长途车上的乘客，其中生还者亲眼见她跌落下去的。第二，至于录像带里的那个人影，肯定是你疑心生暗鬼。也许这一阵子你跟谷玉太热烈了，操劳过度，神经衰弱了吧？第三，如果是晏波，为什么不跟你打招呼？她这辈子，也就只有你，是她曾经爱过，又曾经恨过的印象最深刻的人了。

“最后，老先生，我对你实说了吧，是你嫌寂寞了，要搞些什么名堂来振奋一下，让大家别把你完全忘却，是不是？但求你别玩死亡游戏好不好？”

“不，作家，你信不信有第六感？我看到这些录像带里的人影，有一种强烈的预感，这不是好兆。如果她活着，该找我而不来找我，那很可怕。如果她死了，来找我用这种办法，那就更可怕！我觉得，我的死期不远了，她从牛棚里逃出时对我说过，要不和她一齐走，那我就永远悔之不迭了。”

“这和死有什么必然的联系？”

“你听说过欠债要还的故事嘛？我欠她太多，你明白嘛！”说这话时，那种智者的从容，都飞到爪哇国去了。

人能预知自己的死亡吗？现在真是什么稀奇古怪的事情都有。也许他是智者的缘故，这个目前活得结结实实的老先生，言之凿凿地说：“我有一种被索命的感觉，看样子，大概过不去这个年！只要我露面一次，准能发现这个短发人影——”

虽然我被他说得毛骨悚然，但我大声告诉他。“荒唐——”

智者很当真地反驳我：“我也并不想死，看来，非死不可了。”

要不是谷玉来，我被他这番话说的，也快神经失常了。

四

人，其实很可怜，既不能决定自己生，也并不能决定自己死。除了自杀，但那谈何容易？干那种事的人，都是大勇敢者。我的忘年交白涛，只能称为智者，还不能称为勇者。他有活着跳进火葬炉的胆量么？这只能是一种黑色幽默罢了。

“平生无所好，

最喜逗人笑。

生活太沉重，

一笑十年少。”

我想一定是他的小情人使他不开心了，因为谷玉是个立志要把她青春淋漓尽致发挥到极致的一个女人。她不可能百分之百地全部心力都放在老先生这里。帘子胡同是她全方位经营中的一个环节而已。钱生钱，钱滚钱，是她的一项乐趣，而不是目的。她要用她的美丽驱使所有人，这所有的人当中，白涛可能占最大的份额，但不是唯一的。所以，有时候来，有时候也不见她来，显然老先生为了镇压她，才声称他要死了，虚构一个死了多年的晏波复活的神话或者鬼话，使谷玉觉得眼巴巴快等到手的财产继承权，眼看要泡汤。那可是十分可观的数字，因此，不待老头好一点，不让他这个老年人得到各方面满足的话，对不起，拜拜啦！

我在猜想，对这位智者来讲，一个小手段，一次小把戏罢了。

虽然他私下对我坦诚地说过，“每个人都是他自己的行尸走肉，别看他活着，其实并不是为自己活，而是为那个符号活，有时冷静一想，也是很累很累的呀！但是真的就此丢手，也下不了这个狠心。”

这大概是他的肺腑之言，所以，几十年就这样聚精会神过来，到了快闭幕的时候，突然顿悟，毅然决然地要结果自己，说不大通，除非晏波真的活了。

即使活了，他也不必要死嘛！虽然她失踪的消息传来，他表现得十分差劲，哪怕去雪山公路走一趟，查一查，走一走形式，也心安些呀！现在，她的影子，造成他的良心上的不宁，开始折磨他的时候，也只有死是最彻底的解脱了。

但白涛说说罢了，未必肯轻易尝试。我们中国人在自杀文化上，由于儒家“身体发肤，受之父母”的影响，很不发达，很不先进，也很不讲究。西方有决斗，日本有切腹，香港有割腕，印度有自焚，而中国只有投河上吊喝卤水这类最原始的方式。我的一位同行，写了一辈子农村小说，至今，他作品中的主人公，所有寻死的办法，只有跳河一样，也真是够难为这位作家的了。白涛即使悟道，但他仍是中国的知识分子，胎里带的出息不了，绝无自杀的气概。

不久以前，他还著诗，要活到一百五十岁呢！

香喷喷的谷玉，进得屋里，身后还有一位客人，名片递过来，是一个很有名气的大公司的老板。当后来知道他是加农炮的儿子时，恍然大悟，怪不得看来有几分眼熟。

起初，我一愣，我看到白涛也一愣。如果说录像带里那个短发的女人，说是像晏波，不无牵强的话，那么眼前这位年轻气盛的老板，倒活脱像那个动不动拔枪的司令员了。包括说话的语气，和金丝眼镜下的那份书卷气，都若隐若现出那个沙场老将当年的模样，简直怪了。

一提到宋加农，便全明白了，而且他还活得很好，只是很少出头露面。“你们知道我父亲的性格——”

“他老人家该有八十岁了吧？”

“差不离了。”

这世界其实并不大，不会超过三个人的转折，就能搭上关系，不是朋友的朋友，亲戚的亲戚，就是朋友的亲戚，亲戚的朋友。总之，人世间，正由于这些彼此联系的桥，而构成网络，这大概也就是佛教所称的缘分了。

“啊啊，我们都曾经是你父亲的部下——”

进屋的这位老板，不像腰缠万贯的暴发户那样粗俗。这一点，像他父亲，谦和儒雅坐下来，说：“我听我父亲提起过，你们二位是前辈啦，多指教！”

于是，想起了早已忘却的过去……

加农炮想不到这个骑白马的女子，如此干脆地拒绝了他的求爱，脸刷地一下，血色全无，男性的自尊受挫，暂且不说，首长的威严扫地，更为难堪，他怎么能就这样善罢甘休呢？

不过，也许，他太钟情这位太有性格的女兵，奇迹般的忍住了。

当我们同他的儿子，这位从外国留洋归来的现代人，重新回述那段往事的时候，首先，得原谅革命年代的粗线条作风，和对感情处理的简单化做法，那是一个历史时期的产物。我们没有权利要求前人，都是圣贤，都是神仙。他们每个人对这个共和国的成立，都是有不朽功勋的，谁也不可抹煞的。但不等于说他们个个都是完人，从来不曾做错过任何一件事，那是不可能也不实际的。包括一些比加农炮更伟大的人物，革命的领袖之类，不也有失误嘛？所以，司令员在晏波离开以后，他把门猛地关上，并且向外吼了一声，“谁也不许进来——”以后，他的警卫员，秘书，参谋，就一起找机关保卫部长来了。这几乎用不着下命令的，立刻开始调查是谁有这样的胆子，敢在太岁头上动土，打这个北平来的漂亮女兵的主意？

部下雷厉风行的积极性，是一点也不奇怪的。

因为坐在我们面前的这位西装笔挺的副总，他的亲生母亲，恰恰在生他的时候，也是我们到达解放区不久，由于难产和医疗的不及时而死去了。于是，好像很自然地，也好像再合适不过地，这位北平来的地下党员，学运领袖，和南征北战的将领的结合，应该是最美满的一对了。不仅司令员本人这样认为，当时的上上下下，也这样认为，言下之意，这档子婚姻是理所当然的天作之合了。

结果，写过情诗的白涛，被保卫部找去了。很客气，请他去谈谈。

我吓了一跳，那时有一句顺口溜，“天不怕，地不怕，就怕保卫部来谈话。”这实在是冤枉他了，聪明的诗人分明已经告诉过我，他太了解司令员那匹白马，送给这位漂亮的学生队队长，是个什么意思？他即使有这份心，也未必有这份胆。情诗是写过的，不过标榜的成分更大些，这个诗人不光是浪漫，更多的是算计。因为晏波是五分区众所周知的美女，他在追求她，岂不是最好的造势嘛！

大家眼看着白涛落在一个危险的境地里，也是他活该了，谁让他吞食禁果呢？估计最从轻的发落，也是送到前方去，那是一个光明正大的收拾一个人的办法。这不一定是加农炮出的主意，固然他会很生气，他会咆哮，他会娘老子乱骂一阵。但他，也有他行伍出身的爽直，和他性格上的开朗一面，气完了，吼完了，骂完了，也就拉倒了。再说，一个高层领导，不可能是一个爱情至上主义者，眼看全国解放在即，要做的工作多得不得了，千头万绪，不可能跟一个文化人太计较的，也许，一笑了之。也许，大人不记小人过，放他一马。但是，这个世界上有的是好事之徒，唯恐别人不受到伤害，而要从他人痛苦的呻吟中，来享受一番折磨的快感，自然不会轻饶了他。

这事，倘放在我的头上，那肯定是任人宰割的俎上肉了，但白涛，那时比现在还要机灵，还要敏捷，金蝉脱壳，找了一个关系，拍拍屁股走人，他要奔赴延安去了。保卫部觉得他很识相，走了就好，所以，乐观其成，话谈得很融洽，这就不能不使人赞赏他的自我保护能力，毫毛也没伤掉一根地登上征程。于是，我在报纸副刊上先读到他写将军渡河大捷的一首诗：

“风雪千百里，

将军铠甲寒。

挥师黄河东，

踏冰凯旋还。”

还有一首，是写他自己的了。

“风萧易水寒，

投笔上延安。

戎衣征尘满，

热血洒关山。”

晏波这个人，肯定有一种贵族的骄傲血统，坚持要给他送行。我劝这位队长：“你算了吧？不必给他雪上加霜了吧！而且对你也不会有好处的。”

“他是因为我的缘故，才受到这次无妄之灾的，我不能把脑袋缩在脖子里，装什么都不知道。我不信，司令员会这么狭隘——”她牵着她那匹白马，众目睽睽之下，送了一程又一程。

加农炮也是个怪人，他非但没有暴跳如雷，反而夸奖她：“我还少见这样一位女同志，说她是男子汉大丈夫，也不为过——”竟没有难为她。这一场风波，总算停歇下来。谁能想到，塞翁失马，焉知非福，老兄到延安镀金以后，又从那儿到了东北，然后进关，到了解放后的北京，从此，便一直在文化界担当领导职务了。

后来，我们在北京相遇了，那是一九四九年的秋天，他问我：“晏波呢！”

"南下了呀!"

"有她的消息嘛!"

"在加农炮的部队里,做民运工作。"

听到这里,他像挨了一棍似的蒙住了。好一会,才缓过劲来。"这个加农炮,到底把她弄到了手!"

"你可别瞎说,他又向她求过婚,不假。不过,她把你那套鸡兔同笼的理论对司令员讲了。"

他倒抽一口冷气,"这回该把宋老总惹火了!"

"你简直想不到,加农炮说:'我会一直求到你同意为止!'就这样,她来信告诉我的。"

白涛一下子活了,拉我到当时的东单小市去喝馄饨,"这就说明我还有希望,我要和加农炮,赛一赛!"

我嘲笑他:"这一回要再碰上他,怕就没有那一次的便宜了。"

"你放心,不会的——"他说,"聪明人一见势头不好,必须立刻跳出是非之地。一旦身陷不利局面,如果你不能迅速地摆脱,你就只好挨打,而且,坏事情只要开了头,就会层出不穷。所谓'祸不单行',也就是这个意思了。所以,老祖宗说的三十六计,走为上策,实在是高明啊!你走了,那些想收拾你的人,无的放矢,也只好拉倒。"

"要做到你白涛似的炉火纯青,刀枪不入,还真是需要绝顶的学问,所以,你会成为中国唯一,世界无双的政治动物。"那时候,我就看出他的伟大了。我们进城,还是小八腊子,而他却是部门负责人了。这位白涛,才有自信要和司令员角力的。

"船行江海间,

风正好扬帆。

飞鸥无所惧,

天高任登攀。"

这首诗，很足以看出他那时志在必得的心情。

这些年来，我们交谈得多了，他也不怎么跟我见外，大概看我诸事不顺时多，老是开导我："老兄，一个人不聪明，不是过错，但由于自己不聪明而吃了苦头，不恨那些给你制造苦头的人，转而恨那些没吃苦头的聪明人，这是很不应该的哟！"

他说的当然也对，不过，我从心底里不能认可他的这份聪明，一天二十四小时，要打叠起万般精神，来和这个世界周旋，甚至连睡觉都得竖起耳朵，而且数十年如一日，想到这里，我都不寒而栗。一个人活在这个世界上，他的全部乐趣，就是永远不停地在盘算，在运筹，在计谋，在策划，第一，不能失败，第二，必须成功，第三，超过别人，第四，完全胜利，要做他这样的人，这一辈子岂不是太累太累了嘛！

不过，他从来没吃过亏，倒过霉，终其一生，总是无往不利，稳操胜算的。想到这里，你对他的生活哲学，也就只好五体投地了。

那次告别途中，他对送行的晏波说的那番名言，会影响一个女人的一生，也真是对他这样的聪明人，望而生畏呀！"……你的先辈是王公贵族，你的祖父是翰林学士，你的父亲是大学教授，你自己是名门闺秀。鸡兔同笼，在四则运算题上是可以的，但实际上，这两种动物是没法在一个笼子里共同生活的。"

晏波是个性格很要强的女人，她不喜欢别人一下子洞穿了她的心思。她拒绝加农炮，那粗暴的求婚方式，是表面原因，考虑得更多的，也确实是这个鸡兔能否同笼的难题。白涛是人中之精，这句话像在她心上刺了一刀那样，留下了永远的瘢痕。我们沉默着走了好一段山路，她才说："算了吧，诗人，你这种想法是很犯忌的。"

白涛什么事都不留后患，话锋一转："因为我们无论如何是同品种的，所以心口如一对你说这几句临别赠言。当然，在我看来，像加农炮这样毫无疑义的好人，还真是不多，他不是机器，这是他的可爱之处，许多人，一参加革命，就把自己视作一台机器，而忘掉自己是有血有肉有感情有灵魂的人。”

“看你，话全让你说了，这岂不是要我接受加农炮的求婚？”

“这是你的事，我不表示态度。”

“你真滑头！”

“好了，别送了，两位——”他对晏波和我说。

晏波在分手时，说了一句：“诗人，我承认，你原来给我留下的印象，不怎么样。”这是她的性格，不怎么懂得隐瞒自己的观点。

“那么现在呢？”

她笑了，“有一点点改变。”

也许，正是一九四八年的这一点点改变，五十年代，她在南方得了病，回到北京，回到帘子胡同，就嫁给了在文化界开始有影响的白涛。随后，加农炮也调到中央一部门工作，恰巧是她的上司，找过她。很得体地，也很有分寸地向她表示，她对于他的重要性。她说：“将军，你是一个非常好的人，但我不适合你。”

他豁达地笑了，问她，“是不是鸡兔不能同笼？”

她没有想到这位将军痴情如此，她真是不好意思张嘴，告诉她的近况。只是说：“宋部长，你会找到比我更好的对象。”

加农炮不死心，他说这个人打了一辈子的仗，也从来不是常胜将军，失败个一次两次不算什么，话说到这种程度：“我可以等你，晏波——”

“我已经嫁人了。”

“嫁了，我也要等。”

这位固执的将军，为她等了一辈子。按他儿子所说，甚至知道了她跌进雪崖的消息以后，仍旧相信她活着，还在等着她。

一个男人能这样长期地，永远地，坚持爱一个女人不变。说到这里时，那个绝对钻到钱眼里的谷玉，都被感动了。只有我的老朋友，那位常胜的智者，一脸麻木地坐在太师椅上发愣，而且显出从未有过的颓丧。

五

那位年轻的老板看了房子一圈以后，答应和谷玉签这个融资协议，然后，告辞了。看谷玉那副神态，当然，也许得老未婚夫的真传，有某种表演成分，但至少使人感到，如果连她一并抵押出去，她也乐意的。

她要送这位老板出去，白涛叫住了她。

“干嘛？”

老先生示意我代他也代她送客。如果我没猜错，白涛所看到他年轻情人的眼睛里，那没有说出来的语言，是和我的想法相同的。这个吃了一辈子政治的人，察言观色，自然是一等功夫。

“好吧，我来送你出去！”

“不用了！”

“没关系的。回去务必给你父亲问好！”

“好的，好的。”

“他老人家的身体还可以吧？”

“不错！”

“精神呢？”

“也还凑合！”

“脾气呢？”

他笑了，“老了，倒比以前好多了！”

"大概许多年前晏波的失踪,我想——"

"是的,给他打击太大,差一点点就完了,不过,天保佑——"

他说到这里,我不由得替我的老首长感到悲怆,在这个人欲横流的世界上,还能找出一位如此忠贞于爱的男子吗?不管他年岁多么大,也不管他是成功还是失败,总是令人肃然起敬的。"他能熬过来,那太好了,太好了!"

"我父亲有时也看看你写的小说,你知道他原来文化不高,后来很可以的了。"

"真了不起!"

"也真是想不到的,一个男人爱上一个女人,会产生这样巨大的力量。"他儿子发出这种感叹,也震撼着我的心。接着,这位老板在院外胡同里,很有礼貌地问我:"那位白涛前辈,我听我父亲谈起他时,很赞扬他的文章,他的口才,他的风度,很惭愧自己比不上他的。可我今天看到的他,怎么跟我想象的他,一点也不符合呢?"

我该怎么回答这位年轻人?

幸好,他的司机把车开了过来,无需接着谈下去,这样,和他分手了。

等我进屋,只听白涛有些气急败坏地问:"你干嘛要把帘子胡同这套房子抵押出去?"

谷玉一笑,过去搂住这个老先生:"你知道,我需要一大笔头寸。这笔生意,你也赞成的嘛!怎么出尔反尔呢?"

我心想,那位老首长的公子没有说错,看起来他是真犯糊涂了。

接着,白涛当着我的面责问谷玉,他很恼火,因为他还没死,他还没有把这笔遗产正式过户与她,虽然他答应过,在遗嘱里写过。他在这个世界上没有什么亲人,和他这份偌大的家业有关连者,除了那个死去的女人,便是眼前这个女人了。

“但这不等于现在你就有权做主，而且，你也知道，这座院子对于我的意义，是多么重大？偏偏又是这人不是人，鬼不是鬼出现的时候。”他很少这样激动。

这是个在玩弄整个世界的女人，不太把老头子的火气当回事。正因为有外人的我在场，她不想把话说透，商业秘密加之黑道，便只好模糊地说：“老爷子，你忘了西北省份的那笔大生意啦，我得拿出大把票子，只有院子抵押出去，有了钱，人家才肯给货，有了货，马上就是加倍的钱，还给他，借据抽回来，不就结了。”

“我有个预感——”

“求你啦，不要这样神经兮兮行不行？这一点也不像你——”

“她告诉我，现在银行卡得太死，银根吃紧，只有这位老板肯借钱，除利息外，还要纯利润的百分之四十，一半被他赚走，够心毒手辣的，有什么办法？那也只好硬着头皮跟他签约。”

“不能给他这个便宜！”

“那你也一个子儿甭赚，即使还留下百分之五十，也不是小数目，老爷子！”

看那张艳若桃李的脸上所表现的得意之色，大概为数不小。真是谁没料到的，这个漂亮女人的天才，竟是在理财方面。怪不得早先在艺术学院学画，怎么也不成，转而到艺术家协会任职，做白涛的秘书，也很一般。直到她替白涛开了这间画廊和艺术品经营公司，她才找到了自己。

白涛自从晏波走了以后，一直鳏居，也曾经有过个把床上伴侣，都对他的家产比对他这个人更有兴趣，白涛是什么人，能上这个当，饶是睡了人家，最后还把人家打发走了。只是这个谷玉，一是和他旗鼓相当的聪明，二是作为女人，在她最佳年龄段，最大的欲望，不是男人，而是金钱，这使他很放心。三是合伙做生意，从来是二一添作五，该她的，她一点不客气地拿走，不该她的，她正眼也不瞧。四是迄今为止，没有发现她对他有什么谋财害命的意图。

"说是这么说的——"智者那双贼精的眼睛闪着凶光，跟我私下透露，"我很清醒，这个女人能跟我维持这份关系，最终还不是我这份家业的驱动，我会傻到看不出她的心计嘛？只是在她未表现出来以前，先跟她这样过着罢了！"

这一点，谷玉也明细得很，对我说过，那一张精明的脸上，也透出相当老练的心机："他不愧是个老狐狸！看似不设防的城市，里面却埋伏着刀枪。"

白涛也晓得他身边的这个女人，知道他提防着她，笑着对我说："心照不宣，这样更好！"

他有首诗，写出了这种将遇良相的局面。

"好马配好鞍，

好女爱好男。

相看两不厌，

晚霞映满天。"

就这样，这两个精明人结合在一起了，她需要他的名气，资望，本钱，口碑，关系，网络，人情，世故，他需要她的年轻，漂亮，灵敏，精力，活跃，交往，欲望，贪婪，正是这种彼此的情有独钟，才从合作伙伴，而升为正式情人。于是，虽未明媒正娶，但也登堂入室，由半公开，到现在无所谓避嫌的同居了。她一直喜欢这样表白，一个正当年的女人，只是满足于肉欲的享受，那是对上帝赐予你的这份财富的糟蹋。他呢，也说过，现在无须那样吃政治了，该她大显身手赚钱，我正好也到该颐神养性的年纪了。

我最早认识白涛这位情人的时候，是个正经的，至少表面上正经的女孩子。我不知道是这个世界促使她的，还是我的老朋友教导她的，现在这个成熟的女人，已经离正经二字太远太远了。

那时十多岁的她，是个土里土气的女孩，手足无措地站在我们这些考官面前。虽然工农兵学员是各地保送来的，基本上等于录取一样，但报到以后，艺术学院还是要面试一下，筛掉一些实在不成样子的。而她，说实在的，就是这种边缘人物。五个主考官，三个主张刷，一个主张留。白涛望着我，希望我和他保持一致，如果我点头，便是三比二。他是主任考官，嘴大些，能决定她留下来。

我这个人的最大弱点，就是不会说不。我对他说："智者，你这双慧眼，发现这个女学生的什么资质？如此为她卖力气？"从我奔赴解放区认识他起，白涛就是出了名的风流种子。难道关了几年牛棚，审美水平降低了，晏波走了，饥不择食了？这样一个土得掉渣的女孩子，也值得怜香惜玉？

"你没看过她的画？"

我哑然失笑，她的应试作品，和鬼画符也差不多。

"这个丑小鸭的艺术感觉不错，我相信她能成——"

对于白涛，一向不敢恭维。独他在这个女性的评估上，我不能不佩服他那诗人浪漫的眼睛，第一，她后来果然出落得令人刮目相看，第二，她绘画成绩虽然极其一般，但对画品，特别是文物的鉴别鉴赏能力，是第一流的，很少出错。

现在坐在我身边的这位老板娘，还有一点当年那畏畏怯怯的影子么？

一个名义上的独身女人，拥有一辆红色福特车，一套她自己的公寓，一间在近郊的别墅，一套在星级宾馆的长期包房，以及一些围着她转的而未必能得到她的男人，和为她卖命的，一批在遥远省份里像钻土的耗子那样挖坟掘墓的喽啰。可她，仍然把帘子胡同那四合院，当做她的家。

只要老头子觉得寂寞的时候，无论多忙，也要来的。她一会儿把白涛叫作她的老伴，一会儿又称呼他是永远的未婚夫。她明白得很，要是没有他，也就没有今天的她，然而有了他，她也清楚，这个老狐狸，也未必真的能够把握住他。虽然这是一个吃经济的时代，但不意味着吃政治的行家里手，就是过眼烟云的人物。

他说："我也许真的要死了，怎么总忐忑不安呢？这个协议不能签，我对加农炮这个儿子，丝毫没有把握——"

"你怎么啦，老伴！"她说。

"这是我们两个的生意呀，亲爱的！"她又说。

也许我曾经投过决定她命运的一票，她一直很信任我，拉我到院子里，要我帮着说服这个无论如何不放心的白涛。

"我从来不想得到他的什么，更不想算计他的什么，因为我已经到了这样的境界，不在乎钱的多少，而在乎的是，我有多大的能量？老先生的一辈子，是适应这个世界，而立于不败之地。那我，也想试试，以我的意志，按我的方式，让世界适应我，看我能不能像老未婚夫那样永远取胜？"她发表这番征服世界的宣言时，我看到了一种可怕，一种替我这位忘年交不寒而栗的前景。

然后开着她的红色福特，去忙她的买卖了。

当我把她的意思转达给白涛时，他说了一句很凄楚的话："她把这个院子抵押出去，等于给我的棺材，钉上了最后的一个钉子。"他长叹一声："也只好这样了，横竖我快走完我的路了。"

临走，我问他："你把我叫来，到底要我干什么？"

他指着那几盘录像带，大概要我去给他弄个水落石出的意思，无论是人是鬼，我出面，比谁都合适些。但是，他已经没有什么力气跟我说下去，摆摆手，看来，他也觉得没有这个必要了，"拉倒吧，老兄！"说到这里，他真有一点要涅槃的意思了。

故事写到这里，也就进入尾声了。

我不想描写我的老朋友怎么离开这座四合院的情景，虽然谷玉说，我们狡兔三窟，公寓，别墅，包房，可以换着住，哪儿也比这死气沉沉的院子强，但他走出帘子胡同这院门时，这个一辈子吃政治的人，也动了感情，扶着谷玉，眼泪鼻涕地问："我们还能回来嘛？"

谷玉安慰他说："能，当然能！"但说的人和听的人，都不相信这种可能性的出现了。

我也不想描写我的革命领路人，那位从雪窟里死里逃生，但已经失忆了这多年的晏波，走进这个院子时的漠然神态，人虽然老了，但那模样未改，不过眼神再找不到当年那女兵的英武了。听她似熟悉，又似陌生地问："这是哪儿啊？我怎么好像来过？"所有在场的她的朋友，同志，亲属，听到她腔调并未大变的说话声，没有一个不恻然心动的。

那录像带上的短发女人，确实是她。她现在唯一能记得起来的，就是白涛，然而，正因为恢复了这一部分记忆，她认出了。但她说，她宁可再死一次，也不愿再见到他。

我更不想描写我那老首长，老上级这未免太漫长而残酷的感情历程，当他听到她去为他洗刷耻辱而途中翻车的消息，差一点急死过去。等到他平反昭雪，又是怎样赶到出事地点，动员了很大的力量，把掉在冰谷里的死尸一一找到，就是没有晏波的。他曾经写过信和白涛联系，但诗人一笑置之。由于他坚信晏波活着，一定要找到她，断断续续在那里寻访了好几年，差点搭进去自己一条老命，才把完全失忆的她发现。然后又把她送到北京来治病，按医生的意见，才有了那录像带里镜头的场面。

当她认出白涛，并从脸上露出卑夷的神情时，加农炮对他儿子说："也许熟悉的环境能唤起她的记忆力！"于是，就有了这座帘子胡同的院子抵押的事情。

那天，我看到这位须发皆白的老将军，情致不减当年，还是那尊加农炮的样子，我紧紧握住他的手，本来有许多的话想说的，不知为什么，脱口而出，却是在问他："能有把握使她恢复记忆力么？"

他说，也是给院子里所有的人说："应该能，当然能，为什么不能！"

全院一下子静了下来，只有那位带我通过封锁线的女兵，对大家微笑着。

于是，我不禁想，在地球上面，空气不能没有，水不能没有，爱，也是同样不能没有的。

要是这个世界彻底失去了爱心的话，那恐怕就是人类真正的死亡之时了。

变　异

齐克是我老上级，病了，我去看他。

早就应该去的，同住在一个城市里。由于他们那儿门禁森严，由于他太太对我有一些误会，以致拖到现在。

齐克是个传奇人物，本身就是一本书。可现在知道他这历史的人不多，只晓得他是位级别较高的领导干部。前不久，生了一场大病，差点去见马克思。于是我这旧日的部下，便去探望他。

他气色很好，正在看小人书，见我进病房里来，放下书，看着我。

“齐老！”我趋前问候。

他显然忘记我曾和他一起工作过，木呆呆地打量着我。尽管他太太再三像舞台提词般启发他，谁，是谁。可我这位老上级，圆张着嘴，憨态可掬地点头，表示明白了。其实他根本记不得我，只不过虚应故事。

他太太对我的不愉快，还是进城不久的事。

那时，他太太是文化教员，专门给老区来的文化程度低的干部补课。当时招来一批像她这样的未婚女性，我不知道组织部门的初衷，是否想当月下老人，反正后来她们都有了归宿。我反对过齐老娶这位马老师——现在，我依旧叫她马老师，她恨我，恨得要命。婚后，她到底撺掇齐克，把我从他身边调走。齐克没法，拗不过年轻太太，请我吃了顿馆子，他喝得比我还多，连说了三声妈的，没有下文，我明白了，便到基层工作去了。

这就是我和马老师的一点芥蒂。

一晃三十多年过去了，齐克变了许多，马老师似乎还是老样子，严厉的、令人敬畏的凛然神气，还同她当年给干部们补课，讲什么鸡兔同笼整数四则题一样，神圣不可侵犯。我总觉得（也怪我那时年轻幼稚），和这样过于严肃的人在一起，够紧张和乏味的。齐老征求过我意见，怎么样？这位马老师？我说（现在打死我也不会说），就那副中药面孔？你愿意娶一个政委当老婆啊？齐克当游击队司令的时候，曾经用粪叉赶走上级派给他的一位政委，为此他受过处分。“妈的！”他给了我一拳，砸在肩上，很重，也很疼，这动作意味着他十分赞同并欣赏我的观点。

我给他当秘书，当然能了解他的一切。

齐克怕上文化课，尤其怕马老师的鸡兔同笼，他是揭竿而起的庄稼人，是大地的儿子，他无论如何没法使脑海里活蹦乱跳的鸡啊兔啊，变成一种抽象的数学概念。他纠缠不清，为什么这位马老师偏要把鸡兔关在一个笼子里？于是一上文化课，他便带我下基层逃学。

他转业时是师级干部，有匹坐骑，大洋马，威武极了，他不交，带来了，连同警卫员。城市里以马代步绝不可能，他嚷了多次，还是不可以，于是有点后悔弄来这四条腿的老部下，可这马使他很发了一阵威，别人无奈才随他的便。齐克不大肯认输，不能骑也养在机关院子里。警卫员改行当马夫。我们工业局里总弥漫着一股腥乎乎的马臊气，和热烘烘的马粪味。

马老师对这匹马的厌恶，不下于对我的憎恨。对我的这位上级来说，这两匹马他只能选择其一。那匹大洋马比我离开齐克还早，牵它走的时候，这位在我眼里顶天立地的汉子，直撅撅地跪在地下，向那马磕了三个响头，它救过他命，在战场上，而且不止一次。

那匹马不久就恹恹地死去了，这也许是我离开后，不去登门的原因之一。我始终记得那匹马，它比人有感情些。它记住我，不光因为我爱抓把黑豆喂它，而是我愿意坐在马棚里跟它聊天，因为这本是齐克的事，但是他要对付那条教他语文算术的母马，便把这任务交给了我。我问："跟它聊什么？"

"你想聊什么，就聊什么，你聊什么，它就听什么。"

按规定，局里给他配备一辆接收的别克牌美国轿车，他受不了汽油味，他说。其实，我知道他，进城以后学会了骑自行车，正上瘾，从这个工厂骑到那个工厂。饿了，下馆子，他能吃，更能喝，从来不见他醉过。饭钱当然他掏，也算是我替他完成鸡兔同笼算术作业的犒劳。

就这样，一来二去，那些招来的夫人预备队，一个个名花有主。有些被叫作"改组派"的老干部，甚至休了老家的发妻，号上这些剪发头的，一时间离婚成风。等齐克骑腻了自行车，才发现只剩下一位马老师，已经在讲分数了。该分的全分了，独他没有份。

他对我说："妈的，看样子我真得去上课了！"

我同情他，因为组织部门不打算再招新的女工作人员了。麻烦够多的了，那些山区来的婆姨死也不肯离婚，一边哭着闹着诉苦，一边敞开大襟褂子喂娃儿奶，都赖在机关里，求领导做主。马老师不动声色，她说："齐局长，你功课拉下太多，赶明儿还是我来单独辅导吧！"

齐克没法，只好"妈的"。

他终于认了："你是学生娃没种过庄稼，你不懂，误了节气，颗粒无收，趁着还来得及的茬口，种一点收一点吧！"他抽了足有两包烟，很明显的尼古丁中毒，脸色铁青，又征求我这个秘书的意见："你说说，这马老师，到底怎样？"

回想起来，那时我好不懂事，也难怪马老师记我仇。我说："分明挑剩下的，要好，早落不到你手！"

他没反应，也没赏我一拳，我知道，我们这位游击队司令自由自在的日子，快要结束了。

我替他唱挽歌。

马老师和我谈了谈她老伴的病情，齐克接着看他的小人书，我瞟了一眼封面，是《霍元甲》。那津津有味的样子，使我怀疑，他还是不是当年的齐司令？那时他一跺脚，保定府的鬼子汉奸就哆嗦。他进城买烧鸡，火车站的二鬼子给他拎着，护送到扬旗外还要九十度鞠躬。就这么一个有声有色的传奇人物，现在，竟痴痴呆呆的。也许，大智若愚吧？我这样想。

他从小人书上抬起头来，似乎想起来了："你是——"

马老师马上正色地说："我不是告诉了你，看你记性，刚进城那阵，他给你当过秘书——"

"哦！哦！"

我记起了头一次到工业局去报到。

人家已经指点给我，哪院里有马骚气，就是他办公室。后来，我才懂得古人造字，骚字的部首为马，是有道理的。马尿的骚气特别具有穿透力，充斥整个工业局，很容易就找到局长办公室。

那时还保留解放区的作风，办公室，同时也是卧室，一张木板床，一张三屉桌，一副洗脸盆架，其余便是马鞍、笼辔，和马吃的料豆了。床上挂有帐子，帐子上留有斑斑点点拍死蚊子的血迹。他在床上仰面躺着，我进屋，喊了声"报告"，他跳起来。那时，当官的架子不像现在这样大，也许初学乍练，还不成熟。

啊！好一个身材魁伟的汉子。

现在，斜靠在病床上，却是胖得臃肿的老头。那时，他精明强干，透着英武。

齐克知道了我是谁，我来干什么的以后，高兴地握住我手，使劲地晃，他力气真大，放开了我以后，好半天，血脉不流通，我的手还麻木着。

据说，就这双手，在娘子关打游击的时候，单枪匹马进了阳泉，掐死矿上的鬼子队长渡边。警备队里专抓劳工的大金牙，脖子被他转了个够。“文革”期间，作兴内查外调，才知道我这位上级，双手拧开过闷罐车上的铁锁，放出了一百多名准备押往满洲的劳工。这些人有不少马上参加了八路军，解放后成了地县干部，一提起齐司令，都肃然起敬。

他不大愿意讲自己，除非喝够了酒，来了情绪，而且有战友在场，通常都是从彼此揭短取笑开始，然后听到他们令人胆战心惊的战绩。

慢慢地我了解他们走过来的路，甚至那匹战马，我都敬重。多少次，深更半夜，我发现齐克在院里抚摩他的坐骑，绝不仅仅因为这马和他生死与共的感情，而是那段有声有色的生活，是多么值得回忆。当他跟马聊天的时候，那马就舔他的手，踢着蹄子，晃着尾巴。

他帮我解下来背包，给我倒了洗脸水，这是当时的礼节，我考证怕和农村的生活习惯有关，至今，服务员给主席首长送热毛巾，擦脸部和额头的油汗，也可能是这种古风的残迹吧？

我认真地一洗，脸盆里的水立刻浑了。他是上级，倒没有上级的架子，抢过去便朝后窗泼了，接着，又招呼那位由警卫员改行养马的战士去打水。这时，后院有人抗议，“谁乱倒脏水？”他说了声：“是我！”那大概也是位够级别的干部，骂了句：“又是他妈的你，齐克，马作践，你还跟着祸害！”他笑笑，外边的人也笑了，便拉倒了。

那时的人，豁达些，不像后来，动不动鸡争鹅斗。

他看了组织部门的介绍信，招呼我坐下，我以为一定要交代我工作任务，连忙从背包里掏出笔和本子，准备恭录。他笑了，说："不用那么一套，随便谈谈！"然后问我，"你有老婆了么？"

我吓一跳，原以为他会问问参加革命的动机，和对全国解放形势的看法呢！或者大家都在学的社会发展史，什么猴子变人之类的话题。只好说："我才二十一——"

"啊哈，还害臊咧！"他哈哈大笑。我从来没见过一位领导干部，能像他笑得那样放肆，那样开心。这种极富感染力的笑声，一下子缩短了我与他的距离。他说："我十八岁就抱了个大胖小子，你猜我结婚时多大年纪？十四岁！小女婿，当真还尿炕的。我老婆比我大八岁，女大三，抱金砖，女大八，全家发。"他又问我："洋学生兴恋爱的，你呢？"

我摇头。

"真的？"

"我没想过。"

他拍拍我的肩膀，表示出他的高兴。不过，他手太重，差点把我从凳子上拍下来。他说："好极了，咱俩比一下吧，看谁先找到老婆——"然后一阵大笑。

我以为，能笑得这样惊天动地，简直像滚雷一样，声震屋瓦，不仅表示他有宽阔的心胸，恐怕更多地是显示他的胆量和豪气。

他成了出了名的大校，大校者，大笑也！

而最让马老师伤脑筋的，却正是这笑。她不喜欢这样大笑，也不习惯这样大笑。也许她严肃惯了，也许她压根儿不会笑，或者不懂得笑，我记不得我曾经见过她莞尔一笑，甚至连和颜悦色也很少在她脸上出现。

可能以后运动多了，几乎一个接着一个，她这副面孔很适宜，大家也就习以为常了。

我报到那阵，这位马老师还没招来，我和这位司令，或者大校，或者老齐，或者齐老哥——他允许我们随便叫他，只是不要叫什么局长——着实快活了一阵。那时大军南下，要造枪造炮，工业局担子够重的。他干起工作来，一阵风，一把火，一串霹雳，不知道休息，不知道饥渴，不知道日夜和钟点，一直到紧急任务完成，这才人仰马翻，大吃大喝大睡。干得痛快，累得痛快，然后，歇得也痛快。现在回想起来，这种作坊式的生产方式，打游击式的领导作风，固然不可取，但那种洋溢于人们之间的平等、融洽、亲昵、炽热的情绪，决非今天这种公事公办，冷冰冰的人际关系所能比拟的。同样，他会用绝对是铁匠的语言，痛骂未能完成他布置的任务指标而垂头丧气的部下，“我操——”“我日——”这类脏字眼，听得我这个小秘书头皮发炸。

我受不了，因为他急了也骂我。

他见我抗议，便蹦得更高，幸亏他不带手枪，要带着，真敢掏出来对准我：“你打过仗吗？你上过火线吗？操他妈的，弹药要晚了一分钟两分钟送上来，你知道多少人会送命吗？”

不过，他火来得快，去得也快。半夜，从帐子里探出头来，问我：“睡着了吗？”

我拒绝回答他。

“还生我的气？真他妈的，你们这些个知识分子！”

我继续不理会他。

“我知道你没睡着，小子。算了。我当过铁匠，没办法，火气大，睡吧睡吧！”

只要我一搭讪，放心，他准会从床上跳下来，打床底掏出酒瓶和我对饮。我喝酒，就是他培养出来的。后来，他娶了马老师，喝不那么痛快了，就跑我这儿来痛饮黄龙。马老师并不绝对禁止他饮酒，只是限制在一个很低的水平上，半盅或者一盅。如同马老师并不反对他笑的道理一样，笑一笑未尝不可，作为领导干部，就得注意身份举止，要笑得适度，笑出水平，笑出风度，真难死我这位上级了。

我也不得不承认，马老师够伟大的。

我不停地给他上满酒，同情地："喝吧！喝吧！"

"你不要可怜我，混蛋小子！"

"我替你悲哀，老领导——"

"不提这个，不提这个，妈的。"

每当这个时刻，他就怀念他第一个妻子，那个比他大八岁，在冀中五一大扫荡中被鬼子用刺刀捅死的村党支部的女支书。

其实，齐克进城以后，要不是心里始终装着对死去的妻子那种真诚的深沉的感怀之情，那班招来的女孩子，他是最有权优先选择的。

他的第一个妻子，几乎什么都依顺他，拿齐克的话说：盼他成为一个真正的男子汉大丈夫。是她送他去打铁的，是她送他去当八路的。"这才是男人应该干的营生，我姐老说（他管她叫姐），我就怕软鸡巴捏的，连屁都放不响的主！"

我笑了。

"笑什么，那才叫疼你的女人，你懂个屁！那时候小，还喝不来酒，她用嘴噙着喂我。喝吧，弟，男人不喝酒，就像阉过的公鸡，废物一个。"

她给他生了一个儿子，叫地瓜，当然是奶名。

地瓜简直像他弟弟一样，也是五大三粗的汉子。每年挂锄以后，总带些庄稼地里的新鲜物儿来城里看望他。大概父子俩很少一块生活，彼此生疏，话不多。自从马老师填补了地瓜母亲的空缺后，就来得更少了。

不过，我始终记得父子俩默默对坐的情景，都是好半天才蹦出一句，看得出，他们俩都掂着一个人，那便是牺牲的女支书。所以，总会有几句话：

“到妈坟上去了吗？”

“去了！”

“接骨木长粗了么？”

“长粗了！”

“还有乡亲们去烧纸么？”

“还有——”

“回去对你妈说，我挺好！”

“……”

“回去对你妈说，我没辜负她！”

“……”

这时，我总以为救了全村的女支书没有死，因此，齐克心里才牵系那片与他血肉相连的土地。所以，我相信，我这位上级一切一切的奋斗，拼命，乃至于像一个真正男人那样高兴，生气，狂笑，大怒，跳起脚来骂祖宗，没明没夜地造枪造炮支援前方，倒应该承认那女支书在他心里活着，他才成为他，成为一个传奇人物。

就是来我这儿喝酒的那回，我问他。

“地瓜哥好吗？”

他愣了一下。

“他没有来看你？”

他又愣了一下。

我后悔我多嘴了。那天是我头一回看他喝醉了。一个从来不醉的人醉了，必是大醉，他不发酒疯，一声不吭，只是那双有力的手，硬把酒瓶捏碎，扎得满手是血。从那以后，他再也不来我这儿喝酒了。

马老师让他戒了酒。

马老师让他戒了笑。

马老师让他坐在主席台上，更像领导干部。女服务员送上毛巾，他擦得很仔细，从脑门一直到脖根，然后一副通体舒泰的样子。

他不再到砧子前挥舞铁锤子，不过，以后这多年来，政绩平平。当然，他也不会口出不逊，只是听他讲话的人都抱怨，很难抓住他报告的主旨。而且，最让我们敬佩马老师的是，决不让齐克有一点与众不同之处。甚至生病，就是这次住院，也是和许多像他这类老干部总爱害的病一样，我看病床前的牌子上写着：齐克，冠状动脉粥样硬化症。

我告辞出来，马老师送到门口，谢谢我来看老齐。接着，她犹豫了一下以后对我说，医生讲，最好不要让老齐兴奋激动，这样对他不利。

这意思我当然明白。

可是，真令人怀疑，那个看小人书的胖老头，还会像当年那样大喜大怒么？

如果说，上帝创造了人；那么，马老师创造出一个她的齐克。但是，马老师又是谁创造出来的呢？

走出医院，我不禁叹息，也许，永别了，我的第一个上级！

关于人字的写法

我教我们家的第三代，一个十分调皮的六岁男孩，学写毛笔字。

第一个字，就是一撇一捺的人字。

他说，不写这个字。

我问他为什么？

他说，没有一字好写。

这当然是废话，但不是没有道理。初执羊毫，横和竖，要比有弧度的撇和捺，容易把握。从字的间架结构来说，人字，虽两笔，可不是那么简单地就能摆布得匀称和美观。但我认为，学龄前儿童，初次提笔学写，跟他讲“永字八法”是早了一点，不过，打基础，人字却是应该先练起来的。

我对他说：你是一个人，怎么能连人字也写不好呢？

他反驳，写不好人字，就不是人了嘛！我就爱写一。刷刷刷，他一连画了好几个横道。看！

跟一个六岁男孩，没法搅这个理，但我坚持他一定先写人，不写一。其实，横来直去，固然简截了当，痛快麻利，但一点弯也不会拐，不懂得曲折迂回，刚柔并济的道理，难免要在复杂的现实生活中碰钉子。我哄他，你试试看。

那答应我吃雪糕！他还没写，先提出写人字的条件。

可以。适当的物质鼓励，即使在计划经济时代，也是允许。何况如今商品社会，我让他写字，他要求吃雪糕，这种交换，已经是大势所趋，能不答应吗？

他见我不反对，马上放下笔，要到冰箱去取。

我拦住了他，慢，写好再吃。

吃了再写，行不？他同我开谈判。

那不行！

他见我态度坚决，好，好，表示让步，坐回到桌子跟前，拿起笔，往左一笔，往右一笔，交卷。

我对他敷衍了事，哭笑不得，问他，这是人嘛？

他也笑了，这是八。幼儿园也教孩子识字的，他能分辨出人，八，入。

我给他示范一次，看见没有，这样一撇，这样一捺。应该说：人字的这两笔，大有讲究。撇，藏锋回转，笔触由粗而细，笔尖由低而高，余波所至，一气呵成。然后，捺，一波三折，如江水出峡，浩浩荡荡下来，到极致处，重重一击，声势雷霆，潇洒收笔。我认为，写毛笔字，也寓涵一点做人的哲学。

他很快又写了一次，两笔倒是挨紧了，但像两支冰棒的木棍，齐头架在那里一样。

不对！小伙子，这不是搭房子，两根木头要顶住才牢靠的。

老伴走过来一看，马上赞扬，写得很好嘛！

好个屁，我把她顶回去。

她挺满足，还挺知足。无论如何这是小孩子开天辟地头一次，拿毛笔写字，写到这样子，应该说是相当不错啦，要看到成绩！焉知他将来不会成为二王？

得得，我拜托她不要干扰我的教学，然后，我让这位未来的王羲之或王献之，必须掌握住写人字时，撇要高于捺的要旨，但他又反过来问我，为什么要高出那么一点点？不高不行？

《说文解字》我没学过，真拿他这个问题没辙。考虑到我的权威，便想当然地告诉他，人总得有个脑袋吧？我记得人是个象形字。

为什么没有眼睛，鼻子？

这高出来的一点，自然就代表了，我也不知我说得对不对？

老伴好意地提醒我，你可别误人子弟，是你解释的这样吗？

她一质疑，我倒没底了。幸好，这时门铃叮咚一响，意味着客人光临，趁此我就解脱。没想到，小家伙比我还早离开课桌。尚未宣布下课，他就自作主张，去冰箱里拿出雪糕大嚼，简直岂有此理！现在的小孩，一是惯得不成样子；二是也不知从哪学得鬼精鬼灵，他知道我忙于应对进门的不速之客，一定不会为他这一点点犯规动作，而向他亮黄牌的。

只好随他便了，连忙开门，但一看进门的这位来访者，笑了。

我老伴说，来得正好，这才是真正的书法家。言外之意，我是二把刀了。

不过，随即我也想开了，不值得跟她一般见识。中国人，最带普遍性的一种精神上的弱点，就是远来的和尚会念经。看一看文坛上那些崇拜洋和尚，洋菩萨的同行，那种五体投地，如聆佛音，磕头如捣蒜的样子，便可知大概。

舅，舅妈！来人进门热热乎乎地叫着。

他这样叫，其实不是我外甥，而是我当教师的妹妹，教过的一个很出息，也很得意的学生，顺着她的孩子这样称呼下来，表示亲切。现在，凡懂事的年轻人，嘴都乖，生活在使一代人比一代人变得聪明的时代，他也称得上是佼佼者了。在小学时，得过全国少年书法大奖，在中学时，曾经代表某省市参加书法大赛，获一等奖，还到过日本，作为少年书法家，在那里表演过他的行楷篆隶。

我们对这位早先是人们心目中的书法神童说：正在教小家伙写字！希望将来能像你一样出息。

他一笑，摸摸吃雪糕的未来书法家，那得吃点苦！显然是他的经验之谈了。

我们全家都叫他帅哥，因为他姓帅，人也长得帅，是一个很拿得出手的年轻人，在如今倘不是土匪气，就是脂粉气的男孩子当中，小生而不奶油，不让人打心眼里往外发腻而浑身直起鸡皮疙瘩，诚属难能可贵。

现在，他几乎与书法绝缘了，进入政界，走上仕途，在国家的一个很大的公司，为一位级别挺高的领导同志做秘书。因为是公司，所以人前背后，都叫他老总。这位总经理要用好几个秘书，还是官场习惯，有大秘书，有小秘书。帅哥的任务是：准备讲稿，草拟批示，代为画圈，打发来访，陪同视察，宴会应酬，跟包随从，马前鞍后，是属于那种全天候的贴身秘书，这足见其被信任，也可知他的忙碌程度。因而，他从此再没有时间接触笔墨宣纸了，我们为他惋惜过。然而，一失必有一得，这份差使还是很让别的同事侧目而视的。

他除了上述种种公务外，还有一条，是老总夫人私下对他的布置：小帅，我们家有个南方保姆，菜烧得还算可口，不会嫌多做一个人饭的，以后，你送老总回来，就留下一起用晚餐，一点也不用客气。这样，省得他一人喝闷酒，可以控制他喝得不那么多，因为他心脏不十分好。于是，他连业余时间也得搭上，有什么办法呢？我用京剧《苏三起解》里崇公道的话，来安慰他，为人莫当差，当差不自在。

当时，他对夫人的这番盛情，有些犹豫，不合适吧！

老板说，听喇喇蛄叫唤，还不种地呢！坐下，倒酒，让你吃，你就吃！五六十年代，我也给首长当过秘书，下乡蹲点，一个热炕头上滚呢！这位老总是从区、县、专署、省一级一级跌打滚爬上来的，始终保持大地之子的本色，因此，言词中总带有乡土文学的风格。

当大夫的夫人，一个典型的贤妻良母，自然关心老总的身体健康，所以，才如此叮咛，他也就不好太见外了。不过，这个年轻人很懂礼貌，也很有分寸，既不是他们家饭桌上的常客，也不是稀客。既不觉得他来得太勤快，有所企图，也不至于感到他冷落或者隔阂，显得生分。我认为帅哥能做到如此得体，适度，和他从小练书法，运笔落墨，揣摩得比较透彻，因而借鉴到为人处世上，才能有如此炉火纯青的表现。

看我们家那位满嘴雪糕的书法家，想到他将来也能这样出息，该多好啊！

说实在的，帅哥能得到这份差使，很大程度上获益于他的书法。一个人字写得好，就像有一张让人看得很舒服的面孔。潦草得像鬼画符似的字，东倒西歪像喝多了老酒的字，如果是一张求职信的话，首先不会给录用者留下好感，拿不到印象分，事情就砸锅一半。我之所以愿意让我们家的第三代练毛笔字，潜意识里也是为他将来立身处世着想。帅哥就是因为一手漂亮的字，才当上首长秘书的。

写好字的人，不一定当秘书，但当秘书的人，必定写一手好字。那时，这位老总刚把他的一位得意的秘书，栽培到更高的位置上去。组织部门挑了好几个候选人，让老总亲自决定取舍。其中有刚从大学分配来的他，没有后门，没有推荐，只是因为字写得还算赏心悦目，作为备胎，压在最底下，一块送呈上去。因为做老总的贴身秘书，是个令人觊觎的位置，通过关系想谋到这个有权有势差使的人，大概不止一位。而且，公司内部各派势力，也想在老总身边安上一名自己人。老总翻着翻着一大沓子材料，眉头皱成个疙瘩，嘟哝着，又来他的乡土文学了：怎么尽是些拉架的瓜秧子，霜打的蔫茄子啊？

管人事的副总有些紧张，一个劲地擦额头的汗。

忽然，他抬起头来，眼睛发亮：这张履历表上的字，是照片上这个俊小伙子写的嘛？

应该是。

哦哦，细看表上奖惩一栏填写的内容，老总如同哥伦布发现新大陆一样惊奇起来，乖乖，还正经是位书法家咧！说到这里，一拍大腿，我就是不赞成到处题词，字写得像狗爬，还动不动四六句，狗屁不通。看来，我也该练练字了，就不信拿锄的手，写不好字，超不过他们。

管人事的副总还不心领神会嘛，正好，他也不愿意老总太受某一派的影响，就选了这位毫无背景的帅哥。不用说，奉命报到，正式上班。没几天，给他分了房，没几天，给他定了级，又没几天，让他缴五张照片办护照，领制装费，跟老板出国……好事如同天上掉馅儿饼一般砸得他晕头转向。

帅哥告诉我们，老总虽是庄稼人出身，还屡有村干部那种做派，譬如拍大腿，譬如爱蹲着，譬如骂脏话，譬如喝汤，一定要像日本人吃面条那样，发出吸啜的声响。这些，除了他太太，他女儿，敢说他一句半句，别人是绝不能非议的。他这种土地的感情很执着，谁碰他，谁倒霉，但是，他不像别的工农干部那样拒绝，嫌弃，憎恶知识分子。头一次跟他出国，在飞机上，闲来无事，竟对身边他所说的俊小伙不禁感慨，你爹你妈真会生你，看来，地好，还得种好；种好，还得水肥跟上，要不也就只能收一些歪瓜裂枣！然后拍拍他肩膀，给他鼓劲，好好干，小伙子！帅哥形容当时的感受，觉得老板像庄稼人喜欢牲口，拍打一头骡子或者牛那样，落手很重，但很亲切。

帅哥在北京求学的那阵，因我妹妹嘱咐过，要我们对这个在京城举目无亲的学子加以关照，无非礼拜天来打打牙祭，逢年过节一块儿去郊外游逛。后来，他留在北京这家国营大公司里做首长秘书，若有什么大的事情，急需要找人商量，又等不及回老家请示，自然就先跑到我这里来，帮他拿拿主意。

他坐定了，来不及寒暄，就直奔主题。说，舅舅舅妈你们看这件事，我该怎么办？

什么事？

唉——这年轻人本来很有主见，看他面有难色，大概比较麻烦。

是这样，他说，陈大夫——

谁是陈大夫？我问。

就是我们老总的夫人，挺好的，真是对我挺好的一位阿姨，她那天把我叫到老头子的书房，单独和我谈话，要我认真地考虑一下，因为，她们家的思思——

思思又是谁？我问。

你让人家说下去，别打岔行不行！我老伴让我闭嘴。

思思说了，如果她要找对象，最起码，也得像她爸爸秘书这样的。她说，我的头发很像一位英国演员修葛兰，帅呆了。陈大夫认为，不可能让一个女孩子直截了当地说出来她已经喜欢上你。因此，她不得不和我谈谈她女儿这个非常明确的暗示——

我打断他，帅哥，麻烦你把来龙去脉，说得更清楚些。

老伴凭她女性的直觉，立刻明白底里，抢白我一顿：这还不清清楚楚嘛，他的老总家有位公主，这位公主抛彩球了，想招他为驸马爷。

于是，大家沉默。

小家伙老看如今电视里的连续历史剧，很在行地问，叔叔，你要当驸马，怎么不戴那种插上花的官帽呢？

去去，老伴不让他插嘴，然后，她问了帅哥几个问题：

这个思思，怎么样？

很一般。

你对她的感觉呢？

也是很一般。

你能不能说得具体些！

真的，除了很一般外，我说不出别的。

她喜欢上你，那你喜欢上她没有？

问得这样赤裸裸，帅哥只有摇头，显得有点为难，找不到适当的措词。还是那句老话：反正，很一般一般的。

严格说，男大当婚，女大当嫁，是太正常也太一般的问题，不会杀你的头，不会要你的命，人家当妈妈的只是同你商量，想把女儿嫁给你，你可以接受，也可以拒绝，似乎应该不那么费难的。但具体到这个前景不可限量的年轻人来说，实实在在成了个很不一般的问题。

他摇头的时候，那飘洒的头发，还真是有点像修葛兰。

帅哥接着苦笑地向我们透露：陈大夫想得就更远了，她说，如果你们能在一起的话，老总就不能把你留在身边，他使你使得很顺手，放你走他会很痛苦。但这是党的规矩，直系亲属必须回避的。不过，为了思思，他不通也得通，说了，美国分公司那边的头，也快到点了，把你提拔起来，到那先当一阵副手，然后再回公司负责一个部门，就名正言顺了，那时他也退到二线，无所谓避嫌了。可陈大夫说，你跟思思到纽约去，离我太远，要是能长期安排在香港的话……

于是，我们又沉默了，这还真像电视连续剧，一环套一环，丝丝入扣，都安排停当了。我也不知该说还是不该说，忍不住问了一声：

他们不知道你有女朋友?

帅哥说:对他们来讲,这算回事嘛!

我老伴掠我一眼,我也意识到有哪壶不开提哪壶之嫌,便招呼吃完雪糕的第三代,该接着写他的字了!

还写人字嘛?小家伙问。

当然了,让叔叔给你写出个样子来,你照着学!

帅哥笔下的这个人字,一看就是受褚遂良《雁塔圣教序》或《孟法师碑》的影响,童子功确实不同凡响,那一撇,大刀阔斧,遒劲有力;那一捺,泰然自若,余味无穷。由此可见,一撇要没有一捺的坚定支撑,那么,这个人字能不能稳稳地站住,还大有疑问呢!

我说,人字难写。

帅哥感慨系之,做人那就更难了。

狗的故事

好久以来，就想写这条长毛狗的故事。

那时我在工地，当装卸工。这差使很辛苦，尤其卸水泥，即使身强力壮者，五十公斤一袋，走在晃晃悠悠的跳板上，一口气几百袋下来，那腿肚子也会僵直如木，不听使唤。卸完以后，多一步路也不想走。就在货场的站台上，仰躺在地，四脚叉开，一个大字。

这时候，长毛就出现了。

它早来了，不过，远远地逡巡着，不过来。通常，人累急了，就有脾气，长毛绝不惹这些大爷，这是它的聪明处。而那些不懂事的狗，好热闹，好起哄，好人来疯，缠在工人脚下，绊腿碍事，断不了挨踢被踹。若是不长记性，闹个没完，碰上哪位没好气的工人，正一肚子火没处撒呢，飞起一脚，狗要是躲避不及，能搭上半条命。

我不大习惯这种残忍行为，可那位说，“你可怜它，谁可怜你？”想想，你不能不认为这是真理，我只好无言。

长毛在远处瞟着我，也瞟着那只踢伤的狗。

显然伤得太重了，那叫声凄惨，工人不耐烦，吼道：“哭你妈的丧啊！”

这都是工地的狗，大体上都认得出来，还叫得出名字，那狗哭着，一瘸一拐走了。人，其实很残忍，也许他被别人踩在脚下，受着熬煎，但他能踩别人的时候，往往更毒辣。

我有生以来，头一回听说狗会哭。被打不能还手，被打还不能说一声不，甚至还不准许它哭，我想到自己，心里很不是滋味。后来，我也明白，为什么半夜三更长毛在工棚外边，冲着天边的月牙儿叫了，敢情那是哭，狗哭和狗叫，不一样，叫的声音响亮，哭则是断断续续的呜咽，令人悱恻心悸。工班里的人都睡得很死，无人知道长毛的这份痛苦。只有挂牵着父母，妻子，孩子，怎么也睡不着的我，能听到下弦月里长毛的哭。

我不知道狗有没有比较久远的记忆，当它趴在工棚门口，当它蹲在自己窝里，当它看着工班二三十个工友，可谁也没有意识到它的存在时，我注意到它的眼神，是相当相当悲哀的。这是一条北方的狗，它是属于森林，属于守林员，属于猎枪，属于山神爷，属于地窝子，甚至属于谁也征服不了谁的对手，那一群枭悍的狼……然而，抽莫合烟的班长，我们都管他叫头儿，把它拐出森林，拐到工地，随着建设大三线，来到贵州水城，修一条到大河边的煤矿支线。

它恨他，怕他，但又对他忠诚，这也是它能流露出来的全部痛苦。

我早就闻听长毛的大名了。它毛之长，毛之密，在贵州短毛狗的世界里，十分突出，但长毛之出名，还因为它是一条有粮食户口，有三十斤定量，有林业公安局养犬证的狗，很让人对它侧目而视的。何况有它的很多传闻，据说长影厂想找它去拍电影，派车接到长春，把别的试镜头的狗咬了，谁还敢让它当主角，又送回来了。据说早先在牙克什林区封过狗王，因为跟狼群厮杀过，还咬死了一条公狼。那年轻的公狼本是占绝对优势，但奈何不了它，因为它的毛太长太厚，加之那重量级的体重，竟无计可施，遂成就了它的光荣。

我马上想起杰克·伦敦写的《荒野的呼唤》和《白牙》，及至发配到工班，接受劳动监督，看到这位当代英雄，实在是相当失望。也许，什么人应该在什么人群里，什么狗应该在什么狗群里，都是有一定之规，羊群里出骆驼，格色，骆驼群里出来一只羊，同样格色，而且，那种身为异类的孤独感，怎么看怎么落寞。

什么狗王啊？我差点笑了。

头儿也不晓得它真实的年龄，至少也有十二三岁吧？他随便一说。可活了十年以上的狗，是个什么概念呢？就是说，长毛已经相当于六七十岁的老人年纪，风烛残年，青春不再。既看不出当年擒恶狼上电影的神采，也看不出整个林业局的狗，一见它就耷拉尾巴五体投地的威风。

现在这条老态龙钟的狗，只是那厚如氆氇的皮毛，那身似牛犊的个头，还是令人敬畏三分。贵州水城在火车未通之前，偏僻闭塞，当地人，尤其是四乡八区的苗族老乡，从来没见过如此庞然大物的狗，还有专门跑来参观的。也许是老狗的缘故，也许是我认为的那种悲哀的缘故，不但跟狗不合群，跟人也爱搭不理。不过，对工班的一干人，还合得来。

头儿说，它特恋主，它特恋窝。

记得我第一次到装卸班的工棚，卧在门口打瞌睡的它，像任何一个机关传达室把门的人那样，打量了我一眼。精神有点萎靡，不那么振作，我没放在心上。

工地的狗很多，基本分为两类，很好区别。工人养的，都是工程队修森林铁路时收养下来，后来带到三线工地，一律长毛，黑白黄褐，什么颜色的毛皮都有，但谁的毛也比不上这头狗王的长。老乡养的，都是体型较小的短毛狗，清一色的深色皮毛。工程队的狗，从来不对职工和家属汪汪，只是跟老乡，和老乡拉车运货的马，和尾随着老乡车前车后跑的狗，过不去。只要进入工程队大院，工人养的狗，绝对狗仗人势，成群结队，追着撵着，叫个不停，咬个没完，这是那个没有电视机，只有样板戏的年代里，工人们在荒山秃岭里，最开心的文娱活动。

不过，当这些长毛狗，一旦落单，被短毛狗团团围住的时候，那遍体鳞伤的结局就在所难免。狗的世界，其实，与人的世界，没有什么太大的区别。欺软怕硬，弱肉强食，这条被咬得鼻青脸肿，毛碎皮裂的狗，夹着尾巴逃回来，命运没准更惨，说不定很快就会成为一顿大餐。工人杀狗，奇快无比，将狗头按在水盆里，几分钟后就可以开剥，说这样闷死的狗，血不散而肉香。而喝狗肉汤，怎么能少了酒？只要打开酒瓶，朝茶缸子里咕嘟咕嘟地倒，就瞒不了我们那位头儿。这家伙有特异功能，五百米方圆内，他会找到这瓶酒和这盆狗肉汤。

他一去，就有莫合烟味。有莫合烟味，就有长毛。

我打听过头儿，"长毛吃不吃你扔给它的狗骨头？"他回答，"它为什么不吃？凭什么不吃？只要肚子饿极了，人还要吃人呢！"虽然，狗吃狗，是直接的，人吃人，是间接的，小异而大同，但按他的逻辑推断，确实也应该理直气壮的。

尽管它喉咙里开始发出吼声，站在工棚门口的我，倒没有在乎，按照工地狗的特性，该不会咬我，更不会要我填会客单。不过，它还是挡住我的去路，还歪头琢磨了一会，看看该从哪儿对我下嘴，然后，它咬住我的鞋。比较斯文，没有把我当做兴安岭的狼。它的嘴真大，不费事吞进我整只脚。

这时，留着小胡子，抽着臭合烟的头儿踱出来，我们已经在队长那里打过照面，他掰开它的嘴，把我的脚释放出来。然后，把我介绍给长毛，"他是我们班新来的伙计。"

"听得懂？"我问。

"你再把脚伸给它，看它咬不咬？"

它嘴里的哈喇子已经滴了我一鞋，我也不想再试，它站起来，既不理我，也不理他，进工棚里去。头儿说它恋主，其实，长毛对头儿远不如对班里那二三十个人亲近。在班里，应该说，只有我和头儿两个人，是它刻意疏远的。

头儿领我进屋，那份热情，让我吃惊。后来，我才懂得，他不是对我热情，而是对我行李里那瓶散酒热情，他是个见酒走不动道的主。进得工棚，这个当班长的，不是给我安顿住处，不是给我交代工作，而是要我听他讲这条狗的故事。

他先问我，能不能先来点什么润润嗓子？

还未等我表态，他倒也不客气，自己动手，拿起我那瓶散酒，对着瓶嘴，就喝了一大口。这人酒品还可以，他有酒，你可以喝，你有酒，他更可以喝。此人在参加铁路工程队前，在龙镇、讷谟尔一带流浪过，养成老毛子喝酒的习惯，一仰脖，抹抹嘴，把瓶子还给了我。那时，我常常整夜整夜睡不着，心里总是悬着北京的妻子，上海的父母，因此，需要喝上一大口来麻醉自己，这才能摆脱苦想。可那时，很穷，只能喝这种便宜的零拷的酒。

头儿不是好人，是肯定的，但也不是很坏的坏人，这样，我们成为酒友。

酒下肚后，像抽了鸦片，他就来精神了。“过来，长毛，你这条有过功劳的狗啊！让爷搂一个。”他吆喝着它，长毛不想搭理，然而又不能不搭理，懒洋洋向他靠过去，瘦小枯干的头儿，哪经得起这条肥狗，人和狗都倒在连铺炕上。然后，坐起来，清清嗓子，言归正传。

我也记不得此后听他讲了多少回？长毛比我们所有的人听得都更多，因为它是主角，要以诗为证。我发现，长毛不喜欢头儿，有时也很不甩他，但挺愿意听他来讲它的故事。狗和人一样，有表现欲望，有表演欲望，虽然是条老狗，但也和所有的上了年纪的老人一样，愿意成为众人关注的重心，或者中心，或者焦点。

头儿有许多人性弱点，偷奸耍滑，好色贪杯，搞小动作，又不甚高明，想吃怕烫，其实很孬种。不过他挺能“咧玄”，这是东北话，就是天花乱坠，胡说八道的意思。他如果早生几千年，在古罗马，那位演说家西塞罗，恐怕对他能把死人说活的本事，也钦佩不已的。

他边讲边比画，不是拍拍狗脑袋，就是摸摸狗屁股，不是把它的嘴掰开，展览它那咬死过公狼的牙，就是出它的洋相，剥开它肚皮上钻火炕烧焦的疤痕。有时还叫它滚一个，这对它很难。第一，它老，第二，它胖，但是，它尽管老大不愿意，他是主子，他是老板，不得不勉为其难地完成这个动作。可是头儿总嫌它不卖力气，总要它安可，总要它来个前空翻，后空翻什么的，才让他脸上有光。这也是工班里全体工友极为反对的，肯定会有人跳出来阻止，大声对他呵斥：“别折腾它了，你以为它是一条哈巴狗，是个玩意儿啊？”

这真是一个教人徒呼奈何的世界啊！把智者和尊者当小丑使唤，而小丑却坐在太师椅上颐指气使，你说，它能不悲哀，它能不痛苦吗？它能不半夜冲着月牙儿低声地哭吗！说实在的，在那渺茫的日子里，在那无望的黑夜里，听到它在外边哭，我也忍不住将泪水往肚里吞的。

也许因为它对自己的故事听得太多次了，这条老狗不一定明白每句话的具体含意，但从头儿声调的高低起伏，抑扬顿挫所产生的巴甫洛夫的条件反射，是在那狗脑袋里留下记忆的。每当他酒喝得多了点，每当在座有长头发的，就会精神亢奋，添油加醋，发挥过度，“咧玄”咧得没边没沿了。长毛有本事能听出不是旧版本而是新版本的不同来，就会抬起脑袋，盯着那张抽莫合烟的臭嘴。于是，头儿够老还不十分糊涂，马上打住，回到正题上来。

这故事在工班里，每个人都能倒背如流，大家称之为第九个样板戏。早先，头儿在隧道里打风钻，是个三天打鱼，两天晒网，并不正经干活的人。就那么一次，他进峒了，赶上了塌方事故，当场砸晕，被压在倒坍的排架下面，排架又压在好几十方石头和泥土下面。大家忙着逃命的时候，没有想到他会来上班，清点进峒人数的时候，也没有在意他的缺席。但人们发现长毛一边叫，一边用前爪扒着石头，便明白了怎么回事。显然它闻到了那莫合烟味，大家足足扒了好几个钟头，才将他拖出来，都以为他死定了，抬到峒外，经光线一激，醒了，浑身上下，居然连块皮都没蹭着。

长毛也就出了名，据说，还上了《森铁工人报》的。说着，他就要翻箱倒柜地找那张旧报。马上有人揶揄他，头儿，那报纸五百年前，就让你卷莫合烟抽了。整个班里的人，并不尊敬班长，却都关爱这条老狗。尽管满嘴流那种白色的、黏黏的、令人恶心的哈喇子，让人腻胃；尽管这位老先生，肠胃不好，常常接二连三，放很臭的屁，令人掩鼻；尽管有时碰上一条小母狗，也会“老夫聊发少年狂”，突然轻骨头起来，追着人家屁股后边，往尾巴下狂嗅没完，浑身哆嗦，让工班足足能乐上半天，弄得它也很不好意思……这种上了年岁以后的人也好，狗也好，都是难免会有这样缺点，那样毛病，人们也能担待。谁能永葆青春，谁能长生不老，等你老了的那一天，或许还不如长毛，有这份人缘呢！

大家当着头儿的面就说过，你也别灰心，头儿，要是真让我们选班长的话，长毛能当选，也没你的戏。

我很同意众人的高见，因为我也看出德才兼备的长毛，是个当领导的材料。在班里，它就防着两个人，一个是我，一个便是班长。它对我的警惧，是政治，因为我是“右派”；它对头儿的戒备，则是本能，因为那家伙确实是个坏分子。

我到工班劳动的几年里，这条狗既不跟我表示亲热，也不跟我表示不友好。冷冷淡淡地跟我保持着一定的距离，而且始终如一，我不能不佩服。我相信不会有人对它宣读文件，这是一个写小说犯了错误的“右派”；这是一个敌我矛盾，按人民内部矛盾处理的“五类分子”；这是一个有五公斤零二百五十六克重的档案，被中央文革小组的姚文元批判过的十恶不赦者。即使向它传达，向它布置，它能领会，能把握吗？但是，它不领会，它不把握，怎么偏跟我划清界限呢！一个装卸班三十多人，它就将我视为异类，视为印度那不可接触阶层，岂非咄咄怪事？嗣后，我把这条狗的阶级觉悟，多次讲给别人听，没有一个人相信，这个世界上会存在一条懂得政策的狗，无不表现出匪夷所思的样子。

相比之下，头儿相当完蛋了，口口声声无产阶级，两杯酒倒进嗓子里，阶级没了，立场完了，哪怕我刚刚从批斗会上，触及灵魂又触及皮肉回来，也敢跟我称兄道弟，为我打抱不平，“谁让咱们虎落平阳，龙游浅滩呢！”如果再让他喝下去，那就咧开玄了：“别看他们今天闹得欢，小心秋后拉清单！”这好像是小兵张嘎的话，我不得不赶紧捂住他的嘴，你不要命，我还要命呢，因为，谁也保不齐，转过身来，他跑到队部去汇报，敢赌咒发誓说那是我讲的话，我跳进黄河也洗不清，他不是没有这样干过。

初次见面那回，我看他还有酒兴的样子，索性把瓶子交给他，他一边喝着，一边招呼长毛，“过来过来，”叮嘱着，“你可不准欺侮他哦！”这个他，就是我。

长毛不表态，离我一米远，不肯往前挪一公分，我很诧异，它怎么就知道我是“右派”？难道它阅读过一九五七年发表我处女作的《人民文学》杂志，难道它阅读过同年《中国青年报》上刊登的姚文元批判我的文章？为什么如此铁面无情，为什么如此岿然不动，我直到今天，也解不开这个谜。有时，忽作奇想，也许它不是狗，而是一个以狗的形式出现的人，正如有的狗，以人的样子生活在我们中间一样，这世界本来就是很扑朔迷离的。

接着，他又启发："长毛，你咋不跟老李说说悄悄话呢？"

这是最可怕的热情，长毛对人要表示亲密的话，就是把那臭烘烘的嘴，贴过来，也是头儿经常强迫它表演的。那黏液似的哈喇子，粘在脸上，加之腥臭，实在受不了。幸好，它不肯赏我这个"右派"的脸，它的立场坚定，倒把我给饶了。但实际上，这条有派司的狗，只是疏远我，并不欺侮我，真正刁难我，蹂躏我，陷害我的，倒是这位工人阶级不离嘴的头儿。

我不知道头儿当流浪汉的时候，是不是蹲过"笆篱子"？他按谁最新来，谁最低贱，就得挨尿桶睡的牢狱规矩，讲完狗的传奇以后，安排铺位，要我与它比邻。受监督劳动的我，没有资格说不的我，自然不好表示异议。

我说不在乎，还自我解嘲，外国人还有与宠物狗睡一个被窝的呢！说完这句话，班里的工友，都掩口胡卢而笑。我懂，他们为什么乐我，只要是狗，就有股子狗臊气，即使如今布什的总统狗，恐怕也不例外。尤其下雨阴天，狗的毛皮里泛发出来的气味，是很熏人的。但到了当天晚上，我才明白众人们讪笑的底里，还没有跟我的邻床道晚安，它就打起呼噜来了。就冲它打出来的呼噜，也该当狗王，真有雷霆万钧之势。看起来，狗臊气，区区小事，狗呼噜，才真正可怕。很长一段时期，我对这位邻床朋友的鼾声，恨之入骨。我甚至琢磨过，要不要杀死它，然后自首，以阶级报复罪坐牢，也不至于常到医务室要安眠药，以为我想自杀。

后来，我也就习以为安了，不那么想谋害它了。第一，它挺尽职，睡不多一会，就出去打更。第二，它是一条公狗，一条老公狗，这一点，跟爱拈花惹草的头儿，秉性类似。工棚里的人，也蛮幽默的，有时也挺耐人寻味，早晨广播喇叭一开，门口不见长毛，间隔里没有头儿，“二位老同志又加班加点，一宿未归啊！”

当然，头儿也未必就是去搞女人，更多的恐怕是去喝酒，去摸纸牌，去做一些地下交易，将公家的物资器材，偷盗出去变卖。所以，大家看不起他，也属正常。在装卸这行，谁身强力壮，谁就是大爷。一班之长，起不了带头作用，说话就不顶屁用了。他那身子骨，并不比我更壮到那儿去。有时他修理我，收拾我，“别人背两袋水泥，你为什么不？”那些工友就会驳他，“你先背给人家看看？”其实，他们未必多么想保护我，而是十分讨厌他。有时候，摸着长毛的脑袋，“你呀你呀，多余把他从塌方里救出来呀！”

只要卸空了的水泥车皮拉走，在远处的长毛就会一路小跑而来。在货场的站台上，歇过乏来的工班工人，“长毛”、“狗王”地乱叫一通，每一位都会跟它打闹一阵，它也愿意跟这个班的人亲热。水城西站算是大站，货场上，无论是装货卸货的职工老乡，无论是来来往往的上下旅客，无不对这条特大号的狗表示骇异、好奇。那时没有追星族这一说，只要它一出现，比时下的歌星、影星还红，人也好，狗也好，都会把目光集中到它身上，跟着它走，围着它看，这也是我们工班最为光荣，最为自豪的一刻。

头儿自然觉得更有面子，只要有听众，卷起莫合烟，又开始讲他埋在塌方的排架下，我们耳朵都听出茧子的故事。

然而，这一天，货场上没有出现这理所应有的热闹场面。长毛没有来，头儿也不知影踪。那天夜里，没有呼噜声，没有狗臊气，在这种难得的清静里，我喝了大半瓶子酒，竟越喝越清醒。我甚至觉得我听到了它的哭声，那正是一个下弦月的清冷之夜，我只是对班里睡得离我不远的人轻声说，是不是长毛回来了？呼啦，整个工班二三十口子，都爬起来，冲出工棚，但是，只有月牙，没有长毛。

这条老狗，从此再也没有回来。

大家都有一种预感，料定头儿瞒着我们什么，别看他伤过心，掉过泪，别看他隔不两天，就趴在挨着我的狗窝上，一面磕头，一面干嚎，但是，全班没有一个人出声，没有一个人不瞪着眼睛看他。

最后一次，他磕完嚎完，对我说，大概他也只敢对我这个不能说不的"右派"说，"要不，把它的窝给拆了吧？"

这时候，他绝没想到这些爷们的吼声，差点把工棚顶给掀了："你怎么就知道长毛不会回来？"

从此，我们班再到车站卸水泥，不管多累多苦，只要活一干完，立刻打道回府，绝不在那儿多停留。好几个月以后，也许有半年之久吧，我们渐渐接受了没有长毛的单调无聊的工班生活，也终于承认了这条狗太老了，肯定错爬上停站的车，结果车一开，下不来，不知拉到何处去，再也找不回家的严酷事实。但我，心里总抱着一丝幻想，说不定某一天，某一刻，它像旧俄作家契诃夫短篇小说《卡诺契卡》里的小狗狗，那流着哈喇子的臭嘴，又贴上我们这二三十个爷们的脸呢？

那天，我们又到车站卸水泥，那六十吨车，卸得我们连骨头架子都散掉了。头儿提议，"要不，还是歇会儿，塌塌汗吧！"

这话要别人说，也许就这么办了，独他的嘴里说出来，大家就偏说不。

"好，听便听便——"他话未落音，独自从我们一堆人中，箭也似的穿了出去。货场尽管人来人往，而且时近黄昏，但还是看到头儿急急忙忙跑过去，拦住了一辆老乡的马车，不知谁眼尖，说了一句，"那车上卧着的，是不是咱们的长毛？"

货场顿时像发生里氏八级地震似的，陷入大混乱中。这二三十条如同水泊梁山杀过来的好汉，因为刚卸完车，每个人都光着膀子，一脸水泥，灰头土脸，形象恐怖，呼啸着朝头儿和那架马车冲将过去。吓得整个车站，马嘶人叫，鸡飞狗跑，警察出动，保安追赶，尽管夜色朦胧，尽管路灯晦暗，这些人对朝夕相处的长毛，还有认不出来的道理。

这时，我们这位头儿，看到这种来者不善的阵仗，好像谁截去了一段小腿，扑通跪在地下。那个赶车的马帮，也放下车缰绳，举起双手，作投降姿势。工班的人围上去，以为长毛还存活着呢？谁知却是它一整张已经硝制过的毛皮。那长长的绒绒的毛，该白的白得如雪，该黑的黑得发亮。几十只手都伸过去，想最后摸这老狗一把，还是那样茂密，还是那样厚实，还是那样温暖和柔软，谁都不相信这一切是真的，还有人在喊着它的名字。

当人们将这一大张狗皮撑开来，看到长毛当年因为钻火炕而烧伤的一块光板皮时，我不知道别人是个什么样的反应，那一刹那，我真有死过去的感觉。眼前这个光怪陆离的世界，天不是天，地不是地，围着我急速地旋转起来。能看到的，只有那弯弯的月牙，能听到的，只有那悲哀的哭声，我再也支撑不住了。

猫不拿耗子

王教授抓科研,王处长管行政。

两家比邻而居,王教授住五〇三,王处长住五〇四,无论大人,无论孩子,彼此来往都很亲切。王教授虚怀若谷,王处长平易近人,是构成两家友好的基础。处长家的孩子管教授叫王伯伯,教授家的孩子管处长叫王叔。称呼起来,非常亲热的,五百年前是一家嘛!

王处长管的事多,管的人也多。王教授只管一项科技攻关专题,领导两名助手,虽然也带几名研究生,上大课时阶梯教室坐满了学生,但并不归他管。王处长则不同了,从盖教学楼和家属楼的施工队,到教工食堂和学生食堂的炊事人员;从文书收发、教材印刷,到园艺绿化、门卫传达;从招待所到留学生宿舍,无不在他的管辖范围之下,很忙,非常忙。相比之下,王教授可算享清福了,如果他不用和助手一起在水槽里,洗那些实验室瓶瓶罐罐的话,他还能轻松一些。

王处长当然很羡慕王教授,王教授也相当同情王处长。王处长不但在办公室里坐不住,回到五〇四号家里,也很少有清闲的时候。一顿饭不来上三两通电话,是饶不了他的。王教授家也有电话,那是亏了王处长的帮忙才装上的，外号却叫“沉默的人”，那是一部外国影片的片名，因为电话很少响铃。同样，两家安的音乐门铃，也是一个热闹，一个冷清。王处长家的门铃旋律，是贝多芬的《欢乐颂》，几乎一天到晚，欢乐不断。而教授家门铃乐声，是人人都熟悉的《祝你生日快乐》，但响的机会不多。细琢磨也有其道理，一个人一年只有一次生日，哪能天天过生日呢！所以教授家的门铃，便成为“沉默的人”，而且沉默得有道理，很有分寸。

不过，偶尔也有频繁响起《祝你生日快乐》的时候，那都是找错门的。于是王教授就得客客气气地对来访者说明：我虽然也姓王，可不是你要找的王处长。你大概头一次来，你大概不认识王处长。那好，我告诉你，隔壁这一家，就是王处长家，你按那扇铁门上的电铃就可以了。于是，贝多芬的《欢乐颂》响了，王处长家又来客人，又不得安生了。教授实在有些替他累，既不能为他分忧，又不好意思挡驾。看到那些求职的、谋生的、要房子的、夫妻两地分居要求调到一起的、没有城市户口的，以及教授也认识的至今未能把上山下乡插队的儿女办回来的，一张张可怜巴巴的面孔，他也心软了。

他知道，而且他也相信，王处长绝不是铁石心肠的人，能帮忙总是尽力帮忙。虽然，似乎他的口碑不算十分好，但教授跟他是近邻，能理解他，大有大的难处。本来就一碗粥，供一个和尚吃，大概勉强可以充饥。现在，有七个和尚，或者八个和尚张嘴等着，那怎么办？王处长诉过苦：教授，除非把我剁碎了，唉唉……

他叹气。

教授也陪着叹气，而且很快给自己找到了心理平衡的慰藉。虽然，王处长有权有势，日子过得很好，人人争着巴结他，讨好他，但他累得真要死，忙得连喘气的工夫都没有。结果，背后还有人非议他，而且还有竞争者认为他的差使是个肥缺，构成对他的威胁，弄得他好紧张。这样，王教授觉得自己这一介书生、两袖清风的日子，倒有其难得清闲自在的优越性了。很少有人敲门，很少有人打电话，几乎没有任何人来求过他，托过他。甚至也不用担心他那还要在实验室里洗瓶瓶罐罐的项目被谁抢走，如果真有见义勇为之士，他恨不能立时三刻将这份工作拱手让人。

于是王教授就比王处长多一些闲情别致：譬如养君子兰啊，这玩意如今行情一落千丈，过去价俏的时候，倒有人送给隔壁王处长家的，现在教授家阳台上也有了好几盆；譬如养小金鱼，当然在公园农贸市场，很看中那些热带鱼，花花绿绿，煞是好看，但一次性投资太多了些，太太不批准预算，而且那些小生灵，娇生惯养，也太"布尔乔亚"了。结果，花数元人民币，购鱼缸一口，小金鱼数尾，放在书桌上，看那摇头摆尾、悠然自得的神态，教授便想起庄子《秋水》篇里有段有名的濠上对话：惠子曰："子非鱼，安知鱼之乐？"庄子曰："子非我，安知我不知鱼之乐？"也就很觉得怡神悦性的了。

王处长有时也来串串门，对教授的雅兴和闲心，面有羡色，但未谈上几句话，屁股还未坐热椅子，他家孩子就过来叫他回家，又有客人来找他了。教授真是打心里可怜他："为人莫当差，当差不自在呵！"教授夫人什么话也没说，只是一笑。猜不出她是赞成先生的看法呢？还是反对先生的看法？

不知什么时候开始的，或许去年，或许前年，教授的兴趣从花草虫鱼，发展到养猫上面来了。如果说，养花养鱼，还是属于教授个人自得其乐的事情。那么，一只大狸花猫和它下的几只小猫咪，几乎成为全家人的开心节目。第一，猫通人性；第二，猫有实用价值，可以灭鼠。

王处长后来才晓得教授喜欢养猫。你怎么不早说，他埋怨教授，我随便一张嘴，还愁搞不到纯种波斯猫？

他谢谢邻居的好意，连忙说，够了，够了，如果再养波斯猫的话，我这教授，就该越教越瘦，该破产了。他太了解这种名贵的猫了，和热带鱼一样，都不够“普罗”化。倒不是敝帚自珍，他挺钟爱他的猫。有一出戏，叫《狸猫换太子》，说明它谱系的久远。何况不挑食，给什么，吃什么，挺能跟主人同甘共苦。最让人满意的，是这只大狸花猫和它的儿女，非常尽责，为患已久的鼠灾，总算被它们靖平了。

教授家其实和处长家一样显得狭窄，不过，处长家是电器多才挤，教授家是书籍多而造成的挤，这就是知识多带来的累赘了。王处长已经许诺了，等家属楼盖成了，两家搬过去，还是邻居，互相有个照应。所以，教授就把一时用不着的大部头精装书，暂时挪到阳台上堆放，横竖早早晚晚要搬家的。弄不清该死的耗子是出于对知识的仇恨呢？还是认为知识分子软弱可欺，竟在书堆里絮窝下崽，把好端端的书，咬啮得乱七八糟。教授下决心养猫，也是对鼠类如此荼毒文化的反抗。

终于有那么一天，教授发现他的狸花猫在阳台上，同它的儿女们，大嚼特嚼一只硕鼠，显然像享受一顿美餐那样喵喵地叫着、跳着、撕扯着、抢吃着。教授高兴极了，喊他老伴来看，喊他孩子来看。拍手的，叫好的，把阳台连阳台的王处长家也惊动了。连忙跑出来看，以为教授家出了什么惊天动地的事。

“猫抓耗子！”

“太棒了，多大？”

“尾巴有半尺长！”

“乖乖——”

“太可恶了，把书都咬了！”

“别提了，”王处长站在那边阳台上感触颇深地说，“我们家也是五鼠闹东京呢！”突然，他忽发奇想：“教授，干脆，就像外国足球俱乐部租借运动员那样，弄一只猫到我们家来镇压镇压，怎么样？”

邻居开口，怎么好拒绝呢？好好，当下就应承了。

这里教授全家开了个会，决定把大狸猫的头生子，叫黄黄的二大猫派过隔壁去，它不但能爬墙上树，甚至有飞檐走壁的绝技，而且它一直有翻到那边阳台的企图。教授相信，王处长家阳台上的耗子，不但多，还要大，黄黄此去，保证不辱使命。

过了半个月，教授听到自家阳台上，又有咯吱咯吱咬骨头的响动，一看，大狸猫和剩下的两只小猫咪，正在分吃一只大耗子。因为抢食的黄黄出差不在了，这里一母二女细细咀嚼，吃得很斯文。

教授问看热闹的王处长："怎么样？黄黄立功没有？"

王处长摇头，一脸失望的样子，他告诉教授，有一天他亲眼见一只小耗子，从黄黄鼻子底过去，它居然视而不见，听而不闻。哪怕扑一下，吓一下，让耗子魂飞胆丧也好。站着，连动也都不动。碍着教授面子，他不好再说下去。

这下，教授觉得挺丢人，这个不争气的黄黄。当天，就调防了，把大狸猫送去换回黄黄。这可是一枚重磅炸弹，教授对王处长保证，不出半月，静候佳音，肯定是一场歼灭战，不获全胜，决不会罢休的。大狸猫堪称灭鼠圣手。

黄黄回到教授家，也没什么觉得惭愧的样子，和小猫打成一团，开心得很。而且，没过几天，它居然在厨房碗柜下捉住一只小耗子，再小也是可以洗刷它无能名声的证据，教授从它口中将耗子抢出来，拎着尾巴，兴冲冲地到隔壁去请邻居看这份成果。

王处长半天没有反应，显然在思考一个什么问题。

"怎么回事？"

王处长当然不愿意让教授伤心，更不好意思说大狸猫的坏话，只是万分纳闷地说："不知为什么，在我们家，猫不拿耗子了呢？"

王教授随王处长走进客厅，那只大狸猫卧在沙发上，懒洋洋地，似睡非睡。它当然认识教授，只是把头略微抬了抬，算是打了招呼。几天不见，它显得丰满，毛色也鲜亮了。教授走近沙发，把小耗子在它脸前抖了抖，它看看，丝毫不感兴趣。要在过去，早鱼跃而起，得小心别让它把手抓破。他把这一口就可吞了的耗子，放在它嘴边，谁知它闻了闻以后，不但不吃，而且厌恶地跳下沙发，迈着四方步，走了。

真怪，猫不拿耗子！

应该说很有学问的王教授，百思不得其解。

玛丽小姐

现在，谁也说不好该拿玛丽小姐怎么办才好了。

在胡同口方家，不，应该说在整个胡同里，从老到小，几乎无人不知玛丽小姐的。

老太太健在时，是她老人家每天陪着这个玛丽小姐出来溜达的。风雨无阻，从不间断，准八点，那油漆斑驳的翰林府的大门，便哐啷哐啷地开了一条缝，先是玛丽小姐，然后就是校长夫人，一前一后地走出来。准九点，老太太和她的心肝宝贝，已经从后海南沿绕银锭桥回来了。

天天如此，比钟摆还准。

接着，胡同口里的人家，便可听到早先的翰林府那扇沉重的年代太久的大门，又发出一阵哐啷哐啷的声响。也许从此这一整天，大门保持着有涵养的沉默，几乎不大有动静的。

于是，只有悠扬的鸽哨，在天空里忽而近，忽而远地响着了。

这所四合院门口那影壁和下马石，记录着方家祖先在乾嘉盛世的恩渥隆遇。从前清翰林院方大学士开始，一直到方中儒这位大学校长，胡同口方家在后海这一片，凡老住户都知道那可是真正的书香门第。

后来，前几年吧，每天陪玛丽小姐出来溜达的，变成校长本人了。

街坊邻居相信，老太太一准到她的天主那里去了，因为她是个虔诚的教徒，总要到西什库去做礼拜的。

人们也纳闷，方校长体格原不如他老伴，他倒该先走的，结果她把他撇下了。

自从老伴归天以后，他老人家像塌了半边天，身体好像更不顶了。一天到晚离不了拐杖，精神显然不如他夫人，每天早晨，颤颤巍巍的他，走两步就得歇口气，玛丽小姐不得不驻足等他，回头看着他。比起他那永远腰板挺直，永远整齐光洁，永远像洋人那样在数九寒天也穿裙子的老伴，他可差得太远。无论应付四合院会出现的问题，还是有关儿女的一些什么事情，老夫子总倒后悔不如他先走，也许因为他从不料理家务的缘故，忙于他的学问，本来事无巨细都是他老伴操心的家务，一下子落到他头上，怎么也照管不过来了。

幸好，并未麻烦他很久，人们再也见不到老校长和玛丽小姐一块出现在后海溜达了。

银锭桥头摆烟摊的和修理自行车的老大爷和老大娘都明白：老夫子到天国去找他老伴了。胡同口方家这书香门第的最后的一个象征，前后脚随他夫人离开了人世。

再也见不到那真正是来自外国的玛丽小姐，由谁陪着出来溜达了。于是这后海边上，似乎缺了些什么。

人是挺怪挺怪的，习惯了，适应了，也就觉得理所当然了。大家讶异了一阵忽然消失了的这对老夫妻以后，一旦那大方家的什么人，又和玛丽小姐出现在海边垂杨下溜达的话，人们难免又要引起议论，好像挺不顺眼的了。

“老太太、老爷子一过世，儿女们便不把爹妈的心肝宝贝多么当回事了！”

摇头的，叹息的，唉！唉！这世道啊……

家家都有本难念的经，方家人，现在是三兄妹，老大方彬，老二方军，老三方芳，对玛丽小姐的看法，意见以及具体的措施方面，各各想法不尽相同，不能一致。其实也不是天塌地陷的大事，无非有人希望这样，有人喜欢那样，有人想当甩手掌柜，有人不想吃亏罢了。

“怎么办呢？”

“总得有个万全之计，对不对？”

不就是一条叭儿狗吗？

即或是一条纯种的马耳他叭儿狗，不也是一条狗吗？

姑奶奶叼着一支长长的女士烟，牛仔短裙裹着她那浑圆的臀部，两条秀挺的玉腿，一双高得出奇的跟鞋，在方砖铺地的四合院的天井里，像模特儿表演似的，娉娉婷婷地走来走去。“我不认为玛丽小姐是一条普普通通的狗，不管你们承认也好，不承认也好，它是父母亲的遗爱——”

“用不着你定性——”她丈夫在心里“腹诽”他太太。

她继续走着说着，说着走着。“难道你们大家不怕别人笑话吗？”

大家做出洗耳恭听的样子，其实，她大哥、大嫂，二哥和他的情人，以及她那懒洋洋在躺椅上八字摊开的丈夫，都不买她的账，又不得不听她的。可能觉得她来扮演卫道士的角色，不怎么适合吧？一个非常风流的女人，突然非常正经起来，有一点点不太谐调。

“瞎来劲！”

她丈夫被她拖来参与关于解决玛丽小姐的这个家庭会议，本来满肚子的不乐意。见她这副神气，越发地不高兴，干吗？兴师动众，还真当回事地坐在这儿讨论，好像一天到晚公家的会还没开过瘾似的，回到家里来接着开，实在荒唐透顶。

王拓心里骂他老婆，臭显，就你能？你也不是一家之主，你上头有两个哥哥，你是嫁出去的人，你凭什么出头管这些事？莫名其妙，充其量，你也只不过具有三分之一的权利和义务而已。瞎张罗！然而，他不得不承认，他太太的全部能量，就在这张罗上。

终于张罗上一个什么协会的秘书长，“末代王朝的奇葩，哦！哦！”

“滚你妈的蛋——”

他知道他老婆表现欲极强。热爱在日常生活中扮演这种或那种角色。

现在，她在院子里那副当家主事的样子，很像才去世的老爷子，更像前些年归天的老太太。包括她哥哥、嫂子在内，甚至胡同里的邻居，都相信是老爹、老娘把她给宠坏的结果。

她逐一地看着院子里的人，等待着大家的答复。

“怎么着？诸位——”

一表人才的方军，被老爷子笑话成空心大萝卜的电影厂里的导演，却是个天字第一号情种，他本人的爱情故事，按方芳的评论，要比他自己拍的那些烂片子，更卖座些。他在院子里的丝瓜架下，跟他的情人不知在密谈些什么，院子里的讨论他并不关心。

这位目前和他同居着的女演员，半点也不漂亮，全家人弄不明白，他会如此迷上菲菲。

“二哥，菲菲，你们的喁喁情话，还有完没完？”

“要我们发表个什么意见么？”方军问。

“对了，就是要你讲话，因为你是方家的人！二哥！我知道你讨厌玛丽小姐——”其实，这院里喜欢这条刁钻古怪的狗的人不多，也可以说没有，“不过，你不能没有一个态度！”

“是，女家长——”

"不要话里带刺，二哥，什么时候你片子拍得有这点含蓄，就好了！"她是个眼里不揉沙子的女人，厉害得要死，她父亲在世的时候，那样一位鼎鼎大名的大学校长，也让她三分，"好吧！你不要以为我多管闲事！关于玛丽小姐，看在早去世的母亲，和新近离开我们的父亲份上，看在咱们这个无论如何也能算是书香门第的份上，不能不考虑到舆论的力量。弄得玛丽小姐没人管，都想一推了之。像话吗？"

"不至于吧！"方军表示不理解，他说，"一切不是挺正常的吗！"

"正常个屁，不能这样对待玛丽小姐，且不说咱们是什么人家，且不说老爷子刚过世，从保护动物协会的观点——"

"我们可没有虐待啊，芳芳！"大嫂贺若平连忙声明。

"现在不是追究责任，说起责任来，谁都有一份，因为我们是胡同口方家的子女。"方芳一脸正气，一派大度，也难怪父母在时，特别器重她，而对两位少爷失望。

方军说（这种不得体的话，也就是他能没心没肺地说出来）："至于这么严重吗？玛丽小姐虽说上了点年纪，但终归是条名牌叭儿狗，卖了算了！"

全院大哗，"啊？……"

方军所以成为一名三流导演，可能与他自我感觉略差有点什么联系。

他压根未把大家的亏他说得出口的惊诧神色放在眼里，继续发表他的谬论。

"那么好，我有个朋友在杂技团，驯狗的。也许，玛丽小姐具有表演天才呢？"

这回，方芳发她姑奶奶的脾气了，猛喝一声："你还有完没完？"

菲菲拉了他一下，他赶紧举手作投降状。

"二哥,我看你实在差劲——"

他知道她的厉害,从小就斗不过她,虽然他比她大好几岁,但事事处处都得听她的。白长了个大个子,白当这个哥哥。上树,他不敢,只能站在树底下拣她扔下来的枣吃。后海挨着他们家院墙,夏天跳进去游泳,冬天跑上去滑冰,他只有干站岸上眼巴巴看的份。他妹妹无所不能,无所不会,徜徉在天上是蓝天白云,水里也是蓝天白云的后海上,美不滋滋地,快活得这后海都盛不下她。"下来呀!笨蛋——"那时她不叫他哥,而叫他笨蛋、笨虫、大土鳖或者傻驴什么的。他也真往水里跳,而且不止跳过一次,每次都淹得两眼翻白。细算算,喊他哥,也是他当导演以后的事。

不过要是让她去看他的样片,准会蛾眉一竖:"这片子也就是你这笨蛋导得出来吧!"他承认他片子拍得不好,但他能找出无数的理由,把过错推诿出去。他永远怨天尤人,永远觉得他的才华得不到施展。

他的妹婿王拓非常羡慕他有糟蹋国家几十万元的权利,而且还有抱怨的资格。

方芳戳着他的脑门,很不客气地数落着。

"关于玛丽小姐,你有意见你有看法你有什么好主意可以发表,不要信口开河,胡说八道。"

"遵命!"方军一向被她"镇压"惯了,马上缄口噤声,表示服帖。

王拓估计他老婆下一步,该进入这次家庭会议的主题了。

果然,她把目光转向抽闷烟的老大,这一家的长门长子。

方彬这人,猛一看,挺不知深浅的。总做出一副深沉的思考状,其实,全家人都明白,越是这种样子的时候,他脑子也越是什么都不想。要是此刻谁问他,你妹妹和你兄弟在争论些什么?他一定是两眼露出茫然的光,说不出个所以然。

王拓在他老丈人家，其实更亲近导演，而不喜欢这位处长大人。

方老夫子终生抱憾的事，便是家门不幸，儿女不肖。老人家所谓的不肖，主要是怨恨他们不争气，一个个不学无术。如果说老二中看不中吃的话，那么，这个老大则是既不中看，又不中吃。“真想不到翰林府终止在我这一代……”

王拓深知逝世的岳父岳母，也未必很愿意接纳他为书香门第的乘龙快婿。只不过是，第一，在插队时结的婚，无可奈何，不得不认可的事；第二，怎么说，多少还有一份精干，虽然文化程度太差了，老三届，高中水平，这使老人摇头，幸好吩咐干些什么，不至于像二位少爷那样不顶用，也就接受这个现实了。由于时常被岳父母差遣，女婿顶半子使用，这两位郎舅，导演比较亲近他，因为可以省却自己许多麻烦，何不乐得轻松？而处长呢，老怀着一种对于精明人的戒备，怕遭他算计似的警惕着。

“大哥。”方芳“笃笃”地走到方彬跟前，她丈夫认为她没有必要在自家人面前充当领导，好像不管着几个人，不当个头，就不是中国人似的。

王拓心想：第一，你不是家长，谁也不曾选你。老爷子未在遗嘱里册封你为他老人家的法定继承人，你没必要在这儿指手画脚。第二，你要匡扶人心，维系道统，发扬书香门第的温柔敦厚，福寿绵长的家教家风，那你就不妨身先士卒，将玛丽小姐弄回自己家里来“供养”，何必来这套假招子？他听他老婆对她大哥，一个什么部什么司什么处的处长继续发表门第伟大论，对玛丽小姐的态度也就是对先考先妣的态度论，那副道德面孔，应该说从演技角度来看，是不错的，但这套宣传，让他腻歪透顶。

方彬了无反应，方芳逼着问他。

“你说吧，大哥，怎么办才能妥帖些呢？”

“什么事呀？芳芳？”方彬的拿手好戏，就是装糊涂。其实，他有时确实喜欢脑子处于空白状态当中。不过此次这场戏虽是他老婆鼓捣他才开演的，他做不了贺若平的主，是实情，但他想从这条狗身上先做文章，达到另外的目的，说明他也并非十分太呆。

他有时真呆，有时装呆，有时一点也不呆。

正如老夫子说过的，呆是他的生存之道，要不，能当上处长？据说还要当局长。

方芳当下就光火了，你不想要玛丽小姐，对不起，也甭打算往外推。她本来就觉得老爷子刚过世，方家不该这么快出现让人家看笑话的事，不过考虑到这个玛丽小姐确实难缠，才凑在一起商量个好主意的。好！这位处长像没事人一样，简直岂有此理？

她根本不晓得她哥哥的底牌，他笨吗，不该笨的时候，一点不笨！虽然，他不清楚他大学是怎么毕业的，但在他那个部那个局那个处混得还是不错的，呆人有呆福，官场倾轧中，也能拣到些便宜。现在，他用这一套来对付自家人，真有他的。

"那我们大家回来干什么？"她气呼呼地说，但始终挺着胸，做出优美姿势，时刻表明她是个艺术家，而且，还是个不大不小的艺术家的样子。

时代也真能造就人才，方芳从乡下回城以后，文不成，武不就，高考落榜，坐机关无门，当工人不愿出力，扫马路怕丢人。也许演过几天样板戏，有些艺术细胞，成了区文化馆的舞蹈教员。应该说，她挺能张罗，主办过一次国际标准交谊舞大赛，操持过一个业余的时装模特表演队，上了报纸，上了电视，成了个文化艺术界的一位名流。如今掏出名片来，头衔也是一串一串好吓人的。她那大学校长的父亲，除了叹息还是叹息："虎牌万金油啊！"对她沦落到三教九流这一点总是皱眉头，"方家门风怎么会如此不堪？倡优隶卒，全有了！"

老人的这种念头，她当然认为是很可笑的："得了吧，爹！"

"我们大概是太落伍了！"他掰着指头对玛丽小姐说（别人谁还肯听

呢?),出了个不三不四的导演,姘上个活人妻的女演员,又来个跳舞的,又来个小老板,包括那个无能的处长和他的小市民的老婆,全是胸无点墨之辈。

她不听这一套,掉屁股就走。

不过老人能原谅她,她未赶上好时候,上山下乡,失去学习机会。所以,他有些抱愧,若她能读书,比两个儿子要强百倍。“即使如此也比那两个草包像人些啊……”

方芳在院子里站定,脸一板,打量着她的大哥,一个破处长给她装糊涂,心想,甭给姑奶奶来这一套,我不吃。“怎么回事?大哥,还得请教你呢。”

“不是礼拜六吗?哦——”说到这里,方彬仿佛才明白一样:“今儿不是礼拜六!对,不是礼拜六。”原来老爷子健在时,周末,全家照例总是要团聚一次的。

“大哥,这儿不是机关,不是官场,用不着跟我们大家打太极拳。不是大嫂讲了嘛!她不想要玛丽小姐了吗?”

贺若平连忙声明,她不是这个意思。说实在的,这家人,此刻,谁也不想担这恶名声,老爷子尸骨未寒,就嫌弃玛丽小姐了。

这条狗遐迩闻名,是来自异邦,是纯种马尔他,有谱系证书,而且是一位大使夫人送的,至今还时不时地托人捎来狗食罐头的。

好一个了得!是一条有海外关系的狗。

做大嫂的赶紧向在座诸人再三解释,主要是她怕担当不了这份责任:“我跟你们说实话,这个玛丽小姐越来越难侍候,动不动就闹绝食,真不好办。这不才决定把大家请回来,商量怎么解决的吗!”

虽然玛丽小姐不是十分可恶,但也十分地不招人喜欢。可生活就是这样,你不待见,你讨厌,但你得接受,你还不敢怠慢。

其实，恨不能说去他妈的！

方彬做出恍然大悟状，果然不是礼拜六。“哦，哦，你看，你看，忙晕头了，忙晕头了……”

他装得极像，抱着脑袋，似乎日理万机，不堪其扰的样子。

自打王拓辞掉公职，干公司，做买卖，当老板，身上沾有铜臭气以后，从老丈人起到两位舅爷，到自己老婆，都把他视为异类。他从来不买这书香门第的账，这回索性不觉得翰林府有什么狗屁神圣了。老爷子是双料博士，他服气，剩下的，跟他一样。拿“文革”中爱说的话形容，彼此彼此，都是一丘之貉，尤其这位大处长。他心里在骂：“什么东西？装他妈的孙子。分明是一心想踢走玛丽小姐，觉得自己吃亏了。现在，他变得不知情了，好像倒是我们大家来给他找麻烦似的。”

妻舅的这分智商，他真不敢恭维，很难相信是博士的后裔。可他居然还有可能被提拔，真他妈的邪行，而且还是吴铁老（老爷子的朋友）透出来的口风。

这两位妻兄，他讨厌方彬那假正经，情愿离他远些，而宁可接近方军，虽然吊而郎当，至少他有一份率真。高兴就高兴，不高兴就不高兴，全在脸上摆着，不玩儿阴的。老人在世时，全家人谁不拍玛丽小姐的马屁？包括那个此刻当少年犯的方大为。别看那是条狗，得拍，不拍不行，要讨老人的欢心，就必须拍。

独他不！他不喜欢狗，喜欢女人。

方军风流韵事不断，而且档次极低，有时和风尘女子来往，被捉进派出所过。可他从来不给自己贴花描金，做出正人君子的样子。他知道他老爹半点看不上他，认为他是败类。他妈祈祷上帝保佑，只要他不杀人放火，不吸毒贩毒，就算万幸了。他承认他不行，不灵，“王拓，不怕你见笑——”他说他搞不了事业，搞不了钱，要什么时候连女人也不想搞了，他大概就成了西方文学中的“多余的人”了。

“在这家里，我不如狗——”

他又说：“你不能不承认，一种很反常的情况下，狗会比人重要。”

王拓也腻歪这条狗。

他在这家里，应该说能谈得来的，只有导演。

每当他俩谈兴正浓时，方彬总会过来好奇地问：“什么？什么？”这家伙有种怕被人暗算的恐惧，时刻保持警惕。因此，不大好说他呆，但这样猛插一杠子的做法，又难以说他多么聪明。

这两个人，根本不愿意跟他搭讪，因为他只知道做官，谈其他无异对牛弹琴。

说起来，这段插话，那还是前不久给老爷子办丧事时的事情了。

方校长之死，也算是备极哀荣了。不管怎么讲，一代鸿儒，学界泰斗，自然是相当重视的了。活着，也许无所谓，一死，倒有了分量。人的价格行情，时涨时落，忽而尊重，忽而贬低，碧落黄泉，真能有天渊之别的。不过，这一回，也许是最后一回，翰林府那扇哐啷哐啷的大门，从未出现过的辉煌，人来人往，川流不息，索性开而不关了。于是，那影壁，那石狮，仿佛回光返照似的，突然鲜亮了许多。

可以想象，是多么忙忙乱乱了，其实死亡应是一件悲痛的事，可难得的哀荣压倒一切的时候，丧事在某种程度上失去了本义，应酬和场面比什么都重要了。

于是方军和王拓也用不着哀痛欲毁，倒格外地清闲自在，因为插不上手。

那几天这条胡同，这个小院可热闹了，车水马龙，络绎不绝。哪怕只当一天大学校长，也是个长。人一死，沾个长字，那风光就很不一样。加上老爷子是真正的有学问，便多一层实在的体面和货真价实的光辉了。

这样，官场也好，学界也好，来的宾朋贵客竟黑压压挤满了一院子。

院里临时设了个灵堂，负责照应来吊唁的党政领导，知名人士，亲朋好友，门墙桃李，都是长门长子和那位穿了一身黑的姑奶奶的场面了。方军和王拓，虽说一个是儿子，一个是女婿，也不知是他们上不去台盘，还是这两个家伙不愿上台盘，反正被排除在外，连泣血稽嗓的机会也没有。方芳那天风光极了，她请来一位电视台朋友，扛着个机子随她转。方彬当然不愿失去这样一个能与负责同志、与各路名流或巴结、或讨好、或增强印象、或放长线以便将来钓大鱼的机会，何况他的身份（不孝孤哀子兼某某部、某某司、某某处的处长）历史地把他推到这个出风头的场面上来。

可惜那张脸，永远木木然，幸好是丧事，这表情还算合宜。

一个人一辈子只有这么一次机会，机不可失，时不再来呀！他不时提醒自己。

他对自己说：不可能再碰上这样一位老子了，连早年获得过博士学位的英国牛津，美国马萨诸塞，都发来了唁电，于是，大使馆也送来花圈。这对有些人物来说，怎能落在洋人后面，纷纷登门三鞠躬了。喝，好一个“群贤毕至，少长咸集”，方彬认为若不利用老头子的这点“剩余价值”，岂不太傻了么？于是，他跟他妹妹抢风头，忙得个不亦乐乎。

被冷落或自甘冷落的方军和他的妹婿，躲在东屋里，只有玛丽小姐陪着。一口连一口地喝着上好的茉莉，一支接一支地抽着万宝路。姑奶奶有话，这种细微末节的小地方，决不可以掉胡同口方家这名门望族的价。哪怕把裤子当了（这是绝不至于的），烟要好烟，茶要好茶，坐小车来吊唁的客人，司机一律开钱。她知道大嫂贺若平小户人家出身，生性抠门，特地讲清楚，把发票留下来，三一三十一平均负担。这样，他们两个本着不吃白不吃的精神，尽情享用了。

王拓知趣，因为他不姓方，不插手也罢，导演被冷落，完全不应该的。方芳几乎独霸市面，方彬笨笨磕磕地抢镜头，哪有导演的份？他唯有自我解嘲了，哼！这些出出进进的头面人物，给我当群众演员我也不要。“看我这一兄一妹马不停蹄的样子，送往迎来，就显他们是这部丧礼片的男女主角了。”

“得了，你不干，就别说嘴啦！”王拓开玩笑，“连玛丽小姐也在看你牢骚满腹的德行呢！有你抽的，有你喝的，坐在这儿当看客多好？你愿意应酬这些客人？”

“唉！你这是什么话？怎么？我是私生子么？”他可以不干，但别人不让他干，那可不行。

“这就是你们没落贵族的德行了，想吃怕烫，不吃心慌！”他数落他的妻舅，“你想干，你去嘛，又没人拦住你——”王拓把他朝院子里推，他又不动弹。刚才，他们电影厂老板来吊唁，他也懒得去应付。他妹妹不得不编出他伤心过度的话，遮掩过去。

“我不凑热闹——”

“这就是大家爱说的时代病了。自己不想干，不屑干，别人干了，还指手画脚，说三道四。”

“得了老兄，所有混得得意的人，都长了一张说人的嘴。”

玛丽小姐见他愈来愈没个好声气，抬起屁股走了。

王拓了解这个方军多多少少有点二百五，这家人阴盛阳衰，两弟兄的智商加在一起，也没有他老婆高。国家居然把几十万块钱任他糟践着拍片子玩，而他当老板的那家公司，想申请点贷款，比登天还难。如果说是私生子，王拓说自打他干公司以后，他倒真有这种感觉。

他说：“得了吧王拓，我才是私生子！你至少是你，我算老几？不仅是这一家的私生子，而且我觉得我是整个社会的私生子。”

"你真能胡扯——"

"你不相信吧！反正，我觉得我是个多余的人，谁都嫌我，包括这个玛丽小姐！"方军接着又宣泄了一通，从死去的老头子到还没死的电影厂厂长，都绝对认为他是多余的。这牢骚一直发到方彬送走一位坐奔驰车的客人，得意地搓着双手进来时为止。

"什么，什么？"方彬紧紧追问。

他怕这两个家伙算计他，因为遗嘱还在学校领导手里，不晓得老爷子写了些什么？所以，他这个长门长子，既要做出一副悲戚的样子接待来宾，又要琢磨下一步棋该怎么走？他脑子到这时候就成了一锅糨糊，根本不得要领。于是，在院子里，伶牙俐齿的方芳便把客人垄断了，他在一旁唯有点头哈腰干着急而已。

可他又不放心这两个闲人，再忙也要来应付两句，一张口，语无伦次，也难怪，他想到遗嘱上谁将分到什么，谁将分不到什么，也就不得不前言不搭后语了。

当了这几年处长，真难为他。

据吴铁老说，还有可能提拔他一下呢！连他老爹还健在时也不禁纳闷，"也许我真是有眼无珠不识金镶玉，都说知其子莫如其父，难道这句话错了？"

他老弟轰他出去招呼来宾，因为和他交谈，绝对要吻合他的实用主义，关于老夫子的遗产，一再试探，没完没了，虽然方军并不觉得自己多么清高，也不是不想捞一把，谁会嫌钱扎手呢？但方彬反复强调三兄妹要团结一致，互让互谅，他烦死了。

"这儿没你的事，你忙你的去！"

"什么多余？真的，什么多余？"方彬刚才听到这屋里的只言片语，便一个劲地追问。

王拓笑笑，不言语。

他知道方彬的心病，他的宝贝儿子，胡同口方家这书香门第的唯一的第三代传人，一个四肢发达，头脑简单的小伙子，因为持刀行凶，险几死人，被拘留待审。究竟让不让大为参加爷爷的遗体告别仪式，一直意见不一。

方芳并没有明确说不行，也没有说行，但不知为什么？好像姑姑不点头，别人还不便做主似的。谁也不曾公开地说，老爷子归天，和大为把他情敌的肚子上扎了两个窟窿，差点出了人命，被抓起来有关。但老爷子倒确实是在病榻上，听说他孙子居然敢开杀戒，接连说了两句："一代不如一代！"以后，第三句还未说出口，一口痰壅塞住，便咽了气。

第三句话，肯定还是再强调一次而已，那张悲观绝望的面容，已把老人要讲的话，全部写在脸上了。

但方军认为，也许老爷子第三句话，是别的意思，没准会给我们一个光明的尾巴，他那个电影厂厂长通常都是这样要求他拍片的。再说，老爷子是位严谨的学者，措词用字，相当慎重，哪能一而再，再而三呢？

老夫子刚刚咽气，大家不知所措的时候，他能吐露这番高见，不能不让人叹服他不愧是没心没肺惯了的，根本不往心里去的主。他还很有怨气，好比对墙壁发表一通演说，了无反应，众人的冷淡使他索然无味。于是，他又一次印证了他是这个家庭，这个社会的私生子的看法。

他永远怨天尤人，只是和他情妇在一起时，还稍稍振作些。他对他的侄子存在与否从不关心，所以，是不是这小子气死了老爷子？该不该让这个辱没门庭的败类参加追悼会，他连想都不想。

不过，亲戚朋友相信，大为闯祸，是老爷子死亡的主要原因之一，大概不错。

难道方彬和方军，能叫老先生活得多么快活么？这难兄难弟，没有什么能耐，没有什么本事，更没有什么学问。所作所为，无不让老人深深的失望。唉唉，都是银样镴枪头啊！稍稍器重的方芳，可惜生不逢时，赶上了“文革”，小数点加减乘除未学会，就中断了学业。“可是她居然成为一个著名的文化人士，简直更狗屁不通了。”

翰林府完了，有人说，他死在绝望上，所以，第三句话也就无需说出来了。

但王拓认为，老爷子的这种嗟叹，基本上属于上一个世纪读书人的悲哀。

什么叫学问？您老人家的长公子做官的学问小么？二少爷谈情说爱的学问小么？令嫒写情书都找人捉刀，可不妨碍她当这个协会的理事那个协会的秘书长。据说即将出版的《中国艺术家辞典》里，还有她的条目咧！好一个了得！

“瞑目吧，泰山大人！……”王拓心里想，也许方军说得不错，老爷子的第三句没能吐露出来的真言，可能是觉得没有必要强求别人像自己一样。你认为好，别人可以认为不好，你认为不好，别人认为好，不行吗？一代一代要活下去，包括拿刀捅人的那个少年犯，看那下手的狠劲，将来成为“教父”，也不是不可能的，你管得了吗？

老人家的悲哀纯属多余，可他那样抱残守缺，认定他的学问是学问，倒真是值得悲哀了。光阴荏苒，日月如梭，一些东西增值，一些东西贬值，老爷子对于时代的市场观念，大概太淡薄了。难怪他咽气时，面色怅惘而迷茫，不知是叹息儿孙，还是遗憾自己？话未说完，就永远地离开人世了。

处长还在执拗地盘问他俩，“到底什么多余？真的，多余什么？”

方彬并不刻意要他的儿子在爷爷的追悼会上露面，但却想利用这个契机，把大为从关的地方弄出来。他懂得怎样利用死人的价值，过了这村再没这店了，坐奔驰车走的吴铁老已经表示可以成全。只要举家一致，异口同声，不嫌大为多余，让爷爷最后看一眼这个有种拿刀捅人的孙子，能假释出来，那么，也许就可以不必回去继续坐牢了。

事在人为，对不对？

这两票很关键，一个叔叔，一个姑父，方彬认为，只要他俩首肯，方芳也就不好不表态。虽然她一直讨厌，甚至反感大为，多次申言，应该将他关起来。否则，这小子杀人放火，无恶不作，非弄得满门抄斩不可。只要他一在院子里，那玛丽小姐就算是倒大霉了，不折腾得半死不会罢休的。那时老爷子还在，这小子只敢背后作践，当面还是溜须这条狗的。

“为了玛丽小姐，也不能让这小子回来！”

王拓不赞同他老婆的观点，狗重要？还是人重要？

“看是什么样的狗？什么样的人？”

方芳问他，到底是玛丽小姐给晚年的老人带来了慰藉好呢？还是这个杀人犯催老爷子的命好呢？

“总不能因为狗而不主张放人，说不过去的。”

“在我们方家，玛丽小姐就不同一般——”

无论做丈夫的怎样晓喻，方芳态度坚决，甚至绝情，不行，应该继续关他，这个败坏家风，辱没门庭的人，没他老爷子还可以多活几年，让他来参加追悼会？开玩笑！

方彬明知他妹妹会这样想这样做，却不肯放弃这千载难逢的能争取假释的好机会。亲子之情，贺若平的一把眼泪，一把鼻涕，那就挑明了说吧！但他又不敢把他这老妹子得罪了，问题在于方中儒留下的，也许是最值钱的汗牛充栋的图书，其中很多是珍本、海内孤本，不能按老爷子的意思，无偿地奉献出去。

钱！那是钱啊！他恨不能大声疾呼。可他一是考虑到老人刚死，二是赤裸裸地拜金主义不免过分，三是说实在的，这些年官当的，凡事少开口，一问三不知，结果连句整话也说不好了，真急得他抓耳挠腮。他认定了，必须三兄妹联手，才可以使这堆满三间屋的书籍，变成通货。而能言善道，出头露面，舍她其谁？指着没个正形的老二，那德行能办成事嘛？冲这一条，他不愿惹恼了她。

"如果老爷子把书献了，他名垂千古了，除了这所四合院，给我们留下个屁啊？"

他那小市民的妻子"哼"了一声："怎么没留？留下个祖奶奶！"

方彬有一点迟钝，正好适合他一等二看三慢的为官之道，不至于犯错误。好一会才悟出他老婆说的是谁？"啊呀，你先别管玛丽小姐吧！"

"我倒想问问，老爷子一闭眼，他的心肝宝贝谁管？"

"你放聪明些，别看它是条狗，谁养着它，就等于方家的正宗嫡系，那可是一份发言权。"

"我把话说在前头，那才是条祸害呢！"

"求求你别搅，好不好？当务之急是书，书就是钱，老头子一生积蓄全在这上面了，行家说了，虽称不上价值连城，几十万块人民币总是值的。"

一听这数字，他老婆也不由得不心动了。"怎么办？"

"得争，尤其得芳芳去争！"于是两口子意见一致，连贺若平也认可了不招惹方芳，而且把玛丽小姐侍弄好了，姑奶奶兴许更开心些呢！

可是，万一遗嘱已经安排了呢？结果钱未捞着，儿子也放不回来，岂非鸡飞蛋打？于是他那儿大，一辈子也没动过这么多转弯抹角的脑筋。藏书不能献，儿子还想要，只好迂回战略，来争取这两张票了。

"吴铁老说了，人情之常，能够理解。错归错，血浓于水嘛！"

方军除了发牢骚和搞女人外，什么都不往心里去。"反正我不会让菲菲来的，我不觉得这多么重要，但是我也不反对你去把大为保释出来，我也不在乎一个犯了罪的孙子出席这种场面，本来就是形式主义。”

“对，是这么一回事！”他抓住方军的话，“那么想法把大为弄出来？”

王拓知道自己老婆的大义凛然：“我看还是你们三兄妹定吧！”

“你是起决定作用的关键人物，王拓，芳芳很听你的呀！”

“谢谢啦，令妹的性格，你们二位也不是不知道，她想听的才听，不想听的说下大天来，她也未必听，是不？”

方军这才明白怎么回事，他怵他妹妹，赶紧声明：“我是狗屁不顶的人，大哥，这事再商量吧！你先招呼来吊唁的客人吧！”

方彬听不出这两个人卸磨褪套，兀自想要他俩表态：“二位的意见，事关重大……”他一个劲地拜托，缠住不放。

要不是胡同口汽车喇叭声响，来了位屁股冒烟的贵客，方彬还会纠缠的。王拓知道自己妻子说一不二的脾气，不过，抓空把方彬的意思对她讲了。她对她侄子态度非常明朗，不改造好，不能把这小子放出来。“不——”只有一个字的回答。

他呢？对这个动不动拔出三棱刮刀的一脸横肉的小流氓，也素无好感，才屁大年纪，就占山为王，成帮结伙，为非作歹，实在不像话。不过觉得他妻子捍卫书香门第的光荣，有必要如此坚决吗？他表示怀疑。他相信，再好的过去，已经过去。他劝方芳，豪门世家不可能有永远的辉煌，没落到这一步，最佳之计，就是承认现实。

“芳芳，从古至今，哪有万世不变的基业，气数尽了，你也没法力挽狂澜！”

“我承认我们家衰败这个事实，可也不能出杀人犯哪，所以把他一辈子关在牢里才安生——”

“你当姑姑的，何必如此歹毒？”

方芳回答道:“这样做,为他好,也为家好。”

他反驳:“难道你们这一代多么给老爷子争光吗,我才不信。”

“至少,我们没犯罪——”

他嘿嘿一笑,不以为然。

“你笑什么?”她问,“你不会想到,这混账东西,多少次偷看我洗澡,不止一次被我当场抓住。从小就色胆包天,不是个好种。”

“嗨!小孩子的好奇心罢了!”

“三岁看大,七岁看老,全是他那小市民的妈,先天就给了他的遗传基因——”

“哦,天——”

“胡同口方家从古至今没出过这样的败类,后海这一片,除了恭王府,庆王府,还有两家贝勒府,就数到我们方家翰林府了!”方芳一脸正经。

王拓笑了,“芳芳,翰林府还真亏有你这位正经得不得了的当家主事人,你们方家列祖列宗在地下都要感谢你姑奶奶,捍卫了这张脸呢!可你一跳伦巴舞,或是恰恰舞,穿得尽可能的少,尽可能的薄时,你不怕老祖宗骂你浪?”

“我就知道你没好话。”

“你能把两者并行不悖地统一起来,也真教我佩服。”

“姓王的,你有完没完?”她眉毛挑了起来。

“算了吧,芳芳,你们家的脸,早让你们这一代给撕破啦!老爷子是死在他孙子手里,但何尝不是死在你们这些人手里,别客气!”

“滚你妈的蛋——”她不想和她丈夫谈下去,“我们方家的事,你少插言。”

“好好,从今以后,我在商言商。”

她不许她先生议论，自己却按捺不住要发泄，还怪王拓，“都是你，哪壶不开提哪壶！”

她先数落她二哥和那个活人妻的菲菲，过了明路似的同居，算怎么回事呢？

“你多余操这份心！”

“每月给甘心戴绿帽子的丈夫开二百元安慰费，简直可以上《吉尼斯世界之最》了！”

这世界也真是无奇不有，难为导演想出这名目来。别看他拍的片子十分缺乏想象力，这天大的笑话，倒弄得全城沸沸扬扬，比他拍的任何一部片子都轰动。

是挺让人难堪的。但方军无所谓，给人介绍说是他爱人，其实那是有夫之妇，可此时此刻属于我，因为本人已经付过她先生钱了。

有人好奇地私底下问过方芳：“你哥好意思按月发那活王八钱，我们就够惊讶的了，那主儿自己来领，更不可思议了！”

方芳除了破口大骂她二哥外，夫复何言？

“是到你们翰林府来领安慰费么？”

“敢？”

“那你二哥的情人呢？”

“反正我们家不承认——”

老爷子还活着的时候说过：“你要把这个女人领进院的话，我马上跳湖！”

方军还振振有词：“你老在西方待过，这不是正常又正常的事情吗！”

“这是中国，这是方家——”老爷子让玛丽小姐咬他，轰这个败类滚出去。玛丽小姐果然也不客气，龇牙咧嘴。

那时候，狗仗人势，可厉害啦！

方军在院里对他妹妹诉苦:“我保证,这一次是真正的爱情!”好像以前他和别的女人难解难分,寻死上吊都是假情假意似的。方芳恨死他出丑丢人:“你这笨驴,就这能耐,应该把你送到配种站去。”

他还挺自负:“我这个人,有爱情能爱,没爱情也能爱!但这个菲菲,我可动了真情啦!”

“这样的话,你以前也说过的。”

“小姑娘,你根本不懂爱情——”

方芳火了,尤其讨厌他那嬉皮笑脸的样子,抬起手,就给了他一记耳光。

“你干吗动手?”

“因为你是畜牲!”

他既不敢还手,也不敢还口。“好好——”

可老爷子一死,这位活人妻也戴着黑箍,正式出出进进胡同口方家,有什么办法?你是要脸,还是跟她撕掳?不准她进门,不许她戴孝,不承认她是方家人?堵在大门外跟她吵,跟她闹?演员会怕你这一手?整个胡同里的街坊邻居都来看笑话,岂不也等于大大的丢脸?真拿这个菲菲没办法,在灵堂里哀哀地哭起来,比谁都伤心呢!

接受一个有夫之妇成为方家的儿媳,每月要支出闻所未闻的安慰费,给那个出租老婆的人。幸好这家伙不大摇大摆来胡同口方家领二百块钱,否则,连翰林府门口的石狮子也感到丢人,方家这脸真没处放呢!

方芳只好感慨,完了,方家完了!

尽管如此,方芳也好,王拓也好,对导演还是要亲近得多。

至少他不阴,他不想方设法算计人。

“你那位大哥,我半点也不敢恭维,没水平还要露一手,没本事还要耍两下,就你们老爷子这一死,他里挑外撅,足一通表演,可戏演得那个砸!”

“都是当官当出来的一身毛病。”

“他这智商,天晓得——”

“要不是吴铁老,他早让人家踢走了。”

“无论如何,你二哥丢丑,是一人一家的事。可你大哥,是某部某司某处的管计划外立项的处长。这肥缺,他是怎么搞的?财也没有发成,事也没有干好。”

“笨蛋一个,还自以为聪明!”他妹妹说。

“要不索性上呈下转,根本不用动脑筋,当个混事的官也行啊!只要能把圈画圆,安分守己,多好?他不,还要搞些名堂,又不高明。也不想想自己有多高的道行?他最近把我们公司的一笔买卖搅黄了的事,你不知道,他自以为得意呢!”

“怎么回事?”

“算了,算了!”王拓懒得说下去。

“姓王的,少给我玩心眼!”

“告诉你,让你跟他打架去?其实他才傻,那是吴铁老批的条子。”

方芳一惊,“你没有给他打招呼?”

“我讲了,他不信,你有什么办法?”

这位大处长的妹妹,除了跌足叹惜外,还好说什么?“爹在世的时候,骂他弱智,他还不服气咧!”

凡初次认识方彬的人,了解到他父亲是大学问家方中儒,禁不住要问:“方老先生,果然是令尊乎?”

“怎么?不相信么?”他还挺为这份家学渊源的光荣而自负呢!

对方望着连句整话都说不周全的方彬,面露难以置信的神色。

他还要问人家:“咦!难道有假不成?”

每逢如此得意洋洋地反诘时，问话者通常一笑了之，不会有下文的。

他听不出言外之意，也就罢了。回家来居然当新鲜事讲给大家听，气得老夫子对方彬说："你别二百五了，先生，我求你啦！"

"怎么啦我？"他还很不以为然。

方中儒老先生不再搭理谁了，闭上眼睛，一脸苦楚。

要有人不识相，继续烦他，对不起，懂事的玛丽小姐，就该发出威胁的吼声了。

方芳说她明白老人为什么老闭着眼睛，试想，差不多著作等身的方中儒，环顾左右，却是这样的儿子，这样的孙子，值得他看，有得他看的吗？蛆！你懂嘛？

她丈夫问她："你不包括在内？"

方芳不想把自己撇出去，她承认："都是蛆虫，完了，真的完了……"

方老夫子的遗体告别仪式，开得庄严而又隆重，"哲人其萎"，学问随之而去，当然是很惋惜的。但与会者，熟知老先生的亲朋好友们，望着这些泣血稽嗓的儿女，和因在押而缺席的然而并不等于不存在的孙子，似乎除惋惜学问外，还有更该惋惜的一些什么？说不好是些什么。这"什么"如鲠在喉，怎么也不好受，倒确是事实。

当时，大家觉得最应该出席的，倒好像是更能讨老人欢心的玛丽小姐。

虽然，它很讨厌，但认识方老先生的人，无不知道玛丽小姐的。通常是这样的，凡初到胡同口方家，和老人家刚一接触，总会很荣幸地先认识这条狗。

"你可以叫它玛丽小姐！"他把这名字叫得很亲切，还郑重地从头至尾展览一番，一定要你同它握握手。

傲慢的玛丽小姐睨视一切地卧着，那可称得上一条贵族的狗。你说它聪明也好，你说它势利也好，反正，这院子里，大概只有两个半人，是它买账的。

其他人，对不起，它耷拉着眼皮，连看都不看一眼。

老先生一向不把儿女介绍给来访者，哪怕在他面前晃来晃去，也决不说一声这是老二，这是老大，或者这是芳芳我的女儿诸如此类的话。以致有人误解他也许是孤家寡人，才把狗当宝贝的吧？

他会兴致勃勃地告诉你，这条马尔他纯种犬的父系，获得过巴黎博览会奖，母系更不得了，爱丁堡世界赛狗会上拿过金牌。“都有证书的，而且上了《不列颠百科全书》，不信，我找来你看。”

如果你稍稍懂得一点狗的学问，或者在官园农贸市场和某立交桥下的狗市厮混过，那老先生就更来了精神。“像这条百分之百的纯种马尔他狗，全中国我不敢夸口，北京市它可是独一份。”

“它的智商——”若是十分谈得来的知己，也熟知他对儿子的行止颇为不满的，他会坦率地告诉对方说：“要比我那当处长的、当导演的儿子，还略胜一筹咧！”

听者无不愕然，但不得不承认，这狗确实太通人性，除了不会说话。

玛丽小姐俯伏在他脚下，一副当仁不让的样子。

方校长缠绵病榻也有些日子了，但住进医院却是去世前不久的事，没有别的什么原因，就是放心不下玛丽小姐。

渐渐地，病势一天重似一天，经常陷入谵妄状态，一生经历，便颠三倒四地说个不停。但也只有两个名字，常挂在他嘴边，一个是已经去了天国的老太太，一个就是玛丽小姐了。

大夫和护士一直以为老先生念叨的这个洋小姐，是他早年留学外国时的一个什么情人呢。等到它也被获准来病房探视，才知道不过是一条叭儿狗，都忍不住笑了。可一看到玛丽小姐把头贴靠在床边，那泪汪汪的悲戚样子，也被感动得收敛笑容而动了真情。

所以，在神志清醒的时候，有关后事方面的问题，老人家自然是要想的，而且，应该说，无论如何，也要为玛丽小姐的未来作出安排的。

这是必然的，谁都这样认为。

但怪了，他会把玛丽小姐疏忽掉，是无法理解的，成了个至今也不解的谜。

也许只有吴铁老知道一些内情，在方中儒住院期间，这位也算相当负责的老同志来看过他多次。他俩是同乡、同窗，三十年代以后，一个投奔革命，一个出国留洋。先分道扬镳，后殊途同归，尤其上了年纪以后，把世情看得淡了，两人倒又比早先更密切交往一些。

一旦摒除了利害冲突，共识便多了起来。更何况一个是名人，一个是名家，就惺惺相惜了。他成了胡同口方家的常客，这样，方彬才得以在他那个某某部立足，方芳才得以在她那个什么协会出头，王拓才得以给他那个野鸡公司弄张批文，赚上一票。

吴铁老如今可豁达了，助人为乐，而且乐在其中，几乎进入炉火纯青的圆通世界。他相信苦绝不是他一辈子追寻的目标，如果说需要苦，或需要吃苦，也是为了以后不再苦，或不再吃苦。特别到了这把子年纪，就要活得洒脱些，自由些，不妨无拘无束些了。一般来说，这些屁大一点事，又不特别劳神，与人方便，与己方便，何乐而不为呢？

所以他对方中儒的执拗和清高，活得如此拘拘束束，就不太赞成了。

当然，各人有各人的活法，他也不想勉强他的这位老朋友。不过，老兄，要知道学问是无止境的，正如革命永远是尚未成功一样，你不可能做完所有的事情。恕我直言，看来，这就是所谓的书呆子了。学问愈多，呆气愈甚，他不止一次敦劝："中儒兄，你看你都快成木乃伊了，放下你手中的书吧！何必钻之弥坚，锲而不舍呢？孔夫子还食不厌精，脍不厌细呢!”

“老铁啊,老铁!有时候举目一望,真是晚景苍凉咧!”

“那你就更该潇洒些了,咱们已经到了苦日无多的晚年啦!留给后人去干吧!”

不提后人还罢,方老先生一听到这两个字,就皱眉头。“老铁啊,你看你三个孩子,两个在美国,一个在英国,这都是当年我待过的地方。我跟你一样,两男一女,倒不是我一定要出国留洋方算出息,至少应该立事——”

吴铁老劝慰他:“也不必过于苛求了,一个个成家立业,各得其所,不偷不抢,安分守己,可以啦!”

他佩服老铁想得开,他想不开。可惜那几屋子称得上汗牛充栋的书籍,竟无人继承他的事业。怎么能丢手呢?难哪!老铁!我活一天,就得当一天书虫啊!

甚至住进医院,还要带上他的未做完的下一次国际学术会议要宣读的论著。

这当然是愚不可及了,吴铁老对病床上的他说:“你是一定要蜡炬成灰泪始干了!”他觉得他可怜,至死不悟。

所以,方老先生竟未太顾及后事。“学问把你们家老头害了,这一辈子活得所谓何来?”这番感慨,真有点石破天惊之义,吴铁老自参加革命以来,九死一生,自然要高一层境界了。

虽然中国人比较忌讳死,上了年岁的人,则尤以为甚。这是东方人的传统文化心理,乐生畏死,不足为奇。方校长学贯中西,得过英国和美国两个博士学位,知道即使活到一百零三岁(广西有位老妈妈,在这个年纪上入了党),再往下活,也总有离开人世的一天。他老人家想得开,在病床上,学问之余,便立了个类似遗嘱的这么一纸文书。

“老铁，幸勿见笑，谁总有这一天的。”

吴铁老看了这遗嘱，笑笑，没有表态。

方中儒便把这交给了他的继任者，现在的大学校长。

总算吴铁老还问了一句房子的归属问题，否则，连这句遗言也不会留下。

俗话说“大智若愚”或者“智者千虑，必有一失”，老爷子这张遗嘱，颇能表现我国尚未进入完全法制社会的特征。第一，是用圆珠笔写的。第二，未经过公证，不具有法律效力。其实也无所谓，他也不是洛克菲勒，或是像那位希腊女船王一样，拥有亿万家产，只有一些书和胡同口方家这套四合院。

仅此而已，或许方老先生为他这一点点财产，不免汗颜，觉得太郑重其事了，有些小题大作，所以才采用这种马马虎虎的办法。真要是拿到法律公证处，堂堂大学校长，只有些许可怜巴巴的薄产，还不够人家笑话的呢，万一传到外面去，岂不要丢中国人的脸么？

老人的爱国主义情感，不能不令人肃然起敬。

至于后海边上这套荷风水月，绿荫环抱，磨砖对缝，前廊后厦的四合院，本是前清当过翰林的祖宗留下的。在当时连皇帝也没有暖气、煤气的情况下，方大学士住着，生炉子，烧火炕，呵开砚台里的冻墨，给皇上写奏折，也觉得理所当然的。可如今，房子年久失修，那哐啷哐啷的大门，都关不严了，哪怕炉子烧得再旺，好像每条砖缝都透风似的。正像吴铁老所说，老兄，要无公家作后盾，你想把这套院子现代化起来，谈何容易？

“除非把它交给大学里。”

“那你还不如作给我老铁呢！”他当玩笑话说的。

“看来，阁下颇有能量的了？”

吴铁老以自嘲的口吻说：“这说是做官的比做学问的优越性所

在了。”

每个人都有一个梦，这或许是吴铁老还是一个从外省来北平读书的大学生时的梦。有朝一日，他也能在这后海周围，有一座属于他的四合院。那时候，房子并不很贵，那时候，吴铁老还在革命和学问两者之间徘徊，那时候，他对于原籍跟他相同的这位同学的门第，有着一种说不出来的羡慕之情。

也许，他自嘲过，由于不是揭竿而起的缘故，是个读书人，才有这种风雅吧？

后来，他革命了，这念头便被铁与血给冲淡了。等到若干年后，老同学重新聚首，望着那虽然阑珊残旧，但气象依然的翰林府第，那消逝的梦，不禁又复活了。

小人物的梦，也许只求一张书桌。中等人物的梦，就要求一间书房了。而对吴铁老来说，他的梦，在这一波碧水的后海边上，有一所安静得可以听到细鱼唼喋声音的小院，读书品茶，颐养天年，也许就其乐融融了。无论如何，他是读书人，哪怕是领兵打仗的时候，也是手不择卷的儒将，何况嗣后一直舞文弄墨，数得上是党内的一位高级知识分子，有这样一个不算奢求的梦，也就是相当的、难能可贵的俭朴了。

方中儒是学者，对于世事，有些懵懂。其实他要通达些的话，这破院子早些转让给他老同学的话，他也不至于每年冬天，为煤球，为风斗，为棉门帘，为按烟囱，为烧不着炉子而操心了。虽然他不用动手，老太太过世以后，必须放下书本来张罗，总是免不了的。他也多次发狠要告别这四合院，可一过了冬天，又作罢了。

如果说方老不考虑到祖业断送在自己手里，也未必准确，但很大程度上，为他的心肝宝贝着想，却是事实。

若搬进楼房里去，玛丽小姐就像进了笼子一样地受拘束了。连四合院它还觉得天地太小，每天要牵着它顺海沿溜达的，冲这一点，老校长就下不了决心。

吴铁老终究是读书人，即或存有觊觎之心，也要顾及老同学的面子的。他极其间接地托人婉转暗示，你这个大学校长，可不是你老人家去念过书的牛津大学的校长，麻省理工学院的院长。想把这古老的府第内部装修全部现代化起来，靠自己的力量，那恐怕是天方夜谭了。

他回答说："我是无能为力了，我已经老了，看儿女们将来如何吧？不过，我可以想象，他们也未必能有什么作为的。"他没有转让的意思，但似乎预料到未来的结果。

这倒也不幸而言中。

在病榻前，吴铁老忍不住还是问了，这份不成其为遗嘱的遗嘱中，应该说少了些什么？而且，也正是他最为关心的什么，那曾经是他的一个久远的梦。

老先生说不上是猜知了他的心思？还是觉得实在没有必要当回事？"谁住归谁吧！省得麻烦！"

这种说法，有很大的模糊系数，既不是哪一个人所有，但哪一个人都有一份发言权。他这个在官场厮混一生的人，倒不禁佩服学者终究是学者，聪明是地方，糊涂也是地方。一旦要转手，住多住少，住大住小，涉及到经济利益，势必有戏好唱。老爷子这一手，谁能料到，没准倒像是埋下一颗定时炸弹，谁要打四合院的主意，就不得不谨慎地分别跟他儿女中的每一位打交道了。

也许是学者高明之处了，对他那几个认为是没出息的儿女，倒不失为一种最好的制约办法。

这自然增加吴铁老的难度，不过，对付的是他的儿女，而不是他，就不在话下了。

方彬在没有见到遗嘱前，就从吴铁老那儿听到这条遗言了。

两口子高兴坏了，认为老爷子病糊涂了，把一个天大的便宜，给了他半拉眼睛也看不上的儿子。因为，目前这四合院实际使用情况，只有他，他妻子贺若平，以及玛丽小姐住着。

如果方大为从牢里放出来，也是理所当然地有他的一份。“这下子咱们逮着了！”

方军在电影厂里要到了一套房子，小了一点，和情人半合法（女方的丈夫同意，因为按月付给那位打灯光的师傅安慰费了。）半非法（婚姻法不认可，算怎么回事呢？）地住在一起，也将就了。他所以早搬出来，因为老爷子不允许菲菲进门。二来他也不害羞地声言，这院，冬天像冷宫一样，做爱颇不方便。全家人听了不免愕然，他倒对这种愕然表示愕然。如今在院里只占了两间西屋，堆放着他和以前的情人们交往时的一些情书、信物、纪念品。有人试探过他的态度，给他一套三室一厅，肯不肯让出四合院？他无所谓，条件是：他们同意我也同意，他们不同意，那我也不同意。

不能不服气方中儒的厉害。

方芳早搬出去了，自从王拓的开发公司发了财以后，就敢花钱买商品房住了。

也有人问过她，“如何？那破四合院，你也不住，何不……”她回答干脆，一口拒绝，理由是祖产，谁敢动？但那还不是最主要的原因，而是玛丽小姐离开了这院子，怎么办？看起来——说客回去向吴老覆命——这条狗比祖业还神圣。

吴老能理解，不但狗，只要真有象征意义，哪怕一摊狗屎，也会当做宝贝的。他笑着说：“不是有句成语么，叫做敝帚自珍，就是这个意思了！”

他没有派人去向那位处长探询，那个总有两块眵目糊粘在眼角的方彬，早不经暗示就跟吴老谈条件了。第一，能设法把大为保释出来；第二，实现提拔一级或两级的愿望；第三，要一套四室一厅和一套两室一厅，在三环路以内，好让他和他那闯祸的小祖宗隔离开来。

“行吗？老伯！”

吴老笑而不答。

回家后，他妻子担心地问：“有门吗？”

“你懂啥？大干部总是这样的。”

“哈哈——”两口子笑作一团。“咱们发啦！咱们发啦！”他一高兴，一得意就搓手，因为这院子绝大部分是他们“占领”着。

其实，此时此刻，老夫子还未断气。

贺若平精于算计，锱珠必较。她说：“会不会其中还有什么讲究？”

老太太健在时，只抓大政方针，至于柴火油盐具体的事，还是她长房儿媳当家。买十块钱的东西，准报销十一块钱。老太太心里明白，不过觉得合乎西方收小费的标准，很有洋人派头的老太太，也就随她了。

她可不像她丈夫一脑袋糨糊，“谁住归谁”和“谁卖归谁”不完全是一回事。“遗言可是有点含糊，没提产权，只是居住权——”

“是吗？”方处长顿时兴致全消，似乎整个眼睛长了眵目糊。“这老头子狡猾狡猾的——”

有人说：学者的知识过于专业性，钻研得愈深入，于是其他方面，实际也等于呆子一样，这话就未必准确了。等到那份不具备法律效力，但势必生效的遗嘱一公布，方彬两眼都黑了。

“全完了！全完了！”

事后他对方军、方芳埋怨，咱们老爹也做得太绝，就这点值钱玩意，他的一生积蓄，全奉献了。“他落了个好名声，我们呢？得到什么？”

贺若平没好气地搭腔:“你得到了一条狗!”

她从来对玛丽小姐不感兴趣。方芳马上反驳:“这整套四合院,谁住着?”

方彬当即悟到,房子是最后唯一可以捞到的稻草了。

所有看到遗嘱的人,对其中关于书籍的分配方案,哪些是捐给国家图书馆的,哪些是捐给大学图书馆的,哪些是馈赠给他的得意门生的,那份周到、细致、详尽、妥帖,令人肃然起敬,可见老夫子不愧为大学问家。而他的处长儿子,导演儿子以及他那有表演癖的女儿,差得太远,焉知不是老人家的预见?省得他们打破头,也许会把值钱的书,换成人民币,剩下的,该论斤约了。

着急也没用了,来了两部卡车,把几屋子书统统拉走了。

老先生特地注明了的,是无偿捐献,受赠单位也不好拂死者的遗愿,只能送上一纸奖状。两眼直直的方彬,哭笑不得,掂着这份荣誉,问院里众人:“管屁?管屁?”

玛丽小姐对所发生的一切,显然不比处长明白更多,拉走主人那么多书,防着它会发疯似咬人,将它关起来了。现在,放出屋来,它吼着方彬手里这张纸,也未必没它的狗道理,但处长火了,竟破天荒地踢了玛丽小姐一脚。

不要说方芳,其他人都觉得他太过分了。

方彬这才意识到几近大逆不道的过错,马上两只死羊眼失神了。也就在此刻,人们才想到在这份遗嘱里,竟然没有关于老人家最钟爱的玛丽小姐的只言片语。

“奇了怪了!”无一人不感到惊讶的,凡知道胡同口方家这条狗的都是这种表情。

当然,把一条狗写进遗嘱里去,在中国人看来,不免荒唐,但在西方,却是习以为常的事，如果老太太后谢世的话，她一定要写的。老先生精通西学，也许未必会拘泥世人俗见，但他又深悟我中华传统文化，规行距步。他该写的，给玛丽小姐留下些什么。然而他不写，直到垂危时，也不提，这就说明他是一位中国式的学者。

怎么回事？非学者的凡夫俗子思忖，也许存心要考验考验他的儿女们？

能看到遗嘱的，应该说是些最亲近的人和吴铁老和大学里的领导。都觉得讶异，这玛丽小姐几乎等于胡同口方家的图腾，老人居然没有作出安排。

他决不会把他的心肝宝贝忘记的。老实讲，老人晚年，腿脚不利于行，活动是尽可能的少了。除去他的学生来求教，除去他的老朋友来看望，一个人在书房里枯坐着，是相当寂寞的。要不是有玛丽小姐在旁陪伴，真不知如何排解这一份孤独？后来，学生渐渐来得少了，功成名就的自然再不需要他，功不成名不就的好像也不再指望他了。老朋友呢，仿佛抽签似的，一个一个被上帝宠召去了天国。于是，书房里，只有他和玛丽小姐，看着日影慢慢西移，知道一天的结束，看着院里那棵枣树，由青转绿，由绿转黄，到黄叶完全落光了，知道一年又快过去。日复一日，年复一年，唯有玛丽小姐排解老人的孤独了。

到了这个年纪上，谁还愿意听他唠唠叨叨呢？可他不是哑巴，他要说话。于是他就只好对这唯一的听众诉说了："亲爱的小姐，斯芬克斯的谜语说过，脚最多的时候，正是速度和力量最小的时候。现在，当没有脚的时候，也许是生命即将终结的时候了。"

玛丽小姐温驯地望着他。

他和他的两个儿子，几乎好些天也说不上一句话。虽然，晨昏定省，倒不失书香门第的规矩，老先生不知为什么，顶多挥挥手就拉倒了。他半点不喜欢俗不可耐的处长和那个老不足吊的导演，他们俩同样也不喜欢他。随着方军、方芳搬出去，老爷子索性让方彬也把这套礼数给蠲免了，何必彼此勉强呢？于是，一日三餐，除掉贺若平送来他的和玛丽小姐的吃食外，这道门再没人跨进来。

“门虽设而常关，好，好。”他抚摸着玛丽小姐的毛茸茸的脑袋，自我安慰着。

老人有时甚至禅悟到，最好的结果是没结果，追逐一生的人，没准连这么一个精神依托也找不到呢？

玛丽小姐的伙食，是半点也含糊不得的，至今，还得想方设法给它从外面弄狗食罐头呢！

所以贺若平在这四合院里，也不容易。

光这条祖宗狗就够她侍候的，更何况还有一大家子人。

自从老太太早几年过世以后，她在这个家庭的整个运作过程中，应该说是个重要人物，但谁也不把她放在眼里，这使她总憋着一股火。因为这家人，老爷子除外，甚至包括她先生，分明是个草包，却颇以祖先是翰林，老爹是大学校长的书香门第而自豪，因而看不大起她小门小户出身，这也的确让她有些自卑。所以不仅对老爷子唯唯诺诺，连讲话的声气都努力屏神敛息，对小叔子、小姑子，乃至对一条狗也不敢稍有懈怠，稍有不满。

慢慢地，她品出来，就算是书香门第，又能如何？一个个该狗屎还是狗屎。

总算熬到了出头之日，老爷子归天以后，她在四合院里，才算直起腰来。拿方芳的话讲，快要装不下她了。

她过去听她丈夫发牢骚，做名人的儿子太不容易了，她不会作声的。现在若是再说，她一准要反驳，得啦！做名人的不争气的儿子的老婆，才叫作难上加难呢!

方彬只好对他妻子赔笑脸,顶多说一句:“干吗?干吗?”老实讲,无论在班上,还是在家里,他也并不十分快活。导演曾经说他是喜剧式的悲剧人物,想当个能干的处长可缺乏本事,想当个出息的儿子又少了天资,想当个尽职的丈夫在这个家庭里,说话不能作数,想给我们做出表率吧,实在拿不出个样子。总而言之一句话,方军说:“大哥即使想干干脆脆的照他本来的样子过,窝囊就窝囊,不行就不行,像我似的,他还办不到呢!他把自己摆在那个牌位上,武大郎盘杠子,上下够不着,更难受。”

所以,对他老婆又能如何?只好竖起耳朵听——

“凭什么我连那玛丽小姐也不如呢?好吧,我不算,我是外人。怎么你们也混得比不过玛丽小姐讨老爷子喜欢?不就因为你们不成器,不得不依附名人,吃大学校长这块牌子么?弄成这份连个屁也不敢放的德行,真他妈的窝囊透了!”

“看你说的,看你说的——”

“我始终不明白,到底在你们家,为什么一条狗成了太上老祖?”

处长对太太说,你也不是不知道玛丽小姐的来历,看在老爷子份上,少说两句吧!

她忍了那么多年,不容易,终于再也忍不住了。在方彬眼里,一定要同一条狗较量个高低,可就是妇人之见了。啊呀,怎么跟你讲呢?若平!咱们儿子不是还吃官司吗?他扎伤的那个人住在医院里,不是还得由咱们付医药费么?眼看着冬天要来,这四面透风的破院子,不还得咱们来受罪啊?而且你也知道,我不能永远当一个处级干部吧?

贺若平有点悟了,“你说怎么办吧?”

这胡同口方家四合院,翰林住着可以,校长住着也可以,怎么到处长住着的时候倒不可以了呢?也许物质文明和现代化的生活,使人的适应能力逐渐衰弱，曾经是辉煌的翰林府，如今倒真成了住在里面的人的累赘了。

“得把这院子脱手！”

“吴铁老倒一直惦着。”

“可玛丽小姐是个大难题，你光顾生气不行，得让老二和老三也领教够够的了，才能谈下一步！”

“对，也该这些说风凉话的主儿，顶个狗祖宗过过！”

于是，便把方军和方芳找来，于是，便有了老人逝世以后的首次家庭聚会。

方彬装了一阵糊涂，言归正传，把话题引到玛丽小姐身上来。方芳性急，她晚间还有一场交谊舞比赛，是他们那个协会主办的。她说：“大哥，你当这些年处长，别的没长进，官腔官气，全部的官场恶习，统统学到家了！玛丽小姐怎么啦？有话快说，有屁快放！”她对她两个哥哥，从来不考虑修辞的。

“应该承认你们大嫂难能可贵！这些年来——”方彬像在那个某某部里一样，该听见的，听不见也能听见；该听不见的，听见也只当听不见，这是一个无能的干部必须具备的最起码的条件。他不理会他妹妹的挖苦，照旧夸他的老婆。第一，肯定成绩。第二，强调困难。第三，也就是要害了，三一三十一，公平负担。街坊邻居，亲朋故旧，谁人不知，哪个不晓，玛丽小姐是老父亲的遗爱，那就不能由我一人独领风骚地表现对于先考大人的孝心啊！这份光荣怎么也要让一点给二弟和三妹啊！

想把玛丽小姐推出来，不但方军、方芳意想不到，作为外姓人的王拓和那位性感演员（她说中国不拍这种片子，所以她没戏可演）都怔住了。

乖乖，这位两眼总挂有眵目糊的处长，看来大有希望，懂得玩心眼啦！

也许名人像一棵大树，压得树底下的小草长不太好。如今一旦见到日头，大概要朝气蓬勃了。过去，在大学校长面前站着，难免觉得自己腹中空空，绣花枕头一个，多少有些心虚胆怯。现在，在这院里，彼此彼此，也就不必“谦虚”了。

夕阳西坠，晚霞满院，玛丽小姐从它的屋子也是原来老爷子的屋子，走出来，也许老先生归天后全家人很少这样团聚在一起的缘故吧？它露出一种纳闷的神色。显然，以酸刻的眼光瞧着自我感觉好极了的方彬。如果它有语言表达能力的话，肯定要说：“看你们一个个的德行，想要解决我？我至今保持着名门望族的尊严。可你们呢？打算甩开我再卖房子，真是败家子啊！”

“我还得先说说你们的大嫂，这个玛丽小姐很不容易服侍的呀！”

贺若平做出世上少有的贤惠孝顺儿媳的模样。她说：“这条狗是琳达夫人送给老太太的，有国际意义——”

方芳打断她：“得得！”她一直讨厌这位大嫂文化层次太低和小市民气。

她从来无可奈何她的小姑子，那是跋扈惯了的女人。为大局着想，她不招她：“老太太去世后，玛丽小姐是爷爷一大安慰，养好这宝贝，让老人家安度晚年，是做小辈的责任——”

“诸位——”方彬继续吹嘘他老婆，“要不是你们大嫂尽心尽力，玛丽小姐至少被人家拐走一百回了。”

这话倒也不假，玛丽小姐是北京城里唯一的马尔他纯种哈巴狗，多少人惦着它。幸好如今是条老狗，又不能下小崽，狗贩子们和热爱狗的人才对它失去了兴趣。有一度，它差点成了狗明星，方二爷把它抱到电影厂，试过镜头的，但它是条贵族狗，不屑于当演员，还是回到四合院里来养尊处优了。

方军虽说是个糟蹋粮食的导演，但他懂得希区柯克的悬念，这两口子演什么戏？卖什么关子？他掠了他妹妹一眼，那意思很明显，关于这条狗，我才不管！他和他情人一直在嘀嘀咕咕，显然有什么为难之事，一副泥菩萨过江，自身难保的样子。

方芳不愿搭理方军，也是五十来岁的人了，总觉得仍旧是年轻的恋人那样自作多情，烦不烦哪？她光看他俩卿卿我我，没注意到他俩犯愁，真没劲，什么时候不能亲热，就这一会工夫，还腻腻歪歪，一对儿没心没肺。可对她大哥大嫂的这一套把戏，倒觉得二哥不玩儿心眼的好处了。她心想。"甭美，打算一推六二五，没门——"

方彬根本没看出来他弟弟妹妹的抵触情绪，更不注意他那精明的妹婿，拿什么眼睛在打量他。这种人好就好在失去感觉，不管别人如何，他继续夸他的老婆。

"不说别的，诸位，每年二八月玛丽小姐发情闹窝，谁去给它找对象啊！就你大嫂操心。一个妇道人家去狗市找配对的公狗，怎么张嘴啊！唉！腿都跑细了。"

贺若平笑着补充："其实多跑点路无所谓，只是这种事应该是你们先生们去干才合适的。二叔，你有一年也帮过忙的，狗对象比人对象还难找呐！"

方军跟他情人说说嗓门高了起来："管他呢？看能咬我卵？"

满院的人怔住了，两个人爱都爱不过来，怎么吵嘴啊？菲菲笑着向大家解释："没事，没事，我们在说另外一个人。"

人们明白，这个人，肯定是她原来的丈夫，一个在摄影棚里打灯光的师傅。

方彬不失时机地宣传："我们在说你大嫂给狗找对象的事，不容易，全亏她……"

他老弟此刻挺心烦，没好气地回答道："老爷子生前讲过，我们方家，历来是阴盛阳衰，这很正常。我们向大嫂学习不就结了！"

王拓接着说："是啊！大嫂继续保持光荣吧！"

方彬马上拦住他的话："大家一块光荣吧！"

"当然大哥大嫂身先士卒带头啦！"王拓是个鬼精鬼精的生意人，否则不敢在海淀一条街上，强手如林的情况下去当老板。他相信是生活逼得（或者是打得）他聪明一点，他羡慕他这位大舅老爷，活了多半辈子，还不开窍。官照当，钱照拿，无能无为，不动脑子，据说还要提拔，真教他眼气。看来大树底下好乘凉，跟他岳父大人这个被惯坏了的心肝宝贝一样，自我感觉总那么好，对不起，谁尿？

他早对方芳讲过，应该将四合院转手，各得三分之一，天下太平。方芳立刻炸庙，好像扒了她家祖坟似的。"好好，我保证三缄其口，再也不说，反正你和你二哥连个屁也没捞着。"

"那是祖产——"

"有个房产经纪人正同他接洽呢？"

"他敢？看他长几个胆子？"

"那破院子，早晚得出手——"他预言。

"玛丽小姐往哪儿去？"

他本懒得参与方家的事，但处长的意思他听出来了。要大家一块儿来"难能可贵"，对不起，我可不奉陪。这种人，也太差劲了，四合院住着，已经占了便宜，为玛丽小姐做些贡献，也是应该的。亏他居然好意思张嘴，根本就不该搭理，看他能把大家怎样？

王拓想不到方芳会有这样正统的观念，她很当回事地对她大哥讲："你是长门长子，你说吧，怎么办？反正不能让人家笑话，爹才死了几天，尸骨未寒，玛丽小姐变成了没人要的东西——"

哦！天晓得，她怎么成了红衣大主教？

也许他是局外人的缘故，王拓怎么也不能理解方芳对于这破院，这老狗的感情。人哪！有时挺莫名其妙的，分明对你来讲，已经到了可有可无，甚至毫无价值的地步，没准倒是一份真正的累赘，说不定既害人，又害己，干吗还要抱着搂着，而不舍得割弃呢？真够呛，这个芳芳……

“芳芳，可没人说不要啊！”贺若平连忙申辩，虽然她不是十分乐意，可她先生盯着她，生怕她小不忍则乱大谋。

但她是母亲啊！她儿子正在服刑，怎么能不挂肠牵肚呢？想到这里，就恨这个当姑姑的，方芳眼里只有狗，哪有她儿子大为啊！

按说老爷子去世那会，本该借此机会提出要求把方大为放出来，不放，保释也可以。贺若平心里有股火，怪罪方芳不但不帮她哥在吴铁老面前争取，还说干吗让他参加追悼会，要死人在九泉下也不安？按这位姑奶奶的意见，那条狗倒有资格去跟遗体告别似的。胡同口方家人都死绝了么？四条腿的畜生也上阵了，像话吗？要不是怕它在灵堂里出洋相，一准会抱它去的。

大为不能放，狗却要出席丧礼，这算什么书香门第？贺若平全部的恨，不敢对方芳发，拿玛丽小姐这哑巴畜生撒气，总是可以的吧！

狗也有狗的主意，绝食！

“啊呀呀，你怎么搞的吗？”处长的目的是要卖房，这大而无当的四合院，那哐啷哐啷的老掉牙的大门，说明了破旧的程度。对他来讲，其实是一笔沉重的负担。

但他妻子这多年来，为讨老爷子的好，把这个玛丽小姐服侍得够够的了，现在，她只要一想到她儿子，对不起，她就无法忍受这条妖精狗，或是狗妖精。

“为什么老二老三就甩手不管呢？”

方彬劝喻她，慢慢来，性急吃不了热馍馍，要从大局着想，要讲水到渠成。

“这不是你们机关，少来你当官那一套，反正那畜生又罢吃了！”

“何必立竿见影，把事弄砸了呢？”

他未能马上把绝食这件事和他太太的深仇大恨联系起来，不过他能猜出玛丽小姐所以不吃东西的原因，是伙食标准自老爷子去世后，有时不免降得太低了。

“啊呀，你就稍微弄得好一点不就结了！”

“说得轻巧，新鲜猪肝，新鲜牛肉，是要花钱的。”

他那糊涂脑袋算不过来这笔账，“哎，不一直是这样的吗？”

“过去是花老头子的，现在可是掏咱们腰包。”

“哦！……”方处长恍然大悟。

“其实，钱，无所谓，既然大家都说这条狗是老人的遗爱，是方家的宝贝，那么要尽义务的话，人人都应该有份。”

“唔，是这个道理，对，就先从这儿开始。”

于是就有了这次家庭会议。虽然将全家人聚在一起，又要破费，老规矩，总不能不供应一顿饭吧？但若是把老爷子留下的心肝宝贝推出去，或部分地推出去，贺若平觉得还是划得来的。

说实在的，她也烦了，真烦了。这个玛丽小姐从大使馆琳达夫人那儿来到胡同口方家，服侍这条娇生惯养，刁钻古怪的狗，便成了她理所当然的差使。老太太精明绝顶，派头十足，把她对狗的态度，当做她对公婆孝顺与否的标准。

那时她就不喜欢玛丽小姐，因为它势利眼。

也难怪，它是在资本主义的大使馆里生养的，它跟主人亲，不跟侍候它的人亲，因为那是奴仆。幸而它不会讲话，真将这意思表达出来，贺若平不吃了它才怪。

老太太可是个人物，老爷子也惧她三分。这也是方家的门风，女的比男的硬气。当年陪老爷子留洋，到英国，到美国，也曾风光过的。上帝就是那时信的，所以在西什库教堂里，也与别的教徒不同，基本上是讲英语的。

"阿门！"一口标准的牛津英语。

方芳一回忆这往昔的光荣，脸上就漾出幸福的陶醉感。

"得啦！三小姐，再伟大的过去，也是属于昨天的事了！"她丈夫一看她这种样子，就要调侃她的。

"你有吗？"

"我们家是太普通的老百姓。"

"所以你嫉妒——"

王拓哈哈大笑："一个败下来的破落户，值得我正眼瞧吗？天晓得！"

他半点也看不上他妻子这种感伤情绪，这种依恋情绪，这种怎么也舍不得割弃的情绪。

"你说该如何之好呢？"

"很简单，一句话，去他妈的！"

这也许比较困难吧？

因为老太太会说一口很流利的英语，由此结识了好几个国家驻北京的大使馆里的夫人小姐，因此有些来往，因此才像得了宝贝似的有这个玛丽小姐。

"外国的！真正外国的！"她不敢非议婆婆崇洋媚外，反正抱着怕摔了，含着怕化了，太过分了。对自己儿女也没见如此疼爱过，更不要说孙子大为了。无形中，贺若平得侍候三位祖宗了，这外国的玛丽小姐，算个什么东西？可有什么办法呢？谁敢得罪老太太？当儿媳妇的更得捏着鼻子忍了。

可老太太一闭眼，老爷子又宠爱上了，她还是不敢发作，还得忍下去，永无翻身之日。问题是这个畜生实在太不是东西，太可恶！太可恨！太小人！势利眼透顶，谁最有权威，就摇头晃脑地巴结，尾巴那份摆动，叫人看了眼晕。狗通人性，它比人还精，盯准向一个人献媚拍马屁，拍完老太太，再拍老爷子，别人谁也不在它眼里。

贺若平照应了这多年，没有功劳，也有苦劳。永远爱搭不理的德行，弄不好，外国脾气发起来，翻脸不认人，跳着蹦着地朝她吼，好凶好凶。

也许像人一样，玛丽小姐已经到了不招人喜欢，也不想讨人喜欢的年纪，自从方中儒去世以后，它对所有人，都是一副极其冷淡和厌恶的模样。它是老狗，或许能感到全家男女一种无可奈何的，拿它没法办的心情，它不当回事，照旧让人们添腻。

这条狗怎么对付吧？诸位！

它继续绝食，虽然大家来临之前，已经给它开了个狗食罐头。

真成了活祖宗了……

方彬一直没有过长门长子的意识，所以，他妹妹授权他决定，很抱歉，一下子还张不了嘴。他比较习惯于接受别人的发号施令，在家里，是老爷子，在班上，是局长。要他当机立断，三一三十一，或者，走极端，卖掉，送人，宰了，扔到后海里淹死，至少在未能摆脱老爷子的阴影（也许永远被笼罩着）以前，他缺乏这份魄力。

谁也弄不清他是不愿动脑筋，还是压根儿没脑筋，反正他够窝囊的。说呀！你哑巴了吗？急得他媳妇恨不能抓挠他。他妹妹等着要走，他老人家仍是闷葫芦一个。

你说他有老庄的清净无为的思想，悟了？才不是。为他自己，还是挺不甘心的。你说他有多大作为，那也高看了他，充其量，那小小野心，不过想熬个局级干部，把这院子出手，住进四室一厅，手里有个几万块钱存款，就心满意足了。他未必不想再往上爬，可太费力气，太费心思，他的哲学就是一动不如一静了。

方老先生活着的时候，很奇怪，曾经跟他平心静气地探讨过。虽然老二什么也干不好，稀松二五眼，名声也不雅，可他无论如何还在干些什么，成败另说。而阁下你，处长先生，怎么就好意思稀里马虎把这一个日子，又一个日子打发过去。

他老爹对他表示钦佩。

方彬也完全可以反驳，干嘛我要像你一样学富五车，干嘛我要像你一样著书立说，你那样活是活，我这样活难道就不是活嘛？也许方老夫子这棵大树太大了，因而阴影也更浓重了，即使有这种想法，恐怕方彬也是缄口结舌，不敢讲的。

不过，这一回，这位酒不喝，烟不抽，麻将不打，女人不搞，当然也不会去研究学问，研究业务，哪怕研究一下琴棋书画、花草虫鱼，也决不愿费脑子的处长，突然当回事起来。“真的，吴铁老跟我们部长是老战友，一句话的事，就提拔了！”

“大为呐？”

“只要把这破院子给了他，什么都好说。”

“三环路以内——”

“明白明白！”他对他小市民的老婆没办法。

“可老二老三不同意呢？尤其那个刁妇！她那丈夫更不是东西！”

“我愁的就是他们，我跟吴铁老表示了。”

“他怎么说的呐？”

“你们老爷子临终前亲口对我说的，谁住归谁。现在你住着，你就有权，至少有很大的权作出决定！”

“可玛丽小姐呢？他也不是不知道，那是你们方家的活祖宗呀！总不能连狗也一块卖吧？”

“一提到这条老狗，吴铁老也咂牙花子……”

这位玛丽小姐像一贴甩不掉的膏药，又下不了决心去除的祸害了。

终究还是当过处长的人，“若平，该花的钱要花，做顿好吃的，不要怕花钱，要一位一位电话请到。包括那个二百五女人，那个小老板，都请来，好说好商量，对不对？还有，你把老爷子的遗嘱，找出来，不是没有写着咱们应该如何如何养这条狗吧？那大家——”

贺若平也从未有过的痛快，一一点头答允，她觉得解恨，因为她乐意看到把玛丽小姐送上断头台，真要让他们谁侍候一天这畜生，就烦了。然后，怎么处置，连屁也不会放的。

“那还用说。”方彬为自己的神机妙算和即将实现的理想，而有些飘飘然。

但是，当他的弟弟，骑着摩托，带着那个活人妻，光明正大地走进到院子里来的时候；当他的妹妹和那个财大气粗的小老板，随后也光临的时候，当玛丽小姐不做脸，好像马上要断气，方芳一个劲地问：“怎么啦？怎么啦？小可怜！”的时候，方处长好容易找到的感觉，先就丢掉一半，剩下的一半，赶紧想把握住，也仿佛抓不牢了。

说到天边去，你住着四合院，你没有理由提出来不管玛丽小姐。

“怎么回事？哥，吹捧了半天大嫂，下文呐！”

方彬不想立刻刺刀见红，他当了好多年不大不小的官，经验告诉他，点题以后，先绕绕圈子，这是一种成熟的表现。“什刹海的荷花可开了有些日子了吧？”他一边说，一边在追寻那失去的感觉。他不怎么怵吊而郎当的老二和他的情人，但对于多少有些霸气的妹妹和那个装得超脱的，其实挺有主意的妹婿，倒有一点点怯。因为方芳要蛮起来，王拓再出些花花点子，可不是他能抵挡住的。

贺若平不了解她丈夫的苦衷，生气方彬又摆官谱，“什么荷花，早谢了。”

方芳很忙，可不像方军，现在没片子好拍，正闲得生蛆的时候，而且也想躲一躲他情人那位戴绿帽子的丈夫。

“我很忙，没有看花的雅兴。”方芳催她大哥，“如果就是关于玛丽小姐的话，我想不至于有什么难言之隐，你就痛快些吧！求你啦！”

“既来之，则安之，芳芳——”方军说，“大家甭走了，吃完饭，拉开桌子打四圈怎么样？”

方彬也劝她：“算了，小妹，干吗扫大家的兴？”处长怎么能放她走呢！她不在场，任何决议都等于零。

“真不骗你，大哥，我有个晚会，必须要露面的。”

她丈夫打趣她：“得了，太太，芝麻绿豆大的官，有什么了不起，亏你当回事。”

“一个协会的秘书长啊！你可别小瞧了！”

方彬一听“长”字，马上神经兮兮地问：“芳芳，你什么时候提拔啦？”

她笑了，“才叫有趣，你想不到协会的名誉会长是谁？吴铁老，当然这差使跑不到别人头上去了！”

“芳芳，你现在是什么级别呢？”

她还真不像她哥走这方面的心，肯定是想当然耳，随便一说而已：“怎么也得是个处级吧？也没准是副局级吧？”

于是，方彬余下的那一半感觉，也找不到了。

就在这一刹那的突然静寂中，有的懊丧，有的麻木，有的生气，有的幸灾乐祸，有的眉飞色舞，各各都流露出丰富的表情。因为似乎天上只掉下一个馅儿饼，吃着的和没有吃着的，心态是不会一样的。唯有绝食的玛丽小姐，用鄙夷的眼光，看着方家这一班翰林和大学校长的传人。

门铃响了，还是老式的拉铃，客人在门外要用力多扯几下，才有人去开那沉重的，破旧的大门。一阵哐啷哐啷声响以后，院子里的人正纳闷这不速之客是谁时，一个嗓音粗浊的男人，不耐烦地问。

“方导住这儿么？”

顿时，菲菲脸无血色，方军慌了手脚。

去开门的贺若平多余问的：“你是谁？”

“我是方导的情人的丈夫，来朝他要钱的。”说着，堂堂正正地穿过月亮门进院里来了。

菲菲跳起来，闪在方军的身后，“你干吗？你要干吗？”

“你放心，我不会碰你一指头，现在虽然不是文明礼貌月，打人，尤其打女人，可不是男子汉的行为。”

方芳勃然大怒：“谁请你来的，出去——”

“哎！欠债还钱，我来要我的一份安慰费，怎么着？”

要是早两年，玛丽小姐不飞过去，在这位先生腿上咬得他叽哇乱叫才怪！

完了，这一家确实完了。幸亏还有个姑奶奶抵挡一阵，否则，玛丽小姐要懂得伤心的话，真该呕血数升，为方家一哭。

方芳把手一指：“谁该你钱找谁去？这院里我嫌你把它站脏了！”

菲菲的丈夫，是个混混儿，才不怕这一套。他恨不能让全世界都听到，显然他在胡同口打听时，已经足足地宣传一顿，可能大门也未关上。竟有几个好事之徒，蹭进来，在月亮门外瞧热闹。

王拓轰闲人出去，闩上门，用顶门杠顶住。每次对这老得掉渣的门，他都要叹息再三。从乾隆年间开始，还是方大学士鼎盛时期，就这样关门的，沿续至今，历经沧桑，多少岁月流逝过去，居然仍在尽职，也未免太苦痛了些。若以古董的观点衡量,也许是有价值的一座门。但对目前居住的人来讲,实在是相当地尴尬了,还能挡住遮住什么呢?不是连王八头子都正经八百地登堂入室了么?书香门第的脸面,被撕得还剩下多少呢?也难怪门上那“忠厚传家久,诗书继世长”的楹联,变得斑驳不清,模模糊糊,或许是不太好意思的缘故吧?

他走回院里,无论如何是当过老板的人,上至吴铁老这样的魁首,下至三教九流,市井无赖,懂得应该怎样去应付的。

“怎么着,老兄?你是要练嘴皮子呢?还是要解决实际问题?”

“当然是要钱了!”

“那好说!你不是光要钱,不要人么?二哥,你跟他到屋里去谈!”王拓不由分说,把他两个人往厢房里推。

“已经给过你这个月的钱了,你什么意思吗?”情圣被这突然袭击搞昏了,狼狈万状,“干吗?有多少大不了的事,不能在电影厂里说,偏要跑到家里来闹?”

“我都不怕难为情,方导,你还在乎吗?”

“那你也不该到这儿来出洋相,好说好商量嘛!”

“是嘛!如今什么不涨价呢,安慰费怎么也得反映通货膨胀的实际,对不对呀?”这位不速之客总算让王拓硬架进屋去。

菲菲倒也没怎么不好意思,只是觉得她先生言谈粗鲁,举止失措,太掉价了:“你不嫌丢人,别人还要这张脸哪!”

她丈夫从门内探出头来:“得了得了,亲爱的,你看见没有,你还比不上北屋门口卧着的那条狗值钱哪!”

玛丽小姐耷拉着脑袋,可能觉得拿它比她,有点辱没它高贵的身份吧?

直到此时,处长才想起埋怨他太太:“你也不问问是谁?就放进来!”

贺若平由于在这书香门第当了许多年受气的儿媳妇，有一种逆反心理，倒很乐意看到这赫赫扬扬的名门望族出丑。“我怎么啦？他脑门子上又没贴着条，写上乌龟王八蛋几个大字。”

方芳说：“太不像话了，这世上也只有我二哥那傻驴，才被人这样耍！”

“肯定有后台给这家伙撑——腰”王拓相信自己的感觉，一切的一切，都好像约会似的一齐来临了。“怎么回事？”他问菲菲。

“神经病，今天忽然提出来的，在厂里已经折腾过一阵，哪想到躲了初一，躲不了十五，又追到家里来。”

“到底要怎么样？”方芳问。

“亏他张得开口，说是物价涨了，要求提高安慰费的标准。”

“多少？”王拓当老板的习惯，先谈价钱。

菲菲也觉得她丈夫过分了，是谁挑唆他这样闹的，干嘛漫天要价？“原来二百，现在他要四百。”

“什么？翻了一番！”方芳望了眼她二哥的情人，心想，“值吗？”

王拓笑了，“银行利率下调，保值储蓄的系数为零，凭什么要这么多？”

“那好——”菲菲的丈夫正从屋里走出来，接茬说：“我把丑话说在前头，方导，还有你们一大家子人，四百，也不是定死不变的价格，要经常调整的。干脆，还是一次性了结算了。”

“请——”方军轰他，“甭扯蛋！”

“给我三万元，我和菲菲一刀两断。”

显然毫无商量余地，导演最近银根紧张，要不，他肯有耐性坐在这儿蹭饭吃，无非省一顿是一顿罢了。麻将牌把这对露水鸳鸯的并不很多的积蓄全捣腾光了，下一步就只有卖他那辆摩托了。“亏你想得出，三万！

我是耗子尾巴生疮，挤不出多少脓水，别做你的大头梦了。”

“哈哈，你们可是有房子有地的人家啊！”他笑着，扬长而去。

全院子里的这家人，好一会，你看着我，我看着你，不吭声，似乎这位戴绿帽子的先生这句泄漏天机的话，给大家留下了什么启示。看来，老爷子把那么多书籍白白地奉献以后，没把四合院交出去（他偏要那样做，在遗嘱里写上一笔，子女们又能怎样奈何他老人家么？），或许是为了给他被看成是没出息的后代们一点安慰吧？

连菲菲的丈夫都不害羞地来领他的补偿，那么——我们翰林府的后人，为什么不可以光明正大地从这破院子上获取自己应得的一份呢？

“是啊是啊！诸位，我们不是一无所有，就像一支流行歌曲唱的那样——”

这话在这个时候，唯有方军能够一无遮拦地讲出来。

方芳马上一张红衣大主教的面孔，声严色厉地吼着：“你要干什么？你这笨蛋，你少说两句，不会把你当哑巴卖了。”

所有失败者，孬种，窝囊废，事后总能找到一些余勇，要宣泄出来以遮盖遭受过的羞辱。方军还很少对他妹妹敢这样梗着脖子反抗，他有些气急败坏，前言不搭后语地嚷嚷：“还商量玛丽小姐什么呐？到底狗要紧，还是人要紧？既然好不容易全家凑在一起，谈谈这所四合院吧？”

他除去女人，包括他拍片子，认真的时候很少。还不如那位长得不算漂亮，但非常性感的演员，她倒记住了他没记住的一些细节。“那个大胡子？”

“哪个大胡子？”

“就是来找你谈你们家院子的那个大胡子——”

“怎么啦？”方军不愿意岔开话题，“菲菲，求你啦！别插嘴——”

菲菲说：“昨天，我看见那个大胡子，开车把该死的接走了，回来时喝得醉醺醺的，今天这才开始折腾的吗！”

王拓向她打听：“什么牌子的轿车？”

方军恼火透了：“诸位，说正经的行不行？”

菲菲很抱歉，没有看清楚。王拓心想，吴铁老一生办事，严丝合缝，滴水不漏，否则，也不成其魁首了。

不过，他对这位老者，并不太反感。怎么说，给了你生意做，给你老婆一份愉快轻松、职务不低的差使。已经到了我为人人，人人为我的炉火纯青的地步，是一个豁达通脱，尽量采用文明手段以达到目的的老人了。要不是他太太捍卫祖产的奋斗精神，王拓不反对方军提出的这个话题。

他附在方芳耳边说：“谈谈就谈谈吧！你管——”

“放你妈的屁！”她也冲着她丈夫耳朵低语，但那份愤怒，像塞进了一颗拉开了弦的手榴弹。

方彬想不到他失去的感觉，却意外地峰回路转，而且跨越了一个最大的障碍，也就是躺在北屋门口的玛丽小姐，直接接触实际问题。他又不停地搓开他的手，因为，他十分得意。若是房子能如愿脱手，那就意味着儿子，位子，票子三位一体的理想实现。你不让出这个子，就休想得到那三个子，他恨不能立刻拍板敲定。吴铁老箭在弦上，引而不发，不就是“忠不忠，看行动”吗？还要这位可敬可爱的老同志，长辈，慈父一样的上一代人，怎样晓谕你呢？他自责地想：“难道让老家伙给我立下保证么？怪不得他老人家不给我们部长使劲，我太榆木疙瘩了！你看，那小老板跟芳芳嘀咕，肯定，吴铁老不会白提拔她的。别看这丫头嘴硬，谁知是不是在装腔作势，演戏给我们看？”

处长望着王拓，微微一笑。

他很少向小老板当面挑衅，至多暗中做做手脚而已，譬如那笔买卖。

此刻，他居然问道：“你俩密谈什么哪？”

“你少管——”方芳给他个闭门羹。

王拓刚被他妻子一炮轰的七荤八素，心里一股火，对想跟他斗法的大舅老爷说：“我告诉芳芳，你大哥聪明一世，糊涂一时，上回给搅黄了的生意，其实是吴铁老不好出面，委托我们公司办理的。”

“啊……”顿时，眵目糊又挂在眼角了。

急火攻心，方彬什么也顾不得了。“不，芳芳，我要管！你不是说我是长门长子么？”他在这院里，老爷子活着，他直不起腰杆，老爷子过世了，他也未能马上从阴影里走出来，抬起头，做出个当家做主的样子。啊！这可是逼得他伸胳膊，捋袖子，真要管事了。

他妹妹说：“好啊！看你怎么个管法？”

方彬根本顾不上方芳什么态度，只琢磨怎样摆脱泥菩萨过江自身难保的困境。

这个吴铁老，他算是寒透心了。实际上，他暗地里等于背叛了老祖宗翰林院大学士盖这座院子，传之久远的初衷，也背叛了他爹谁住归谁，可不是谁卖归谁的遗嘱，答应了吴铁老，您老别着急上火，早早晚晚将这座四合院让出来。只是一个时间问题，等他慢慢地把方军、方芳的工作做通，您老的宿愿一准实现。

敢情，直到今天，儿子放不出来，位子解决不了，病根在自己有眼无珠，给吴铁老的生意来了个破头楔，你不倒霉，谁倒霉？他恨不能一头撞死在院里的那棵枣树上。

后悔吧！哭都来不及了，他想，当务之急，做通做不通这两人的工作，也得卖房。

其实，这倒是方彬以小人之心，度君子之腹了，错怪了吴铁老。至于儿子啊，位子啊，区区小事，举手之劳而已，早晚会有你的就是了。一笔两笔生意不成，无伤大雅，吴铁老心胸宽阔，不会当回事的。

说穿了，人老了，世事洞明皆学问，就不那么铁石心肠了。无非也是一种感情上的亲切表示吧，他曾经不止一次地跟方芳试探过，他似乎知道她比她两个哥哥更能主事一些，但方芳不赏脸，居然给他个不大不小的软钉子碰，我们这位老者也未动肝火，要放在几年前，后果是可想而知的了。

“这个芳芳啊！”王拓也拿她没法。尽管她也明白她荣任这个协会的秘书长，是谁的功劳？那么多竞争者中她能脱颖而出，没有荣誉会长的一句话，行吗？但她对吴铁老说：“胡同口方家这小院本身就是一部历史，只要方家香烟不断，好像这是具有某种象征意义的东西，就没法割弃。我想吴铁老，你还是别打这四合院的主意吧！”

真是莫名其妙的宗教感情，阿房宫如今在哪里呢？

没关系的，吴铁老反转来让王拓不必着急，他有耐心等待，他不想采用伤感情的做法，即或需要小小的教训一下，也是非常温柔的了。人到了这般年纪上，何况他老人家也是“子曰诗云”的读书人咧！便有那种成熟和智慧之美了。譬如刚才那个无耻之徒，破门而入，骚扰一顿，不过是一次幽默的调侃罢了。

因为他虽然可以等待，但不能无限期等待。这个多年的梦，总得化为后海边上的一个现实吧！

看来方彬有点迫不及待了。

“大家商量一下，这个院子的问题吧！”

方芳大惑不解地问：“不是谈玛丽小姐吗？”

“老二已经说了，到底人重要，还是狗重要？这话不是没有道理的。”

姑奶奶把手往腰里一叉：“什么？你们要动这份祖产？”

“哦！这算哪门子祖产，一所破院子——”方军唉声叹气地说，“卖了吧，卖了吧，没有什么值得惋惜的。”

“混蛋，你给我闭上你的嘴——”她斥呵着她的二哥，像训一个小孩似的。

“芳芳，你听大哥我一句话，咱们家最有价值的祖产是那几屋子书，爹都能把它无所谓地交出去，那我们——”

方军抢过来说：“那我们也就不存在道义上的约束，卖！趁着有人感兴趣。”

“你还要脸不要？书是爹的，他当然有权怎样处置——”

贺若平拦住她的话：“这房子谁住归谁，是爹的遗言，那就是说，谁愿意怎么处理就怎么处理。”

这一来，无疑火上浇油，方芳在这院子里，一间房也没占着。她差点跳起来：“谁要卖房，谁就得承担是方家败类这份名声！”

“我早八百年就是方家的不肖子孙，爹生前就封了我，卖吧，我还等着钱用啊！再说这个破院子——”

要不是导演站得离她远，她早扇他好几个耳刮子了。“再破再烂，也是方家老祖宗留下来的。”

“那你为什么不住？比谁都搬走得早？”

“我——”方芳一时语塞。她丈夫半天没吭声，此时，怕他老婆窘着，接过话茬，“反正这前后两进四合院，要修复起来，没有十万二十万，扔进去，说实话，是难住人的。”

“从哪哭出来这么多钱啊！”方彬说。

“我觉得我们得承认现实，我们这一代，凭我们这几块料，想振兴这座翰林府，纯粹是痴人说梦。”方军从来不曾这样认真其事，或许牵涉到菲菲，只有卖了房子，才能彻底得到这女人，他得说服大家，尤其是要他那捍卫名门的妹妹认识到一去不复返的现实，“我们有什么义务要维系这书香门第的光荣呢？我们自己就不成器，不争气，干吗死绷着这面子呢？我们也没有觉得这样活着对不起谁，干吗非要那光辉灿烂的过去呢？卖了吧，诸位！没有必要等到房子塌下来把我们大家压死！”

贺若平忿忿不平地说：“真到房倒屋坍的那一天，你们谁也遭不了殃，要人来收尸的是我们这一家和这条你们谁也不要的狗！”

“玛丽小姐……”

方芳这一声叫喊，真正具有石破天惊的强烈效果。

不但满院子的人吓了一大跳，那绝食昏昏欲睡的老狗，也惊醒了，吃吃怔怔地站了起来。估计，方家老祖宗，尤其她父母，在九泉下，也会出一身冷汗的。

她向北屋奔过去，满面热泪，涕泗横流。

玛丽小姐盯着她，一动不动。那一双老狗的眼，一下子判断不了，是迎接她好，还是躲避她好？

弄不清楚方芳是表演癖在发作呢？或是真正动了感情？她想起琳达夫人自己开着车送她妈妈和玛丽小姐来的光景，从此好像胡同口方家进入了一个崭新的时代似的。虽然仍是残破的院落，呻吟的大门，尘封的书屋，阑珊的花木，由于这条狗的到来，出现了一线生机和勃勃朝气。先是她的母亲，绝对洋人派头地，步履矫健，牵着它在后海边上溜达，后来，是她父亲，夫子风度地，消闲自在，陪着它绕银锭桥散步，那是最美好的岁月，那是她一生中最值得怀念的记忆，难道就这样把帷幕落下来么？

她再也忍不住了，嚎啕大哭，扑向玛丽小姐，无论如何，它是父母的遗爱，它是方家的象征，它是一个全盛时期的回忆，它是从翰林开始的这书香门第的吉祥物呀！她把手伸将过去，带着她满腔的怨恨和无尽的爱，打算搂抱住这个快要无家可归的老可怜，放任自己，恸哭一场。

后来到底也没明白是什么原因，是她的手的动作过于猛烈迅速，使玛丽小姐猝不及防？是她那霹雳舞的手套，透出尖尖十指，像狰狞的利爪，似乎要抓挠它一样，它感到万分恐惧？也许，狗老了和人老了是差不多的，过于强烈的爱，不是能不能接受的问题，而是要不要拒绝的问题了。玛丽小姐突然产生出大概是"来者不善，善者不来"的畏怖心理，退后半步，身后的门虽虚掩着，但老人逝世这些日子，不常开关，门一时又推不大动，无法躲进屋里去。在它看来，对这气势汹汹的姑奶奶，只好"呜"地一声迎上来，冲着她牛仔裙下裸露的大腿，咬了一口。

"妈呀！"方芳立即倒在北屋门前的高台阶上。

"我把它宰了——"三个男人几乎异口同声地杀将过去。

感谢绝食的功劳吧！感谢年龄的功劳吧！玛丽小姐虽然无妨说是恩将仇报，咬了它其实在这个败落的家庭里，最不该咬的一个人，除了她，还有谁稀罕它和它所代表的逝去的荣光呢？由于绝食，饿得已没有多大力气，由于年龄，牙齿也使不上劲，尽管咬了一口，也不过在那跳伦巴或桑巴的玉腿上留下几点红红的牙印罢了。

她当然不能让他们碰玛丽小姐一下。

"不！不！……"

"没事吧？芳芳！"

"它生是让你们逼的，玛丽小姐，我爱你的。"

"你别惹它了，它这会红了眼了！"

王拓捧着他夫人的这条漂亮的秀腿，要没有这灵活敏捷，跳出诱惑力的腿，会收进即将出版的《名人大辞典》里去么？

"疼吗？"

她摇摇头，"有一点点木——"

他突然想起什么，回头问贺若平："大嫂，玛丽小姐注射过狂犬病疫苗没有？"

“还是好几年前的事了！”

“啊？”院子里的人这才意识到问题的严重。

方芳是个特别敏感的人，又有表演癖，听到这里，她马上脸色刷白如纸，刚说了一句头晕，立刻仰躺在她丈夫怀里，一副人事不知的样子。

“芳芳，芳芳……”大家围过来，一迭声地叫她。

她睁开了眼，虽然显得非常衰弱，但还安慰众人，她没有事，她不会有事的，千万不要难为玛丽小姐，看在她的面上，看在死去的父母面上……

菲菲是演员，应该懂得什么叫演戏？她也被感动得泪下如雨，“快送医院抢救吧！别耽误了！”

方军要去推摩托，到底还是老板腰粗：“打的吧！拦一辆出租——”

正在大家惊慌失措，乱了方寸的时候，胡同里响起了汽车的声响。好像每个人的第六感觉都特别灵敏，忙不迭地冲出月亮门，上帝保佑！希望是谁来临，果然是谁来临。那哐啷哐啷的大门，还未拉开，就听到像三月春风般温暖的语音。

“怎么回事哪？协会的活动能少了我们漂亮的秘书长吗？”

吴铁老鹤发童颜，面目慈祥，精神矍铄，老当益壮地走进院来，到底是老同志，老领导，什么阵仗，什么情况，什么危急形势没经过见过呢？他老人家马上了解一切，马上作出决断，马上恨不能亲自抱起方芳，送进汽车，到医院去治疗。

最伟大的还是处长了，他从来不曾如此以最快的速度，最短的语言，汇报了这一次家庭会议的进展情况。老人家既没有当回事，也没有不当回事，只说了“不着急，抓点紧”六个字，便和王拓，和被狗咬了一口的病恹恹的，似乎显得越发漂亮的秘书长坐车走了。

跟在这辆高级轿车后边的，是导演和他那月租四百元的情人，她说她对眼前的这辆车眼熟，那还用问么，当然紧追不舍了。更何况血浓于水，那车里有他的很可能得了恐水症的亲妹妹呢！

把弟弟，妹妹都送走以后，胡同口方家的大门，又哐啷哐啷地响动了一阵，于是，一切复归于静寂。

“怎么办？”

“什么怎么办？”

说实在的，回到院子里来的这两口子，瞧见那条没精打采，阴阳怪气，不死不活的玛丽小姐，倒真正觉得没法办。

那纯种的马尔他狗，踉踉跄跄地站起来，弓着背，朝这夫妻俩，张开嘴，打了一个亘古未有的大喷嚏。

连老枣树都抖了一下，怪不怪？

垃圾的故事

丁丁，姓丁名丁，是我的一位忘年交。

据我的阅人经验来评估，他在知青一代人里面，是个很不错的青年。然而，不知为什么，好多人一谈到他，当面也罢，背后也罢，总是摇头者多。一个人，能够被人指着眼睛鼻子说他的是或不是，倘非很逊，就是他有任人评头品足的雅量。冲这一点虚怀若谷，我认为丁丁非同小可。

“你知道你口碑不佳吗？”我们两个本不甚见外，加之他的禀性坦直，故而敢这样问他。

“我又不聋不瞎，不痴不傻。”

他不是不聪明的人，不过，不作出伶俐的样子罢了。我从学术角度同他探讨，“为什么？”因为，他不至于如此。

“随人家便啰！”他说：“第一，人家怎么看，是人家的事。第二，我自己怎么做，是我自己的事。”然后，迈着他那种特别结实的列兵步伐，走了开去。咚咚咚，像砸夯。我后来观察到，这小子走路，脚后跟先着地，所以，总弄得楼板不同凡响。

不过，我挺“待见”他。这是北京话，含有一点敬重的意思。一个人，好，不得意忘形；坏，不怨天尤人；富，不张牙舞爪；穷，不垂头丧气。他就像一个在队列里行进的士兵，一步一步走着自己成功的或者失败的路，让我佩服。老实说，我并不赞同他的某些做法，想法，看法，以及活法，但他说，每个人的角色一半是天定的，没法改变的，但另一半，是自己决定的，便不可能和别人一样。你过你的，我过我的，各人自便，最好不过的了。

想想，也是这么一个道理，这世界上有两片相同的叶子嘛？他说得更绝，我这片叶子，干嘛要和人家一模一样呢？冲这句话，你便懂得丁丁一半。

丁丁有时赏脸到我这儿来坐坐，无什么特别的目的。来了就来了，走了就走了，这很好，无需我放下笔来陪着。他在我书房里像主人一样地东翻西看，也不管我的脸色，是赞同，还是反对，他就这样自信。若找到什么好书或新杂志，值得看，就自己倒茶，或者自己抽烟，仰卧在沙发上阅读。看够了，站起来，咚咚咚地离开。

他走后，老伴就开窗放烟。莫合烟，自己抽得香，别人闻起来就臭，好一会，也放不干净。“这个丁丁——”我老伴发表她的观点，“太自以为是。”

“难道对你一个劲地点头哈腰，就好嘛？”我不大喜欢一些装孙子的年轻人，因为一旦帮助他到了羽毛丰满以后，就要把你当他的孙子了。丁丁不，始终如一，不咸不淡，不近不远。

有一次，我忽发奇想：丁丁，令尊给阁下起名字时，大概只是想到你上小学时容易书写的一面，却绝对没有考虑到名字会对人的性格，所产生的微妙影响。

“至于那么严重吧？”这是他的口头语，也是他对于整个世界的态度。

我声明，当然这是不可靠的感觉。不过，对他，说深说浅都无关系，无需顾忌，他不像时下文坛一些想当领袖的年轻人那样过敏，也不像一些神经兮兮的女作家那样小心眼，总把别人看成很碍她事的绊脚石，甚至假想敌。其实，大路朝天，各走一边，地盘大得很的。丁丁不太喜欢把事情严重起来看，他认为，凡没有一拳头打在我脸上者，不必疑神见鬼，先在心里筑起一道防线。所以，我对他说话放心。“因为，你这个‘丁’字，马上让人想起伐木丁丁的‘丁’，敲打铁钉的‘钉’，叮住不放的‘叮’，很可怕！”

我也说不出很具体的道理，只能意会，不能言传，好像这个“丁”字成了他性格的象征。后来，他那不是妻子的妻子杨菲尔玛，认为我的直觉有道理。太棒了，她说，叫他丁甲、丁乙、丁丙都不像他，只有这个丁丁，最合乎他这个认死理的家伙了。

所以，杨菲尔玛有时索性叫他“死丁”。在她嘴里，这可以是爱称，也可以是蔑称，视其情绪而定。

杨菲尔玛，是中国人，不是外国人。他第一次说要带位女朋友来我家，还以为他从外国拐回一个洋妞呢。一见面，她自我介绍，说我应该有些认识她，是我朋友的朋友的女儿。她是比较早的国旅或者是中旅拿派司的很能干的导游，陪同外国人到中国来玩。后来，她自己单挑一个旅游公司，组织中国人到外国去玩，越做越大发，现在，说她是旅游界的大亨，或者投资界的巨头，不算过誉之词。

“老爷子，这是一个能干人吃饱饭的时代。活得不好，别怪党和政府，怪自己无能。”

不用说，她是我们这个时代的宠儿。

据我朋友讲，她原来的名字叫杨淑珍，后来，到派出所一查，北京市，仅城区里，至少有一千位同名同姓同音的妇女，太俗了。于是，她要求改成时派一点的杨阳，这位小姐是个路路通的人物，派出所哪在话下，所长善意地提醒她，这名字至少被两千个男人和女人拥有。于是，当场来了灵感，她用了现在这个杨菲尔玛。

我估计，全中国也许就只有她一个人叫这样的怪名。然而，也正因为这样，谁要第一面见到她，和听到这个名字，便永远也不会忘记。冲她设计出这个不中不西的杨菲尔玛，她和丁丁维持目前这种比妻子自由些，比女友亲密些的情人关系，就觉得她是个很有作为的女人。“这样好，来去自由。”

杨菲尔玛头一次踏进我家的门槛，见面礼是一箱 XO。

丁丁从车的后备箱里拿出来，很吃力地放在我的客厅里。我不是受宠若惊，而是吓了一跳：“干吗？”

“这是老姐的一点意思！”

送洋酒是时下的一种风尚，一般都是一瓶，送两瓶者少。后来，我才知道，这是杨菲尔玛的手法，和她的名字一样，一下子，就给你留下一个绝对是刻骨铭心的第一印象。

“厉害——”我服了。

丁丁说：“幸亏你不抽烟，要不，她会送你一件。”

“一件是多少？”

“五十条吧！”

我一听，差点没吓死。

他们不怎么避讳我目前两人维持的 AA 制的同居关系，虽然她很有钱，但二一添作五，绝对公平负担。小姐告诉我太太说，这样谁不觉得欠谁的状态更好些，太累的爱情，和太麻麻烦烦的婚姻，挺耽误事，还挺浪费精神。更难得的是，她说：这两年同居下来，我们两个还算磨合得不错。

我老伴说：“磨合这个词，我老在汽车的后窗上看到。”

“人和人之间的关系，也是一个需要磨合的过程，不行，就得换零件了。”

我们大家都笑了，你不能不服气杨菲尔玛的想象力。

我初认识丁丁的时候，他还是个文学爱好者，在新街口礼堂听过我的课。我之所以马上对他留下了很深的印象，因为他戴了一顶孔乙己的毡帽。现在，北京几乎没人戴那玩意，至于孔乙己的家乡，有没有人戴，我不敢肯定。反正，在中国九百六十万平方公里土地上，像他这样年纪轻轻的，戴毡帽头的，大概就他一位。从那以后，我见他一直戴到今天，大概还带到日本，带到美国。我问过他，为什么要这样打扮？

他说不为什么，然后，反问我，为什么一定要为什么？他又接着问：犯法嘛？不犯法，我碍着你什么了嘛？不碍你的事。那么，你有什么必要管我头上戴什么呢？

我无言以答。

杨菲尔玛说，别理他，他就是这样一个认死理的人。他如果想做什么，就一定要做成什么。反之，他如果不想做什么，你拿刀逼着，他也不上轿，这毡帽头就是一例。

她是在日本认识这个丁丁的，而且，一下子把自己交给了他。

不过，丁丁说她其实并不浪漫，她是个做大事的女人，对于爱情，婚姻，家庭，性生活，不会太投入的。她是个事业上具有攻击型的女人，他承认，他被她的性格所吸引。

那时，她刚开始带中国的有钱人到外国去度假。在箱根，一个钱多得不知怎么花的烧包，说是受不了旅馆里温泉浴池的硫磺味，要求换个地方。这种国外旅游，日程都是安排死的，而且，她也不可能撇下大家，为他一人单独服务。那时，丁丁给她打工，说，“你把他交给我吧！”她有些不放心，“行嘛，年轻人！”她比丁丁大两岁，所以，他叫她老姐。他说：“你只有这条道好走。”杨菲尔玛无奈，由他带走这位刁钻的暴发户。她领着其他人转了一圈日本列岛回来，这位嫌硫磺味的旅游团成员很高兴地归队了。她问丁丁，你用什么法子让他服帖的？丁丁说，完成任务就行了，何必盘根问底。她又去问那个暴发户，那家伙倒也坦率，这个丁丁，把我带到东京，在新宿的红灯区吧，我们走散了。甭提那个倒霉了，挨了揍别说，还弄到警察局，丢大人了。后来，丁丁找到我，把我带到四国岛的今治港，住的是没有硫磺味的温泉宾馆，整整在海上钓了三天鱼，别提那个开心了，这钱花得太值了。他的结论是：日本人真精，可日本鱼真傻。

她终于还是从丁丁嘴里掏出了实话，他说：“是我雇了两个日本小流氓，新宿街头，有的是这样的人渣，花上五千日元，把这个暴发户好好修理一顿。然后，弄他到今治钓鱼去。”

“你怎么知道他有这一好？”

“他每从渔具店门前走过的时候，脚步总要放慢。”

我对杨菲尔玛说，这就是丁丁想当作家，学会了观察人的结果。

“得了吧，老爷子，文学不怎么伟大，只有生活让人聪明。”她的话，我不爱听，但却是事实。

那次讲课之前，有个文学界朋友的聚会，随后饭局，主人殷勤，劝吃劝喝。结果，上了讲台，血液都跑到胃里去帮助消化了，脑袋里呈空白状态。我也不晓得怎么结束那堂课的，主持者不满意，脸嘟噜着，听课者也失望，掌声稀落。他是比较个别的一个听众，站在礼堂中间，给我拍巴掌。他认为我讲得好，而且绝不是为了安慰失落的我。他说他曾经递上来一个条子，要我回答，一个人当作家好，还是当评论家好？这绝对是个傻问题，我想我不会答复的。他告诉我，我回答了，就三个字，都不好。

“有什么比讲实话还好的呢?”他这么高度评价。

我不相信我会说得那样直率,不过从那以后,凡有讲演,我一定空腹。

但他千真万确,由于我这“都不好”三个字,打消了当作家或者评论家的念头,放弃了还差一年就毕业的中文系,跑到日本去了。这期间还到过美国,后来还到过澳大利亚,因为他有一张与毛利首领人物合影的照片,他的毡帽与土著的服饰,很般配。等再见到他时,他已经一边打工,一边留学,从日本和美国拿到学位,学成回国了。他来看我,并谢谢我几年前的三个字,弄得我很尴尬。作为我那番话的报答,送了我一套日本男人穿的宽大和服。当时,我并未把它放在心上,便随意接受了,不如那一箱 XO,造成的震撼力强。后来,高田有司,丁丁的日本朋友,到中国来,他招待,我作陪,在长富宫,为了好玩,特地穿起这件日本大袍赴宴,杨菲尔玛恭维我,说,老爷子挺像《红灯记》里的鸠山。从高田的话里,才知道丁丁的礼品,非同小可,第一,真货。第二,名牌。第三,价值不菲,至少得打两三个月的工,才能买到。日本,凡机器能生产的,都便宜,凡手工制作的,都绝对不便宜。

我埋怨他瞎花钱,何必呢?出门在外,生活不易。

“至于那么严重嘛!”他一边给我倒日本清酒,一边说。我也就不客气了,这正是他们这一代人的观念,把什么事都看得不那么重,而丁丁,尤甚。

由于脱口而出的三字经,竟改变了一个年轻人的一生,我多少觉得抱歉,倒不是怕中国少了一个作家,或一个评论家,那没准倒是好事。而是因此使他成了后来这种不郎不秀的样子,我觉得有责任。所以,他回国后不久,我把他介绍给我一个当官的朋友,也算是一位新上升的权贵吧,在他主管的国营公司里,搞日文翻译。杨菲尔玛,早年经常带日本团逛中国，以后又带中国人逛日本，也是半个日本通，说丁丁的日语，一级棒。

一开始，他对谋职不怎么积极，“第一，我还没有玩够。第二，我目前还能活。第三，我还没有想好干什么。”

“第四——”杨菲尔玛接着说，“我想，他应该进入政坛！”

“天将降大任于斯人焉，你有什么更好的安排嘛？”我问她。

她说：“当然有。”

“丁丁是当官的料嘛？”我怀疑。

她说：“他这种性格不适宜当小官，他不是随着别人意志转的蹦蹦车，而是那种能让别人按他的意志转的推土机。”

我吓了一跳。

“这张牌怎么打，我还没有想得太好，看运作的情况再定了。”杨菲尔玛那对眼睛，不漂亮，但神采奕奕，总在洞穿人似的琢磨你。谁第一眼看到她，马上会产生被她大卸八块的感觉，哪块剁馅，哪块红烧，她一下子就把你能够利用的部位，都弄清楚了。了不得，我老伴等她走后评论，是个人物，丁丁斗不过她。我说，也未必，丁丁不是容易剃的脑袋。这位很难说是个美女，最好的评价，是不丑而已的杨菲尔玛，有一股劲，用气功的话说，带功，用物理学的术语形容，具有磁场，把丁丁拿住了。其实，丁丁不爱听人摆布，对她的兴趣从经济领域往政治层面转移，要让他走仕途，当大官，竟然没有表示异议。看来，一物降一物，这话不错。

我估计丁丁在日本，挣了一点钱，不多，也不会少，还能买起一辆吉普车代步，就比我强得多多，但看他刷卡的时候，不像小姐那样满不在乎，“你会坐吃山空的，何况你们的生活费采用 AA 制，老弟！”

“到时候再说。”因为他一向把生计啊，钱财啊，前途啊，工作啊，不看得那么重。

实际上，这小子还未定性，夫子曰："三十而立。"他都往四十奔了。作为忘年交，不得不再三晓喻："还是去捧这个铁饭碗吧！"

他去了，纯粹是为了给我面子。过了月把，我打电话问我那位朋友，"徐总，这个丁丁在你的机关里表现如何？"

"你介绍的人，没错！"他很满意，我也就放心了。

又过了些日子，见到徐总，他试探地问起我来，你完全了解你介绍的这个年轻人嘛？

我吓一跳，不知这小子闯了什么祸？

"很能干，很卖力，但大家弄不懂，他干嘛要把一年的翻译任务，在一个月里急急忙忙赶了出来，然后就不知下落，为什么？"

那位技术官僚，一张刮得铁青的脸，看着我，希望从我这儿得到解释，我能告诉他什么呢？

显然，丁丁被该死的垃圾吸引走了。

这也是命也运也的事了，人生就像一棵树，人就像一个小蚂蚁在这棵树上爬，谁也无法把握自己爬到哪里，也不知在什么地方，拐了个弯，便在一个树杈上一直走下去，而回不了头。我只好对徐总解释：年轻人啊，吊儿郎当，任性而为，我也拿他没法，徐总是在美国进修过的，见过世面，有点气度，和正经八百的政府官员还不尽相同。一个上千人的部门，别说少一个，就是少一百，不也照样运转？笑笑，也就不再追问了。

丁丁在东京，有机会结识了一位日本朋友，就是那晚在长富宫一块喝得昏天黑地的高田有司。我结识的日本人不多，但奇怪，好像所有与我打过交道的鬼子，都馋酒，都爱耍酒疯。那天，我真佩服杨菲尔玛，不知这位小姐用什么办法，把我们三个醉成一摊泥的男人，弄到各自的住处，还不影响她工作。

她是个极能干，极聪明，或者说她极有手腕，甚至极其冷酷的女人，这评语是一点也不过分的。她反对别人恭维她是女强人，她讨厌这个词，她说，影视上的女强人，都是准备随时卖肉的货色，给我提鞋我还嫌埋汰呢！至于处理几个醉鬼，还不是旅游业手到擒来的本事，打去一个电话，弄来一辆急救车，花一点钱，就全拉走了。“那时，是凌晨三点，长安街上，你们三位，大唱《拉网小调》，好来劲！”

杨菲尔玛一边料理醉鬼，一边还利用时差，与西亚的她公司办事处的下属谈业务，就在我回到家里，被我老伴数落的时候，她，把欧洲某地她的一间代理店雇佣的当地经理人，炒了鱿鱼。我老伴说，她训起人来，像一头凶猛的母狮，妈拉巴子的村话，都像冲锋枪似的扫射，但关掉手机，又像可爱的小姐了。对不起了，师母，是我的错，把老爷子灌醉了。看来，你还得给他喝一点酒，他才能醒过来，并且头疼得不会那么厉害。

我不相信我会如此失态，竟然醉得要用酒来解酒，看来，人老以后，最可怕的自我感觉失灵症，开始降临了。一旦失去检点自己的能力，便难免要发生失态和出洋相的笑话了。这个北海道的日本人，起先很矜持，三杯酒下肚后，原形毕露，比我们更加暴露无遗。这时说他是学者，鬼都不信。他说他在温泉浴场打过工，然后用手帕裹住额头，学浴室小厮擦洗澡桶的样子。他还说他是一家小酒馆老板娘的秘密情人，每次风流以后，总可以吃到可口的寿司，还有两千日元的路费。那位太太，最叫他沉醉的是刺青，也就是文身了。他很机密地告诉我们，你们简直猜不到刺在什么部位，刺的什么花纹，他要我们回答。活见鬼，纯粹是酒喝多了，这种谜让人怎么猜，何况还有小姐在座。不过，稍微想象一下，无非阴部或者臀部，于是也就不想再谈这个话题。他见我们反应不太热烈，便说了，是在后背上刺了爱神丘比特和他的箭和一颗心。看起来，这就是小地方的人的少见多怪了。不过这番酒后胡言，倒也令人了解到高田未发达时，在他家乡求生时的卑微状况。

以后，他就从北海道到东京谋生，成了和丁丁同租一幢廉价屋的房客。

因为两个人年纪相仿，性格也有些相通，就熟悉起来。这个日本人，别出心裁，写了一部关于东京垃圾的书，在什么杂志上连载过，很受欢迎。后来，由于这部专著，丁丁忘了是哪座大学，或者还是什么研究部门，居然礼聘他去做客座教授，专门从事都市垃圾的研究。还给他配了助手，还给他装备起实验室，还给他一笔数字不小的拨款。“妈的，这日本国，财大气粗——”有钱人对钱特别敏感，杨菲尔玛发表感想。“中国不会有这好事。”从此，发达了的高田就和丁丁分手，搬到像样的地方去住了。

我可以推测，像丁丁这样的呆子（说得好听些，叫做执着，说得实际些，就是比较缺心眼或者二百五），还会不被这个日本人抓大头？可能在高田有司发迹的早期，像三孙子一样当垃圾虫的辛苦阶段，多少帮过忙，效过力。于是，在丁丁回国去辞行的时候，高田突然慷慨起来，授权他将其著作翻译成中文，允许在中国大陆地区出版发行。

丁丁问我，能不能联系一家肯接受他译稿的出版社。就从这儿开始，这只小蚂蚁离开杨菲尔玛要他当官的树杈，爬上了另外一个树杈，走上他人生的另一条路。

他的日文很棒，但他的中文是不是一样的棒，我有点怀疑。虽然他想过当作家，但插队的时候，连中学也未念完，对于汉语的把握，是不是那么得心应手，我有些信心不足。杨菲尔玛很认真地说，你对于丁丁的了解，太过于表面，她认为死丁特别值得赞许的地方，就是不达目标，死不休止的劲头。你如果让他造原子弹，他如果答应了，当真了，我相信他能扔一个给你看看的。

“这就是情人眼里出西施了，小姐！”

她说她手下雇有数百员工，凡中层以上的骨干，都得她来口试决定录用，截至目前为止，百分之百地看准，法兰克福那个被刷的代理店主管，就是未经我过目的一个。“我说丁丁行，就是准行。如果，他当初要写小说，老爷子，不但你没戏，那些烂蒜，全毙！”她回首问他：“是不是呀？丁丁！”

我以为这家伙起码要谦虚一些，但他不怕大风闪了舌头，堂而皇之地默认：“或许吧？如果我当初真打算干的话。”

杨菲尔玛说：“看——”

这就只好一笑了之，谁让上帝给年轻人这种傻狂的资本呢！但言归正传，我还是要问一下：“丁丁，你不到公司上班，是意味着请假，还是辞职不干了呢？”

他好像早知道我有此一问，“这位徐总也太土了，你不是说他在美国普林斯顿进修过，他该懂得什么叫效率？我完成了全年的工作量，还用得着天天坐在办公室里看电钟指针跳格子玩么？”

“可这是中国，老弟，入乡随俗呀！”

“我把这部书拿给他看过，他也认为，垃圾是工业社会的产物，愈发达的国家，垃圾的抛弃量也愈大，是一种社会公害，是一种人类自身造成的灾难。那么，我把它翻译出来，有什么不好？”

“可人家是跨国公司，不是环保局，也不是环卫局。”

他理直气壮：“我没有耽误工作，再说，环保是每个人的事。”

我明白，与他争也无益，这个死丁，他不是不会认错，而是他不相信自己会错，只好叹气：“那个日本鬼子把你坑了！”

那天在长富宫，还没有被日本清酒将理智完全麻醉以前，我看着矮桌对面坐着的这两个年轻人，性格上的差别，非常明显。一个是认准了一件事，就大大咧咧，不顾一切地走下去。一个是精明机灵，走一步看一步，不时调整自己。一个是我既然请你客，就不能让你觉得我寒碜，表现出中国人死要面子活受罪的德行；一个总在琢磨主人如此盛情，是不是蕴涵着需要付出更高回报的可能性，而心存日本人的鬼聪明。

我在餐桌上讲，做学问，有时出冷门，也是制胜之道。你不得不膺服在这个人人都碰到，天天要产生的垃圾上，这位日本鬼子称得上十二万分的聪明，还亏他下力气写出偌大一部资料齐备，印刷精美的书来。“敬佩，敬佩！”这是我的真心话，不完全因为那部书有一公斤重。因为在座的丁丁和杨菲尔玛，都通日语，所以，我的话，高田绝对领会。我问他：“高田君，你从你们扔的垃圾，来观察国民性的弱点，别出蹊径，做出这一篇绝妙的垃圾文章，最初的灵感是从何得来的呢？”

他先是离席站起来向我鞠躬，感谢我的夸奖，但回答我的问题，却故意扑朔迷离，不着边际。“日本是发达国家，东京是世界大都市，自然，垃圾也是个大问题。”其实这个鬼子，也是精明过头了些。他应该了解，冷门，作为特例，只可一，而不可再，更不能三，你占了先筹，后来人怎么努力，也难免被人讥作东施效颦的。更何况，敝国的垃圾比起贵国的垃圾，至少有五十年的差距，即使想模仿你，也写不出这么一大本书的。

丁丁就是中国人的宽厚了，他代他说，高田君花了整整好几年，简直是水滴石穿的功夫，春夏秋冬，从不间断，每天零点起，随着一辆垃圾车，逐街逐巷，挨门挨户，在人们还没有醒来之前，把城市的排泄物收聚起来，拉到郊区的垃圾处理场去。有的还送去填海造地，那就走得更远。他就在那里，在这些垃圾还未送进焚化炉，或倒进大海前，逐一的翻检，予以登记，照相，然后回到他们共同居住的廉价宿舍里，整理资料，输入电脑。从银座最繁华的商业中心，到正派人不涉足的红灯区，从国会大厦，官员私邸，到商社大楼，富豪公馆，从平民居所，学生宿舍，到小商小贩，鱼市菜市，无处不留下高田的足迹。因为东京住着各式各样的人，所以也就产生各式各样的垃圾，凭这股坚韧的毅力，写出了一部垃圾的皇皇巨著。

“好了不起啊!”我们向他敬酒。

他也一个劲地站起来向我们鞠躬，并且一迭声地“阿里嘎朵”，表示感谢。

出冷门，在文学中，也是邀好的一招。不过，世界如此之大，作家多如过江之鲫，独具慧眼，领先一步，又是谈何容易的事啊？敬这位垃圾才子一杯酒，是完全应该的。也许高田那时从北海道到东京，土头土脑闯天下的时候，丁丁还在新街口礼堂听我的文学讲座呢！所以，丁丁自然讲不了当初他怎么萌生出这最早的创作灵感，而高田又讳莫如深，写书的缘起，也就只好付之阙如了。

现在的日本人，和我儿时在上海虹口所看到的东洋人，和青少年期间逃难苏北时所见到的皇军，到底不大相同了，变得特别的精明。他到中国来，后来知道，不是特为逛故宫和爬长城来的，高田君想把他在日本逮着的便宜，在中国再重复一次。所以，这个不留仁丹胡，不戴战斗帽的鬼子，不光跟我玩心眼，跟他的朋友，甚至是帮过他忙的朋友，也玩心眼。

高田不给我答案，使我脸上挂不住，杨菲尔玛看出来了。她虽然赚日本游客的钱，但并不喜欢他们，正如日本商人点头哈腰，一个劲地“哈依哈依”，其实心里怎么想你们这些支那人，说出来你会吐血。她是什么角色？她能在旅游业界出人头地，跻身诸强，能在萧条的时候挺住，并从银行贷出款来，能在国际旅游业的年鉴里，有她杨菲尔玛的芳名，甚至能够弄个把世界上都知名的政要，来给她剪彩的非凡之辈，调理这个高田，还不是手到拈来的事，也没看她怎么费力，和他碰了几杯酒后，这位鬼子的谨慎，谦逊，礼貌统统扔进东京湾里去了。

于是，喝到最后，丁丁还是那个德行，挨宰到底，绝不孙子，四个人至少刷掉他两三千元，盘子碟子倒端上来百十来件，但基本没有吃到什么东西，这就是日本菜的特点了。而高田有司，这位据他自己说，昭和多少年还拿到过文部省一个什么奖的垃圾学者，渐渐地不那么拘束，渐渐地有些放肆，显然，他想起了北海道钏路市的那间小酒馆，想起了那位文身的老板娘了。他说她的丈夫到齿舞，色丹岛附近打鱼，一走好多天，那是好寂寞好孤单的。于是，捉住了坐在我旁边的杨菲尔玛那纤纤细手，问：“你们住在北京的居民，是不是也轻视外地来的本国同胞?”

杨菲尔玛对于这类爱捉住她手的色迷迷的游客，有很多办法让对方不能如愿。或是给他斟酒，或是请他夹菜，或是建议他松一松领带，或是求他点烟。每次得到一亲芳泽的机会，总是不出五秒钟，又得放手。这位小姐，我服了。

“东京人很骄傲的，尤其在地铁里，对那些搞不清该搭哪条线的外乡人，很鄙视的。”

“我们这里，也有那么一点点对外地人的自大情绪。譬如北京人，在有皇帝的日子里，东城西城的贵族，就瞧不上南城北城的平民。譬如上海人，至今，上只角的女孩子，不愿嫁给下只角的男人。”杨菲尔玛的旅游系统，所举办的什么新马泰十日游，港澳一周游，主要对象就是上海那些手里开始有些积蓄的小开，洋房买不起，花个几千块，上万块，陪新娘子到芭提雅看一回人妖表演，还是敢掏腰包的。所以，她对上海不陌生。不过，这些太中国色彩的引证，我不知道她怎么用日文讲给日本人听?

丁丁说：“这就是人的可怜之处，在纽约，你说你是住在曼哈顿，你说你是住在哈莱姆，人家对你的眼神是不一样的。让我来跟高田讲——”

这回，他明白了，愤然拍起桌子来，自然是酒的力量：“凭什么？大都市的人有什么值得神气活现的？可就是他们，一年扔掉的垃圾，是整个日本垃圾总量的四分之三。我为什么要写这部书，就是要他们丢人。"然后，骂了一通连丁丁都翻不出来的可能是北海道渔民的土话，接着又要去捉杨菲尔玛的手，可每次都因为酒喝得太多，动作失灵，等好容易伸过桌来，她将酒壶或面巾塞在他的手中。

虽然高田赌咒发誓地说，我不会告诉你们写这部书的动机，绝不会，永远不会，打死我也不说。结果，他不打自招。喝醉了的日本人，要比不喝醉的日本人，更可爱些。

于是，不光高田，不光丁丁，连我也醉得不知所云了。杨菲尔玛后来告诉我，老爷子，你竟然对那位垃圾学者，说出了《水浒传》里孙二娘的话，"饶你奸似鬼，喝了老娘洗脚水。"

愤怒出诗人，这是一点也不假的。

受到都市挤兑的这个外乡人，提起笔来戳穿文明人的大量抛弃排泄物的行为，本来应该写得多一点愤懑，多一点激情才是。但是，高田不喝酒的时候，就过于清醒，和过于计算了，不免写得太稳当，太专业了一些。好几家出版社一听选题，虽然马上感到浓烈的兴趣，可当真地阅读了译出的部分章节，真要投入，不免迟疑不决。因为，垃圾这东西，终究上不得台盘，值得当回事吗？更何况，富裕型国家的垃圾和温饱型国家的垃圾，不完全是一回事，隔靴搔痒，估计中国读者不一定感兴趣。所以，谈判下来，面有难色。我对丁丁说明底细以后，这个年轻人倒也爽快，没关系，我先写一部关于中国垃圾的通俗小册子，让他们觉得这个选题的价值所在，我再翻译不迟。这样，他就从那树杈越爬越远，简直没有回头的路了。

当时，我大概犯了老人的感觉失灵症，不曾注意到身边小姐的脸色，觉得这小子，生出高田式个人奋斗的想法，也不错，便投了他的赞成票：

"好哇!"

丁丁把手中的莫合烟掐灭,证实地叮问了一句:"老先生,你不反对?"

"我想,这是件对社会,对你个人,都说得上是有益的事情。"

他很高兴,对他的老姐说:"你看,你说在中国,不会有人支持你,放着好生生的路不走,去干这种赔钱赚吆喝的傻事,这不有了第一个。"

听到这里,我马上失悔了,因为杨菲尔玛刚才向我使过眼色,看来我不该匆忙表这个态,看来,这就是讨嫌了。事后她埋怨我,你当年一句话,他上了日本。现在,你老爷子火上加油,他该更来神了。他这个人,就怕当真,你也不是不知道。

"至于那么严重么?"我用丁丁的口头禅,回答她。

"他是死丁,你该了解他。"那张脸,马上连最后一点笑容也消失了。据我朋友讲,她早先起步当导游的时候,能够在那么多漂亮的竞争者中,以其并不出众的姿容,获得亲善小姐的称号,可见她的和蔼温馨的笑容,是很赢得游客赞许的。后来,她成了老板,而且是越做越大的老板,分支机构遍布沿海各省,直到东南亚,日本,欧美,就不大见着那芳馨可爱的微笑了。永远一副说笑不笑,说不笑又笑的标准面孔。你不觉得她多么亲近,也不觉得她多么疏远,我真佩服她面部表情保持恒温的本事。哪怕她不景气的那两年,被人家挤压到倾家荡产,差一点要自杀的时候,哪怕后来,她翻过身来,又把别的对手逼到角落里,非跳楼不可的时候,她那张"任是无情也动人"的脸,永远是那张不冷又不热的标准面孔。现在,她完全用不着采用这副面孔,来对付这位不算合法丈夫,也不算普通朋友的丁丁:"你要是想玩玩票,也不是不可以,但要是当真投入,我觉得好像不怎么行。死丁,我认为做什么事,三思而后行,特别算一算回报率,也许就不那么冲动了。"

丁丁有一种本事，不想听的话，他可以充耳不闻。但这一次，他反应了："我绝不是脑袋一热才干什么的。"

"我希望你不要打乱我的计划，因为你知道我在想办法活动，把你弄到一个相当重要的中央机关，那才是你大显身手的地方。"

这个年轻人马上表现出来对前途等等题目，不感兴趣。他说他崇尚现实，不想得那么遥远和浪漫，像他走路一样，走一步是一步。只有幼儿园孩子，才想将来长大了要当海军，要当警察，那是可爱的童话。他认为：高田能做的事，我也能做，高田在日本的成功，我也能在中国获得。

"回报率要看你怎么个算法！"

他的话掷地有声，我本来应该给他鼓掌的，但一看小姐的面孔，便只有缄默了。她太了解丁丁了，是个强按牛头不喝水的犟种，只好退一步海阔天空了。丁丁，我支持你译这部垃圾的书，老爷子找不到出版社，我掏钱买书号给你出。小姐劝喻这个死丁：这十几年来，我是把这个世界不能说看透，至少我明白，如果需要做有价值的事，而且这样会使你活得更滋润的话，我也不反对。如果你去写书，当垃圾虫，为此付出的代价太高，而回报率极低的话，那就不值得了。这么办，当着老爷子，把话说死，玩一把，然后收心。

"至于那么严重么？"

"又来了，丁丁，你别太任性，别做大头梦啦！"杨菲尔玛警告他。

这个不管你怎么看，怎么说，也要戴毡帽的家伙，是听邪的主嘛？"那也让我先做做这梦看看——"

事情就从这儿起了变化，他把那个来旅游的高田有司扔给了杨菲尔玛，理由还挺充分，谁让你是搞这一行的大腕人物呢？然后一拍屁股消失了。过了若干时日以后，小姐忽然给我打电话，才知道徐总对我所说丁丁失踪的事情不假。这倒也不意外，他说了要去做他的梦，自然是必去的。但如果按杨菲尔玛说的，玩得差不多，应该收兵了呀！从杨菲尔玛嘴里听到，这小子一发而不可收拾，成天泡在垃圾山里，小蚂蚁走得可是太远了。

“老爷子，死丁跟你联络过吗？北京有许多垃圾山。”

真是滑稽，我不由得脱口而出：“你是他的太太呀！怎么问起我来？”

我很佩服现代年轻人的不在乎，“我什么时候是他的太太呀！只能算一半或四分之三的妻子。”

“不是前不久——”我记得他从我那儿一甩袖子，咚咚咚地走掉的呀！

“这一猛子扎下去，再没见他的影，反正，北京市最近没有发现过无名尸体，估计他活着是没问题的，但这个人在哪儿呢？我在找他！”

她一张嘴，什么死不死的，让人听了怪不舒服。我不想批评这位小姐，就说：“丁丁也太不像话，吭个声总是应该的嘛！”

“这就是他的风格啦！”

“什么事害得你必须找到丁丁？”

“我正在按我的计划目标前进，第一步，他得尽快到徐总那儿报到。”

“哪个徐总？”我以为她说的是另一个我不认识的人。

“就是你的老朋友嘛！”

我印象里，只是为了谋职，曾经带着丁丁去见过徐总，当时，她并没有陪同，因为她认为我是多此一举。既然丁丁不好辜负我的一番好意，她也就没有驳我的面子。她说按她的纲领，把丁丁安插到她要让他去的那个重要部门，是个早晚能成的事情，只要打通关节就行，按她的逻辑，这世界上没有用金钱买不来的一切。怎么她对徐总产生兴趣？这就透着蹊跷，一、彼此不认识；二、她瞧不上那样技术部门，不是决策中枢。我不禁发愣，摸不清她走的一步什么棋。杨菲尔玛是个人精，她看出我的诧异眼神，连忙解释："前几天在一次飞往香港的飞机上碰见的，而且紧挨着座位——"

"真是无巧不成书。"

这女人，好了得。尽管我是个瘪脚的作家，我也能想象在那个几千米的高空，这个不漂亮但有股磁场吸力的女人，怎样用她辗然一笑，把身边的在普林斯顿留过学的老总，弄得五迷三道。她如果想要把谁摆平的话，是不费吹灰之力的。应该承认，这个杨菲尔玛是女中之杰，杰就杰在她不是靠面孔或者身体，而是靠她的头脑和技巧，来赢得对方的绝对信任。若是她想让你为她做些什么的时候，不致使你觉得她欠你什么，而是你很乐意地为她效劳，是一种朋友之间无须讨价还价的义务，这实在是了不起的本领。

"其实我是应该认识他的，徐总说他和我也有过一面之缘。"

我不禁问她："你到底认识多少个部长一级的朋友？"

"你应该反过来说，还有多少重要的人物，不认识杨菲尔玛？"

"小姐，真有你的。"

"生活，其实很像一面筛子，能留存下来的，都是体积超过网眼，也就我们所谓的庞然大物了。但这样的人，在社会中是少数，大部分个头小的，都存在着被筛落的危险，但是，也没有关系，只要你聪明，你能干，你或是吞掉小的变成大的，或是和个儿大的联结在一起，就永远筛不下去。"

她说：有些女人，光漂亮，没头脑，有些女人，有头脑，可不漂亮，她很坦率，我属于后者。可我懂得该用什么最佳手段，来应付哪怕是最难对付的对手。你知道我经常出入旅游饭店，我经常见到那些卖笑的摩登女郎，我总是想对她们说，傻女孩啊，你如果很容易地就脱掉你身上最后一件衣服，然后呢，就再没有什么可卖出好价钱的东西了。只有靠头脑的女人，那天地才永远宽广。

我可以肯定，绝不是喝过洋墨水的徐总一定要找到丁丁，而是这位女中之杰让他生发出找到丁丁的愿望。她没有这个把人玩得团团转的本事，也没法是那个只有一百多个会员的乡村俱乐部里，说出话来，别人不敢小视的人物了。就凭这张只能算不丑的脸，拥有俱乐部百分之五十一的股权。请在美国也见过世面的徐总，到那里体验一下贵族和富豪的生活，我的这位朋友会拒绝吗？于是，她的什么要求，也就自然不会被拒绝了。

她说，徐总的意思，想让丁丁负责他们公司的信息中心。虽然她用不屑的口气说给我听，那只不过是一个处级单位，但是，老爷子啊，在官场的运作中，阶梯是要一步一步爬上去。没有处级这个台阶，她就无法使丁丁在下一步，按她的计划，过渡到某个非常重要的部门，获得局级的差使。当然，要做，也不是绝对不行，那肯定要费点口舌，不如这样水到渠成的好。

若是从达尔文“物竞天择”的进化论角度看，生活有点类似胜者为王，败者出局的拳击运动。那么，杨菲尔玛就称得上是拳王一流的重炮手，没有她打不倒的对手，没有她达不到的目标，我从心里替那位忘年交着急，这个死丁啊，你可以不在乎她的具体安排，却不能不珍惜这样一个关心你的女人呀？连招呼也不打一个，实在不像话了！

我认为，从现实主义角度考虑，丁丁似乎不应该拒绝这样的安排。

“在飞机上，我发现你的老朋友，是个一点就透的明白人！而且答应，可以批准在他的部门，试点一下美国很流行的弹性工作制。”

那天徐总对我谈起丁丁的不辞而别，口气绝不是赞美的，很强调他们是相当于政府一个部的大公司，言下之意，倘非看我的面子，很可能要按公务员条例来处置的。但现在，不仅宽容，还要重用，徐总的这一百八十度的转变，使我想起杨菲尔玛曾经发出过阿基米德式的狂言，要是给我一个支点，我可以把地球撬起来。

我与这个杨菲尔玛的父母，有过一面之交，因为我原来也在铁路上工作过，是朋友的朋友，多少知道这一对奉公守法的铁路局员工。两口子退休的时候，各捧回来一块荣誉奖状，杨菲尔玛告诉我，她父母所以获此殊荣，就因为查了考勤表，这两位一辈子，未迟到，未早退，也未请过假，冲这一点敬业精神，就可了解是怎样地谨小慎微，克尽职守的人了。于是，当我知道她是他们的女儿，我一直怀疑，杨菲尔玛究竟是不是他们的亲生骨肉？一点不像，半点也不像，她父母生怕树叶子打破头，兢兢业业，如履薄冰，她却想把地球当陀螺来转。在她眼里，我们所有这些人，都是棋盘上由她驱使的棋子而已。

“他怎么也得在公司里露一下面。”她这才想到要找丁丁的。

当她把她的打算，怎样安排丁丁在九五规划的头两年，要连跨三大步，由处而局而部的包装计划，毫不保密地告诉我的时候，我忽然发现，年过六旬的我，并不是很坚强的经得起诱惑的人，我眼红了，我嫉妒了，我痛恨我为什么不年轻三十岁或四十岁，把这个女人从丁丁手中夺过来。她岂止是贤内助呢，简直是靠山，是矿藏，是宝库，得到了她，等于是芝麻开门，等于想要什么，就有什么。然而，“多情应笑我早生华发”，早过了做美梦的年代。但是，那个中了高田有司毒的小伙子，竟去捣腾什么垃圾，这不是捧着金饭碗讨饭嘛？如果此刻他在我眼前的话，我会揪着他的耳朵，教训他：“你这个死丁啊！放着金晃晃的皇冠不戴，偏戴你那毡帽头，难道你是神经病么？”

可是，到哪儿去找这个杳如黄鹤的丁丁呢？

失踪的这段期间里，丁丁曾经浮出一次水面，我没有当回事。早知道，我就用绳子绑住他，不让他一去无音讯了。

因为，他那种秉性，我太了解，让他放下他感兴趣的事，回去上班，他也许会送上去一纸辞呈。还不如让他玩够了，再干正经。他在我沙发上照例朝天躺着，再不是他那不太好闻的莫合烟气，而是散发出烂西瓜和馊西红柿的很糟糕的味道。不用分说，便晓得他是从哪里来的了。

“还要去哪儿?”我想他也许玩够了。

“当然——”

我泼他的冷水:“老弟，我以前被劳动改造，洗面革心时，曾经罚扫垃圾，处理污秽，以示惩戒，对此稍有研究。中国人是这个世界上最会过日子的民族，克勤克俭，绝不敢暴殄天物。一块布，新三年，旧三年，缝缝补补又三年后，还要刷上浆糊，贴在门板上待它干了以后，再一针一线纳成千层底鞋，让它在脚下一点点地磨成粉末，可见物尽其用的彻底性。只有绝对不能再度利用的废物，才恋恋不舍地扔掉。所以，哪怕烧过的煤球，也要筛出煤核后，余下的灰烬才铲进垃圾桶。‘文革’期间，最多的垃圾，就是那些大字报了，也有人专捡这些卖给废品收购站，而不无小补的。再早一点，三年灾荒时期，连菜帮子都不扔的，大家都处于人比黄花瘦的境况之下，垃圾桶也就空空如也了。虽然如今日子好过多多，不少人家搬进新居，庆贺乔迁之喜。但是，到这些人家的晒台看看，无不装得满满的。而这些东西，十之八七，都不会再派什么用场了，然而决不会抛弃。”

他反驳我:“你去看看吧！勤俭的中国人越来越少，浪费的中国人越来越多，而胡乱糟蹋人类自身生存环境的中国人，就更是可怕。如果从现在起不关心垃圾问题，我一点也不是危言耸听，中国会成为一个大垃圾箱。”

这番话，有点宣传品的味道，但听他说得这样激动，我相信他是真诚的。这小子不玩虚的，一就是一，二就是二，立刻心凉半截，这小子一认真，便不可救药，看来，中毒太深了。只是说了一声，徐总那儿要有个交代才好。

他说没有问题，开除就开除吧，然后，吃了老伴给他做的四个荷包蛋，喝下两大碗面条，跟我大谈特谈垃圾经。“老先生，你从我身上，是不是闻到了夏天快要过去，秋天已经来临的气息了呀！”他苦笑：“这就是垃圾的四季，让你领教领教！”

“谢谢啦，你走了以后，我必须洒一瓶花露水，才能去掉这股恶心味。”

“整个城市在垃圾的包围之中，将来一直堆到你家门口，堆到你鼻子底下，你怎么办？”

“那大题目，就不是你我能做的文章啦！”我当时所以这样说，是因为不能再鼓励他在垃圾堆里奋斗，而耽误了他的前程。我固然不了解杨菲尔玛非把他送到那样重要岗位担任要职，有什么特别的目的，但她并不是把他往火海里推，总是好意这一点上，我得让他回到正确的道路上来，干嘛非要当高田有司，出垃圾风头呢？

这个年轻人，心里有什么，脸上马上有什么，他对我太失望了，在地板上咚咚咚地走着。他说，“没想到你老人家也这样劝阻我！”

他向来是个不大认真的人，也一直是个很少把问题看得严重的人，这种发生他身上的不知是好，还是坏的变化，使我说话不得不更慎重。那张杨菲尔玛的脸，我是记得牢牢的。她不赞成他热衷垃圾，而是要让他走仕途发达之路。

“一个人的力量是有限的。”我劝他适可而止，“你不能力挽狂澜。”

“要是人人都这样想，这垃圾早晚不把大家活埋了嘛？”丁丁在我书房里，很激动，“总得要有人站出来，不能都缩着脖子，装看不见。”

“想不到，你现在比高田还高田——”

“我和高田不一样，他把垃圾当做手段，达到他的目的，我没有其他目的，我的目的，就是垃圾。”

我看他有点走火入魔了。

“你简直想象不到，人这种动物，是多么不负责任，在消耗掉地球的大部分资源的同时，又把地球糟蹋得不成样子。你知道宇航员在太空中最大的苦恼是什么吗？就是他们必须生存在自己粪便的臭气中。人类也会有一天，只好生活在自己制造的垃圾堆里。”他从沙发上一跃而起，“你老人家不要老关在屋子里写小说了，我先陪你到垃圾长城去观光吧！”

“谢啦，你身上的气味，我已经领教了。”

“不到长城非好汉，你要不到垃圾长城，你绝不会坐卧不安的。”他警告着。

后来，杨菲尔玛陪着高田有司一块到我家来，要我为他的《东京垃圾の研究》一书写一篇序，因为她计划为这本书在中国问世，开一次新闻发布会。我也弄不清楚鬼子是一直没有走，还是从日本又来了？更弄不清楚这本书是出版社打算接受，还是她有办法来满足丁丁的愿望。总之，这一切，对她来讲，轻而易举，小事一桩。看来，这位小姐说话算话，玩玩是可以的，那就让你丁丁玩个够，然后，收心，走我为你安排好的路。

既然我答应写序，就不能不和高田谈谈垃圾问题，他证实了丁丁的一席话半点也不过分，城市的排泄物，是城市的灾难，几乎所有人口超过一百万以上的城市，都能看到这种被垃圾包围的吓人景象。在直升飞机上，最能看清这种场面了。因为他后来成了垃圾学者，还被科学厅的一个什么排泄物课聘为顾问，就可以摆谱，要求自卫队弄一架直升机来，到天上去兜兜风了。你不由得不叹服，外国人只要认真起来，能把鸡毛当令箭，绝对把事当事办，不怕小题大作。而我们，对不起，完全有可能把令箭当鸡毛，大题小作，无论什么都可以稀里马虎，而不当一回事地糊弄过去。

待杨菲尔玛拉着我找丁丁，到三家店去了一趟，才相信垃圾成灾不是在夸大其辞，这也是我一心要写这篇垃圾故事的缘起。虽然不免牵强附会，为明公所摇头，但我亲眼看到丁丁，以及和丁丁差不多的年轻人，甚至还有些女孩子，一头扎到城市垃圾这个难题中的热忱，我姑且垃圾一回，即使贻人笑柄，又何妨呢？我们每个人都是地球村的公民，如果置若罔闻下去，等到垃圾埋住脖子，那时，谁也救不了谁啦！

丁丁继续教育我，老先生，你坐在家里，不知道堆积如山的垃圾，会带来怎样的灾难？恩格斯说过，原始人是无意识地使他们的排泄物，起到肥沃土地的作用。而现代人，同样也是由于无意识地制造出无数垃圾，最终将人类自己埋葬。他摇头，他认为我不应该无所谓，不应该和常人无区别，他不喜欢我的冷漠态度，他简直朝我吼了："你是作家，作家应该呐喊！"

我谢谢他对作家的高看，但我也注意到他在说出"呐喊"这两个字时的脸色和手势，带有一点宗教传道士的狂热。虽然，我还是怀疑，唱高调对这些年轻人来讲，不是一件难事，但是碰上丁丁这种悲剧色彩的性格，他一旦执着于什么，进入了角色，大概轻易退不出来的。于是，我设想他的后果：或者成就事业，或者狗屁不是，或者一意孤行，或是把自己前途毁了，都是有可能的。他就这样把一个最好的当官机遇，错过了。如果，换上丁甲，丁乙，丁丙，经我们苦口婆心的开导，都不会认死理到底，就这个丁丁，像那个从北海道到东京的高田一样，一头扎进郊区的垃圾山里，不但出不来，而且找不到了。

我们当然没法按那位日本国垃圾贵族的话，租一架直升飞机，从高空发现丁丁。高田君这个建议，透出日本人的聪明，我们常说小鬼子的鬼，有时是并无贬意的，因为他们总是能够琢磨出更出色，更高明的点子。譬如茶，是从中国传去东瀛的，可经他们一喝，成了茶道；譬如半导体，是美国发明的，可日本用以制造的电器产品，却把整个世界覆盖。他说，那是最佳的找到他的办法，只要发现垃圾堆上有个戴毡帽的家伙，就降落下来，除了他，不会是别人。

大家轰然叫绝，这当然是非常好的想法，如果不是首都，而是别的城市，法力无边的杨菲尔玛说她有门路做到这一点，别说直升机，波音747她都经常租来作包机的。但在首善之区，她只好用她的私家车，载着我，到北京市郊区的各个垃圾处理场去，寻找那个马上要当处长，很快要当局长，不久要当部长的丁丁。

我钦佩年轻人认准了一门的坚定性，女的偏要男的按部就班走她规定的当官之路，男的偏要投入女的绝对反对的垃圾事业，两口子在不宣而战，看谁拗得过谁？我早说过的，如果让我投票，我是庸俗的现实主义者，有这样的好事等着丁丁，却去和垃圾打交道，那多少是荒唐的选择。

但是，那个戴毡帽头的家伙，要会算这笔账的话，也就不是死丁了。

垃圾，北京人读作“拉基(laji)”，上海话读作“拉西(laxi)”，我到过宝岛，那里却读作“勒色(lese)”。那天，我问过这个身上有股垃圾气味的年轻人：“丁丁，到底哪个读音正确？你现在是中国的垃圾专家了！”

这个家伙，他要不高兴你，且不会马上改变看法呢！“无论怎么念，它总是垃圾，还用得着咬文嚼字么？其实，你有那工夫，还不如把这两份报纸上的材料，原封不动地写到你的作品里去呢？告诉那些只看小说，不看世界的读者。”说着，就塞给我，同时递过来我的老花眼镜。“你看看，就知道城市垃圾的危机，多么严重了。”

如果他早生五十年，或者一百年，我想他很可能在武昌参加辛亥革命，打倒鞑虏，也可能到非洲大湖地区去做传教士，给黑人部落灌输现代文明。他就是这种认准了，就执迷不悟，就抛头颅洒热血，就咚咚咚把路走到底的人，我不大觉得杨菲尔玛有多少办法使他回心转意。

他把报纸摊开，"请——"我拿他没办法，只好硬着头皮看下去。

第一张是美国的《华盛顿邮报》，当然译成中文的，上面写道：

晨曦微露，天空一片深蓝，东方地平线上金光灿烂，这是美国的又一天，对美国垃圾行业来说，意味着又一堆五十五万吨重的垃圾出现在地平线上。

美国家庭每年倒掉的垃圾，总共有两亿吨。美国人生产的垃圾，按人头算几乎是德国和日本的两倍。其成分：快餐包装物占总数的0.5%，一次性尿布为1%，大头是纸张，约占35%，庭院废弃物占20%，废金属占8%，玻璃和木料，各占7%，其余为5%。

美国全年为处理垃圾，要花掉近三百亿美元，能回收的钱，极其有限。仅以蒙哥马利县为例，每年处理后的垃圾，卖出去可值一百万美元，但投入处理的费用为一千万美元。

第二张是我国的《北京青年报》：

我国每年产生的生活垃圾已达到一点四六亿吨，而且以每年9%的速度增加。由于资金、技术、管理等各方面的原因，我国城市垃圾无害化的处理率仅为2.3%，剩下的97.7%的城市生活垃圾只得运往城郊长年露天堆放。到今天，全国历年垃圾的堆存量，已高达六十多亿吨，致使二百多座城市陷入垃圾的包围之中。

填埋是目前我国各大中城市垃圾处理的主要方式。一吨垃圾从收集、运输到填埋，全部处理费用达到九十五元，相当于一袋面粉的价格。

看到这里，我问他："怎么样呢？"

"你把它写进你的小说里去，唤醒世人啊！"

"丁丁，你也曾经是文学爱好者，该知道小说和宣传品的差别。"

"我就想要你把垃圾写进到小说里去。"他见我反应不热烈，便问，"垃圾进不了小说？"

"至少我不曾见过。"

他笑了："现在还有什么见不得人的东西，不往小说里塞啊？"

"那和垃圾是两回事。"

他反唇相讥："得啦，老先生，你的同行们写的那些破玩意，比垃圾还垃圾呢！恕我不客气地说，有些作品，甚至连垃圾也比不上，只不过是臭气冲天的一通狗屁罢了！"

"那是另外一回事！丁丁！"

"我说错了嘛，屁有什么用？垃圾至少还有回收价值。"他说，"一公斤的垃圾，相当于零点二公斤煤所产生的热量，你知道嘛！你收集一百公斤废塑料，就能回收九十公斤汽油！"

"又来了，又来了，求求你，咱们不谈垃圾，行不行，换个话题？"那烂西瓜和馊西红柿的气味，已经够让我头疼的了。

这个认死理的家伙瞪着我，"你可是支持过我，要我去写垃圾的通俗小册子的哦！"

天哪，看来，我信口一说的话，竟使他走火入魔，成了一个垃圾虫了。

杨菲尔玛很客气，很礼貌地邀请我，去寻找这个失踪的丁丁。正因为她那难得的笑容，一点衰的美敦书的危机情绪，也没有看出来。倘不是我迟钝，便是她太令人莫测高深了。她让我说服丁丁去当这个处级单位的头，“机不可失，时不再来！”她向我解释，“那是一环套一环的运作过程，路都给丁丁铺垫好了，他不上套是没有道理的。”

我赞叹她做妻子的努力：“你也不容易，为他！”

“有什么办法，也许这就是所谓的爱吧！”

我不大喜欢听她这种把感情不当一回事的语言，便扯到别处去：“如今办事之难，可想而知。”

“倒也不见得，看什么人办！”她说得很轻松，因为这世界上没有她打不开的门。不过，她又说：“如果我感到值得，如果他觉得领情，那是另外一回事了。”

这女人，你不佩服也不行，她让我对丁丁说，三年内达不到预定目标，她可以补偿他的全部损失，而且他能按她的要求，用这种正常的手段，赢得一切的话，她也会让他得到需要的一切。虽然，她承认，在商品社会里，用不那么光彩，不那么干净的办法，并不稀奇，但这一次，她要做到毫无挑剔之处，最后把丁丁送到那样的关键部门站稳脚跟。因此，除了好名声，好出身外，从正经八百的途径上来这一点很重要。所以，她认为，这个丁丁不跟她配合，躲着她似的找不着，更不可理解。

“也许他不想当官。”

“不是他想不想当，说白了吧，朝中有人，那是大不一样的呀！我需要他当，我们需要他当。”

我既不是捧她，也不是损她，“要说在政界混，你更适合，这是实话。”

她笑了，我可不行，我已经名声不佳了。因为我手头经营投资的项目太多，无一不是是非之地。冲我平均每年要打几十起官司，这形象也好不了。我只能栽培别人替我当官，为我说话。所以，休看我经常上法庭，十起官司，至少有八起稳操胜券。

我听说过，即使那败的两起，她也能使赢家最终比输掉还要惨，因为，她有人，有钱，有的是办法，让人家付出更高的代价。

她否认："没有那事，适当的营业亏损是企业的正常行为，我不要求全赢。"

我说："我是从一个被撤职的涉外饭店经理那里听来的。他对你的结论是什么，千万别惹那个女人！"

杨菲尔玛摇头，"所有失败者，都拼命原谅自己，而怪罪别人。他没有告诉你，他跪下来求我高抬贵手吧，这样也算是男人？"

"你可没有手下留情。"

"不，对鼻涕虫原谅，其实是助长他的软弱，越这样，越狠狠治他。"她的结论是"这年头，好男人太少"。然后话题又转到丁丁身上："这，你就明白我能和他生活在一起的原因了，他是个很特别的汉子。"

我想这是真话，丁丁和他同龄人不大相同的地方，便是他的这个特别。譬如，他到澳大利亚去，心血来潮，给毛利族的一位头领，开了半年车，而且是无偿服务。问他为什么要这样做，谁到澳大利亚，不是为了挣钱或者图张绿卡呢？他最反对人家问他为什么，他说，不为什么，也可以去为什么的。逼急了，他才说，不过想学学毛利人语言。杨菲尔玛是生意人，脑筋一动，说好，我们以后可以发展这种旅游业。他说，你别指望我，我不会干的。她问他，那你为什么学？这岂不是白学了么？

我也想知道答案，望着他。

结果他说："我不过是测验一下自己的生存能力。"

他就是这么一个按照自己的方式去领受痛苦，尝试快乐的人物，不怎么好改变的。所以，她只好找到我，要我陪着她去找他，她说，老爷子，我不希望把事情闹僵。更不希望出现他跳，他反抗，他掉头不顾的局面，那后果就不堪设想了。

“不至于吧!”那时,我不知道她在北京四周已经找了一圈。

“他是个想干什么,绝对要干成什么的人,毛利语都学会了,全世界一共有多少用这种语言的人啊!他一旦认为必要,就会咚咚咚走下去,不回头。”

“看来,你识货,他的优点和缺点全表现在这上面。”

“所以,他的坚持性,加上我的灵活性,在这个世界上,便是无敌搭档。”

我承认,确实是最佳配合。

“可惜,他不明白我需要他。所以,求你向他剀切地谈一谈,晓以利害,但愿他能听得进去。”

谁让我支持那家伙呢,既然惹下了祸,只好陪着小姐往郊区奔波。秋天,本是北京最好的旅游季节,但我们不是去香山看红叶,而是跑垃圾山,实在不是好差使。

车开出城外,便放开速度,看了一眼指针,很快一百迈,只听车轮擦地的刷刷声,车体平稳地向西山疾驰而去。我不由得赞美她的开车技术,和她这辆漂亮的车。

她笑着伸出四个手指,向我示意。

“够意思,四十万。”我记得丁丁想过买夏利的,才八九万,后来因为单双日行驶,又转手了,相比之下,真是小巫见大巫了。那我这个无车阶级,就更没法提了。一部长篇小说的稿费,甚至买不来一只汽车轮胎啊!

“不,”她告诉我,“这是我换过的第四辆车。”

她说:对她们这些拥有乡村俱乐部会员证的经理层面的人来说,财富的象征,不在你拥有车,而是你能不能换新车。你老是开那辆车,和老是穿那件时装一样,是很跌身份,很栽面子的。“车子是一种身份的标志，经常换车，是一种财富的衡量尺度。不过话说回来，有的人一下子坐上奔驰 600，那只能说明是个暴发户。”

“你这样一次次换车，该花多少钱啊？”我不由得羡慕。

“这笔账，你就算不过来了。实际上，这辆车的百分之六十的车价，是我上一辆车脱手的钱。我只不过花了百分之四十，就坐上一辆更豪华的车了，很划算的呀！”

我琢磨好一会，也不知道，是她不会算账，还是我不会？也许，富人和穷人的价值观是不相同的。算了，轿车与我的距离如此遥远，管她觉得便宜也好，吃亏也好，不与她理论了。这就如同一位下岗女工，生活无着，衣食犯愁，还去关心鱼翅的烧法，鲍鱼是否新鲜，是不是有点魔症？

车行驶了一段路程以后，那股丁丁曾经带到我家去的烂西瓜，馊西红柿的气味，从车窗外吹过来，便知道离目的地不远了。

然后，就是想不到的一片像丘陵似的垃圾山，展现在眼前。说实在的，谁要第一眼见到这种场面，不惊呆了才怪。使人骇怕的不是城市排泄物的数量，而是它像一个怪物似的在无限膨胀着的恐怖前景。

如果不是杨菲尔玛眼疾手快，赶紧刹车的话，不撞着那些在垃圾山上觅食的猪狗鸡羊，也会碰着不知从哪儿钻出来的小孩子。那些用牛毛毡，用塑料布，用水泥袋纸搭在垃圾山四周的棚户，几乎是一个集镇。顷刻间，垃圾堆弯腰捡东西的人直起身来，都用惊讶的目光打量着这辆闪着红宝石光亮的车，和车里坐着的这位小姐。而我则更惊讶地注视着眼前这片密密麻麻，依赖垃圾为生的人群。

我看杨菲尔玛的那身穿戴，和那双高跟鞋，便说：“小姐，你就在车里坐着吧，我下去打听。”

“不——”她先下了车，无所谓地踩着遍地垃圾，向山上的人群走过去，那是一条在垃圾上压出来的坑坑洼洼的斜坡路。老实说，任何一位女士，有勇气不噤鼻子爬上好几十米高的山顶，我得朝她举大拇指。她连眉头也不皱，一副不在话下的模样走上去，让我佩服。我说，“杨菲尔玛，我一点也不是表扬你，原来丁丁向我介绍，你是一点一滴打下的天下，我还不大相信，看来你真是个敢打敢拼的实干家呢？”

她急于找到丁丁，对我的恭维没有反应，而是向人打听，“我们要找一个戴着毡帽头的年轻人，谁知道？”高田出的这个从帽子找人的点子，还挺灵光。几乎没有一个人不认识他的，看来丁丁在这里，大名鼎鼎。不光是他的毡帽，而是觉得他不可理解，一个开着车来捡垃圾的人，不是神经肯定也有毛病。然而问到他此刻在哪儿，谁也不可能给个准确的答案。有的说他来过，有的说他走了，有的甚至悄悄说，没准他出事了吧？他也不穷！放着好好的日子不过，来捡什么垃圾呀！

我听丁丁说过，每个垃圾山，都是几个垃圾部落抢来夺去的地盘，会为几块钱的可回收垃圾，打得头破血流。我对杨菲尔玛耳语，是不是有可能被这些人误会了，以为他对大家的生计构成什么威胁，而对他怎么样了？

“不可能——”她断然反对，“丁丁是谁？他连加里曼丹丛林都去旅游过，还碰上过游击队呢！”

她从提包里掏出一沓钞票，朝着人群摇晃，马上有许多人扑过来。我埋怨她，“你这是干什么？你也不怕他们把你吃了？”

“我来过的。”

“你？”怪不得她也不打听路，一上车就开到这里。

她对围住的大人小孩说：“看这回谁能把他找来，钱就是他的，我们在下面公路上等着。”看起来，还是钱管用，果然好多人放下手里的扒子，夹子，篓子，口袋，飞也似的向四处跑去。

“走吧，老爷子，咱们回车上去吧，他会出现的。”

一边走，一边问她："你怎么肯定丁丁在这里？"

"他已经把北京市各个垃圾场都走了一圈，要在这里重点研究了。这一个礼拜，害得我跟着他的脚印走，说真的，我也烦了，我的耐性也快到头了，他要么跟我回去，要么，他就留在这里，从此分手。"

话说到接近最后通牒的程度，我才感到问题的严重性了。

与一位太精明的女人说话，是很劳神的。

她告诉我："其实，丁丁只不过算是一个穷光蛋。"

这种说法，不免太夸张了些。"也许在你那个乡村俱乐部里，有个几万块钱，大概是不算钱的。"

她又对我说："丁丁先在日本，打工读书，后来又跑到美国，读书打工，学位是拿到了，但并不等于拥有什么真正的学问。"

这又有什么关系呢？"博士找不到工作，教授还卖包子，他们倒有学问，但不管用。相反，那些当官的，发财的，并没有多大学问，可大家买他们的账。"

接着，她提出来一个新的问题考我："你是作家，你经常描写人物，你帮我评价一下，你的朋友丁丁，称得上是个小白脸吗？"

我看了她一眼，摸不清楚她兜这么大一个圈子，想说明什么？

这时，丁丁的吉普车从山顶摇摇晃晃地出现了，车上车下，车前车后，是一大帮想得到五百元赏金的人群，浩浩荡荡冲下来，这西部片式的镜头，逗得车里的这位小姐忍不住笑。她说："看见没有，只有他干得出来！"

于是，我也省得回答她的三个问题，事情发展到快要决裂的地步，外人是不好乱插嘴的了。后来，丁丁告诉我，类似的斯芬克斯式的问题：你一文不名，你学问一般，你人不出众，回城的路上也正正经经地对他宣布过的。杨菲尔玛的思路，已经像大人物那样充满绝对的自信，金口玉言，说什么，是什么，别人只有毋庸置疑的份了。而且，她在给你提出问题的同时，事实上的标准答案，也给你准备好了。

看样子，丁丁只好这样回答：我其实没有什么，不过是你可以选择的许多合作对象中的一个，但并不是唯一的一个。这也等于说，我丁丁应该感到荣幸，因此，我只有来不及接受的义务，哪有敢于拒绝你杨菲尔玛的权利。

于是，就在离开三家店不远，快到石景山的那个叫作衙门口的地方，在她那辆漂亮的车，和丁丁那辆老爷吉普之间，当着我面问他："或是你回到你的垃圾堆去？或是你跟我进城马上到徐总那儿去报到？"我以为那个死丁会撅屁股，调转头，脚跟着地，咚咚咚地拂袖而回的，没想到，他的那句口头禅又来了，"至于那么严重么？"

幸亏杨菲尔玛不是倾国倾城的美人，否则，她该不知怎么折腾呢。一直到丁丁这群人马，伴着一路飞扬的垃圾和尘土，从山顶刹不住闸地到了车前，她才慢慢地开了车门走出来。

丁丁在车上站起来，戴着那顶毡帽，说笑不笑，说不笑也笑，他不傻，知道有台好戏等着他唱；而拼命要找到他的杨菲尔玛，倒沉住气了，朝他看着，说恼不恼，说不恼又恼，但她绝不会发作，哪怕马上送你上断头台，也是那副标准面孔。这时候，围过来的群众，都朝她伸出手来，声称是自己找到的，要得到那笔赏金。而丁丁说，别听他们胡扯，根本是我看见你的车，放下手头的事，马上开着吉普过来的。他再三强调，这京西三家店方位的垃圾山，方圆好几公里，是北京市不算第一，也算第二的垃圾堆放场。从山那边翻过来，是有段路程的。

她不理他，走向大家："我向来说话算话——"于是，只见她手一扬，那些钞票就飞上了天空，然后，纷纷扬扬地飘落下来。接着，垃圾山下，便是争来抢去的场面。说实在的，疯狂捡钱的人，打成了一团，顶多令人觉得可悲，而撒钱的人，那种钱多得烧包的狂妄，就叫人感到厌恶了。但过后丁丁说我还不够了解杨菲尔玛，“她每一分钱都花在有用的地方，这是她的手法。下次她来这里，如果她高兴，要是想让我吃顿苦头，只消一个眼色，这些人就会蜂拥而上，为她卖命而把我砸扁的。”

就在这些抢钱的群众，把我们两个人在吉普车旁边推来搡去的时候，小姐自己坐进车里，连招呼也不打，一溜烟地开走了。

“咦，这个人，怎么回事?”我怔住了。

丁丁也摘下那毡帽头，摸着脑袋，看着那辆红宝石似闪亮的汽车，疾驰而去。

好一个杨菲尔玛，我不得不承认是个能做大事的女人！如果说她图谋的周到，还不算什么了不起。那么，她下得去手，做得出来，就让人吃惊。而且，她为达到一个目的，不择手段的这份狠绝，就有点叫人心寒了。天啊，敢情她拉我来，是把我当做钓饵，硬逼着丁丁必须送我回去，因为，即使丁丁一百个不乐意，也不能把我撇在离市区三四十公里的垃圾场不管呀!

“走吧!”他扶我上了他的车。

“其实，她这样做，并不是坏意。”我还是希望这两口子把目前的关系维系下去，“也许上了年纪的人，就比较珍惜哪怕是将就的稳定了，即或是勉强的安宁，也要比闹得天翻地覆，彼此伤害以后痛苦的分手好。”

丁丁笑了笑，“不至于那么严重的。”然后，他开着这辆像喝多了老酒的吉普车，有意地绕这个垃圾山一周，让我欣赏一下本世纪最后二十年间，人类不自觉地用排泄物筑起的垃圾长城。而且，我还有幸在垃圾山下，碰上几位来自城内的类似丁丁这样全身心投入环境保护的年轻人，有男有女，有的还是从国外归来的留学生，真令人肃然起敬。也许丁丁给高田有司当过几天助手，对东京市垃圾的处理有些感性认识，看得出他和这些人显然很愉快地合作着。

然后，我们就挥别环保一族，打道回府，一路上，听他向我介绍关于垃圾的危害性，那些三条腿的蛤蟆，两个脑袋的蛇，都是大自然被污染的结果呀，接着批判我那种无所谓的态度，然后回到他那永恒的主题上，你是作家，你要呐喊。

他像传教士那样开导我，首先，必须教育居民懂得，垃圾必须分类；其次，让居民懂得，扔垃圾必须缴纳一定费用；再其次，要在居民小区里消化掉垃圾，尽量不制造污染。一个有着二十万人口的住宅区，每天要产生二百四十吨垃圾，通过焚烧，可以获得二千八百八十吨50℃以上的热水，这岂不是一举两得的好事嘛！

“哦，天，你能不能暂时不谈垃圾？”

他挺顽固，“正是要在垃圾堆上谈垃圾，你才会有深刻的印象！”

我不禁哀叹，也许是我真的落伍了，怎么现在的年轻人，这样不可理喻的偏执呢？那个杨菲尔玛，偏要造就一个政客，一步一步进入重要岗位，成为他们那个乡村俱乐部里中产阶级的代理人，不达目的，誓不休止。这个丁丁，忧天下之所忧，当然不是坏事，但也用不着放着好好的差使不干，弄得本不是老婆的情人都跟他张目翻脸，破釜沉舟。我奇怪，生活必须这样剑拔弩张吗？为什么不能平心静气，想一个即使不能两全其美，但也不必非此即彼，趋于极端，谁也不能让一步的局面嘛？

这时候，石景山就在前面不远处，炼钢厂的烟雾和那股铁腥气扑面而来，我们看到了前面路上一辆红艳艳的车，在夕阳的余晖里，耀眼的亮。

“杨菲尔玛？”

“是她！”丁丁说。

她的车，要开起来，这辆吉普是休想赶上的，显然不是我们这台老爷车出现奇迹，而是她有意开慢了在等我们。这时，我马上想，也许杨菲尔玛终究是女性，心软，让步了，这意味着转机。要不然，她就是一位老到的钓手，一会儿把上钩的鱼拉紧，一会儿又松了线溜鱼，还不知她怎么算计丁丁呢？当我们快到她身边的时候，她倒先把车停在了路边。见她下了车，走到车前，把车盖打开。我们开到她的车旁，果然，开锅了。

我糊涂了，这副标准面孔是猜不透的。如果说是她的有意安排，那也过于天衣无缝，让人不信；如果说是巧合，也那巧得太厉害，不可能在她偏偏想它出毛病的时候，果真抛锚了。

不管怎样，这是一次契机。于是，我出来打圆场，因为我从心底里觉得，这两口子有点天作之合的意味，并不愿意他们拆散分开。“修车，自然是你丁丁义不容辞的事情了。”

丁丁也在后退，这使我很高兴，他不是百分之百的死性。他说：在澳大利亚，给毛利土著头领无偿开车的时候，也是先从帮他修车开始结识的。他在日本，给高田有司帮忙，也是从垃圾堆里，找了辆破车拆拆换换干起来的。

“别说废话了，小心修吧！”

“对于免费服务，老姐就不要太挑剔了。”

“我可以付钱的，如果你要——”

我不想介入两口子私底下的交谈，便走到路的另一边溜达。因为吉普车颠得我浑身骨头生疼，正想活动活动。不过，站在远处看他俩，忍不住感慨，同是两辆车，同是两个人，无论在精神上，在气势上，甚至在色彩上，在气味上，是多么不同的两个天地呀！我听不出她说些什么，虽然仍是那张标准面孔，但她的每句话，他不得不听。反过来，他偶尔抬起来说两句，她就可以心不在焉地朝别处观望。那个弯腰修车的死丁，有几个动作，譬如莫名其妙地摔扳手，譬如抽两口莫合烟又呸地吐掉，我估计他未必很痛快。不过，他能忍住，我觉得这两口子在朝好的方向发展。

这时，我走到附近的一个招手停车的公共汽车站，我发现那是一个古怪的站名：衙门口。

“你们两个知道这是什么地方嘛？”我打断他们的谈话，招呼着，也是怕丁丁上来那股别扭劲，又闹到不可收拾的地步，还是回去慢慢解决吧！我始终相信，要是没有深仇大恨的话，大家谦让一些，没有谈不拢的事情。

他们两个人一看这个站名牌，都不由得苦笑起来，因为一对夫妻，要到衙门口谈问题，那肯定不会是好事了。于是，杨菲尔玛请我上她的车，然后对丁丁说：“你可以掉头回到你的垃圾堆去，要不，你就跟我进城，何去何从，悉听君便了。”

一路上，我总琢磨衙门口这站名，对这两位不是什么好兆头，可回头看，那辆老爷吉普，一直尾随着向城里开来，我觉得我也许是多虑了。

车子一直开到他们居住的花园别墅的门廊下，她下了车，第一件事，便是把脚上的高跟鞋脱下来，交给开门出来的阿姨，让她扔进垃圾桶里去。然后，回过头来，对跳下吉普的丁丁说，那声音是亲切的：“拜托了，你那身行头，最好也脱下来扔掉算了。”

丁丁也很幽默，“也许，在你看来，我也应该扔进垃圾桶。”

她笑着说：“至少，暂时不会，你放心。”

丁丁回答得也很爽利，“那就谢啦！老姐！”

“也是暂时的嘛？”

“不，我是永久的！”

我相信他们两个人开始明白：在这个世界上，还有什么比爱更重要的呢？爱，即使一点点，也不容易。

我现在终于体会到日本人的厉害了。

高田先生精明的目光，一下子就看出来，杨菲尔玛是这个时代春风得意的宠儿，而丁丁，则是下一个时代才有可能成为叱咤风云的人物。所以，选择了她，而不是他的老朋友，这一点，希望我能谅解。这不是他的原话，是通过翻译，嘀里嘟噜说了半天，我才明白了他这番意思的。我并没有对他的现实主义产生什么反感，这是很自然的，他要想在中国也捞到他在日本得到的便宜，毫无疑义，他不能指望得到丁丁的任何帮助，只能依靠这位有极强活动能力的杨菲尔玛。

然而，他的话使我悟到时代与人的关系，什么样的人，在什么时代吃香，什么样的人，在什么时代倒霉，是有一定的对应规律。不过，老伴泼我的冷水："得了吧，像丁丁这样认死理，不开窍，给个棒槌就认真的主，不论哪个时代，都注定要碰壁的。"

我不那么悲观，脚踏实地的人，一步一个脚印地走下去，不一定要等到下一个时代，就会成为社会的主流力量。"他怎么不灵活，怎么不圆通，"我为丁丁辩解："他能跟杨菲尔玛进城来，就表明他懂得鱼和熊掌不可以兼得的道理。按照我理解的他，那个一条道走到黑，不见黄河心不死的家伙，本来会掉头不顾，回到那座垃圾山，做他想做的事。可他没有，开着老爷车一直在后面跟着。"

"那——"老伴欲言又止。

"我知道你对那个抽莫合烟的小子，不感兴趣！"

"我在琢磨，跟回来的丁丁，还是早先那个丁丁嘛？"

"哦，天啊！"我为我那忘年交的朋友感到尴尬，"死丁到底，你看不上，不做死丁，你还是看不上，真是难做人啊！"

"不是这个意思，算了算了，跟你也说不清楚。你还是看看小姐打发人送来的请柬吧!”

我不禁诧异,怎么明天九点在长城饭店,就开《东京垃圾の研究》中文版翻译出版的新闻发布会啦?

“有什么不妥当吗?”老伴看我神色有异,连忙走过来问我。

我让她仔细端详这张请柬,上面印有中英日三国文字,想必是早有准备。为什么不能事先给我打声招呼?一路上,她有空吹嘘她换了第四次的豪华轿车,顺便说一声明天开会,有什么关系呢?再说,托我为这部中文版写的序,我还没有动笔呢?

“你是不是觉得其中有一丝阴谋的气味?那个杨菲尔玛可是一个人精。”

“不不不,”我不否认有过那一瞬间的怀疑,但我想到昨晚分手时的场面,马上否决了自己的这个想法。“不可能,不可能……”于是,我把这条线索联结起来了,正像她说过的那样,是一个两口子的磨合过程。她为什么一定死乞白赖地要把丁丁找回来呢,我明白了,就是要让他在明天的会场上,得到一个意料不到的惊喜啊!事情从这本讲垃圾的书开始,那么最好的结束,莫过于在这本书的翻译出版上画一个圆满的句号,是再合适不过的事情了。这真是一个铁娘子,铁女人,或者是铁小姐,她说到的,就一定要做到,你不是要做这个梦嘛?我就让你实现这个梦。于是,磨合好了的这两口子,联袂向观众招手,我似乎看到了一出喜剧落幕时皆大欢喜的场面。

第二天,当我走进会场的时候,绝没有想到竟是这样一个长幼咸集,群贤毕至的盛会。这是用不着替她犯愁的事,她认识半个北京城里的头面人物,另半个北京城里的头面人物,她虽然不认识,但认识她。因此,我一看签名簿,便晓得该来的几乎都来捧场了。

我先看到那个北海道钏路市一间小酒馆老板娘的情人,准确地说,是他先看到了我，便拉了一个日本留学生过来同我攀谈。很显然，在这么多出版界、新闻界、文化界，以及政要、首长、官员，和环保方面的人士中间，他受宠若惊的同时，又感到惶恐和孤独。他那副怯生生的样子，像溺水人捞着一根稻草似的握住我手不放，使我想起少年时代逃难的经验。我不晓得为什么当时的上海人，称呼日本侵略军为“萝卜头”，是不是因为外强中干的缘故？说他们一旦落单的时候，是很胆怯的，很没有武士道精神的，但只要有三个以上的皇军结群，便一定兽性发作，奸淫烧杀，三光政策，来了精神。你就看那些国会议员便知道了，只要三两个人一起哄，肯定就会有人跳出来大放厥词，否认南京大屠杀，否认慰安妇，否认侵略战争，跑去靖国神社朝拜东条英机和山本五十六。

这位义务当翻译的日本留学生，日文当然不会错，但中文实在“鸦鸦乌”，好容易才弄懂他已经把这本书，包括发行港、澳、台、东南亚的简繁字体的中文版权，交给杨菲尔玛，而且，还答应为她将要开办的生态旅游、绿色旅游、中日青年环保度假营的活动，在路线设计、在科学论证方面提供咨询。他特地申明，这都是无偿服务。我想，她为你举办了你一生也不曾有过的出足风头的活动，她为你搞到那么多比你在日本要好听得多的头衔，那她不从你身上收回全部投资，也就不是令好多同行敬畏的杨菲尔玛了。

他请我谅解，为什么要这样做，因为，她是这个时代的宠儿，而丁丁君，对不起，也许下一个世纪——

“那么这位生不逢时的年轻人呢？”

“他来了，刚才还在这里，我们争论垃圾的集中处理问题。咦，不是在那边吗？”朝他手指的方向，在大厅的另侧，我发现丁丁站在那里。他也看到了我，便伸出了手向我示意。大厅里熙熙攘攘，尽是些或衣冠楚楚，或珠光宝气的与会者，我想，很可能杨菲尔玛把她乡村俱乐部里的豪富都拉来助兴了吧？因为这些非文化界的来宾，每张面孔我都很陌生，但他们好像和丁丁有一面之缘，很可能因为他是他们寄予期望的明日之星吧？由于要不断地打招呼，他想往我这边靠拢，竟一时挤不过来。看他的表情，大概杨菲尔玛尚未把谜底向他揭晓，仍旧蒙在鼓里，所以，本不应是局外人的他，却无所事事，就有点不自在了。“浑小子，这是给你开的会呀！高田风光，你更有面子啊！一会儿，等着瞧热闹吧！”我真羡慕他有这样一个贤内助，虽然是加引号的妻子，在法律上只能算是事实婚姻，但她能安排得如此妥帖，老弟你不费举手之劳，便坐享其成，这种幸福，并不是每个男人都有机会得到的。

我为他高兴。

这时，小乐队奏起欢迎曲，主宾们从休息室里相继走出来，鸡尾酒会本来是比较随便的不那么官方色彩的应酬，但中国人仍旧习惯把那些生活筛子筛不下去的有体积、有分量的大个儿人物，尊让到显著位置，他们端着酒杯，也好像早演习过似的站到了应该站的地方。哈！我从这排有头有脸的人物中，发现了我的老朋友徐总，但他并没有注意到人群中的我。当我听到杨菲尔玛介绍几个主办单位的名称，其中也有徐总那个大公司时，我反而觉得他要是不来凑这个热闹，不出席这次酒会，不和杨菲尔玛站得这样靠近，倒有点不正常了。

我注意到那条很具有青春气息的领带，显得格外潇洒。

下面，自然是那位日本垃圾才子的镜头了。日本人穿西服，优点是几乎挑不出毛病，但也很难看出着装的个性特点，高田君则尤其中规中矩，应该把丁丁送我的那套和服借他穿才是。

我不知道，为什么不由翻译这本书的丁丁，来传达他的感激之情，而由那个日本留学生，结结巴巴地转述他的写书过程？高田本想得到他在日本一炮打响的结果,就非常满足的了。没有料到这个杨菲尔玛,在这么大的会议厅里,开这么隆重盛大的特别高规格的招待会,连给他当翻译的日本留学生的舌头都打结了,生怕出岔子。而高田也有些失态,其实他没有喝酒,却像是醉了似的,前言不搭后语。因为即使他在东京红了以后,成了人物,顶多也就与什么排泄物课的课长打打交道而已,杨菲尔玛为他搬来了这么多官方,半官方的人士,那些显赫的头衔令他感到眩晕。

也许这是一种外交礼仪,才找他本国人作翻译的吧?我只能这样理解。

本来,高田在清醒的时候,很精明,在喝多了的时候,很本色,现在,他这种不醉之醉,倒弄得不尴不尬,里外不是他了。我看杨菲尔玛也不耐烦听这套味同嚼蜡的作者致词了。便对身边的徐总耳语,随即见他移步后退,向他们主宾的休息室走回去。我可以肯定,他一定为那位小姐办什么事,她有这种本事,用她的眼神,用她的脸色,甚至用嘴角的表情,完全用不着语言,去让别人做什么。她确实是高田所赞誉的那种时代的骄子,她不但主持着会议,还关照着会场的每个角落的每个人,熟悉的,不熟悉的,来往的,不来往的,都用她那带气功,带磁场的眼睛,一一地招呼着。

这时,有人在我身后,轻轻拍了一下。我回头,不是别人,正是徐总。为了不干扰别人听高田讲城市垃圾的分类,我们退到大厅后边。他直截了当地替杨菲尔玛向我道歉:“就如长城的城砖上,有许多人愿意留下自己的名字一样,一件稍为像点样子的事情,必然有些人,想把自己与其实也算不得什么的荣耀,联系在一起。”

“你这话太没头没脑。”

“我只是原样传达杨小姐的话。”

“你们刚才在谈论我?”

“是的。她很抱歉,因为一位环保界的前辈,认为这本书的中文版,要作序的话,非他莫属。对这样自告奋勇的人,简直是没有什么办法挡驾的,所以——”

我正求之不得,“那太好了,本来,让我写,就有点驴唇不对马嘴。”

“你真的不介意?我跟杨小姐说过,我了解你,大人大量,才不会放在心上。”

“那你倒用不着恭维我。其实,她那次带高田来找我,我说过的,最合适为高田这本书写序的,只有一个人,那就是丁丁。”

也许因为大家正在鼓掌,而结束演讲的高田,又一个劲地致谢。地道的日本式九十度还要多些的鞠躬,不可能像鸡啄米那么痛快,每一次能拖到一分钟之久,我估计徐总没有听见,其实他受人之托,是在琢磨措辞,该怎样对我讲。甚至当主持的杨菲尔玛宣布请译者讲话的时候,我发现走到麦克风前的,不是丁丁,而是一位我不认识的人士,我还在继续为情况的突变作合理的解释,也许考虑到翻译的质量,才找到更高明的外文所的专家吧?可徐总在我耳边那句显然是字斟句酌的话,我这才听出不协调音来。

“老先生,最好劝劝你的那位忘年交,不要沉湎在空想的社会主义,或者乌托邦里啦!”

“怎么回事?徐总!”

“他应该到我公司去报到,而不是热衷于搞什么小区垃圾的综合利用。你再好的想法,你不切合实际,你就永远是不能实现的梦。不错,国家现在为每吨垃圾付出 95 元人民币,拉到郊区堆放在那里,但不可能把这钱交给你,在小区建燃烧垃圾的锅炉,那就会使一大批人失业,也使那些掏垃圾的老乡丢掉饭碗。然后,就算你建成焚烧炉,你向居民收他们的每吨10元或20元的倒垃圾费，再要收他们用的热水费，看他们打不打破你的脑袋。再说，你控制住回收的纸张，玻璃，废金属，那些收破烂的人，指什么吃？我弄不懂这个丁丁是怎么啦？一门心思在垃圾上？”

我明白了，他从衙门口开着他的吉普车跟进城来，原来只是为了他的垃圾集中小区处理计划，也就是成立“吃垃圾”的新兴企业。“那他肯定是动员杨菲尔玛投资了？”

“那还用说，这位小姐说，几乎磨了一晚上嘴皮子。”

“怪不得丁丁夸杨菲尔玛做期货交易，特别富于远见，敢情要她解囊相助。”看来他还是一个不变的丁丁，是我老伴印象里那个不折不挠，走起路来咚咚咚响的丁丁了，“不消说，小姐拒绝了？”

徐总笑了：“正因为她知道远景投资的风险性太大，没有绝对把握，她不会把钱往水里扔的。”

“那怎么办呢？”我想知道结果，虽然这个会开了，恐怕还只是个序幕吧？

“四个字，回头是岸。”

“否则呢？”

他没有回答，但招待会结束以后，在长城饭店门口的东三环大路上，那个以垃圾为目的，想营造一个干净世界的丁丁，和那个以垃圾为手段的日本朋友握别，和那个等待他去报到上任的徐总握别，和那个加引号的，不漂亮但绝对是神采飞扬的妻子握别，自然也是与为他铺排的那条通往殿堂的路握别……然后，走到我跟前，说：“我就不必和你握手了。”

“为什么？”

“我想很可能一两天里，要把一些没处放的东西，先存在你那儿，还会见面的呀！”接着，他跳上了那辆老爷吉普，朝北驶去。不用说，这是去三家店方向最佳路线。大家都站在路边不出声地望着，一直到他消失在无数的车流里，人们仍旧在沉默着。

我就更不想再责备这个死丁了，同时，我也不想埋怨在场的其他人，每个人都有其这样做的道理，都有其可以理解的缘由，都有其不能以简单的得失成败来衡量的标准，也许，这正是生活的复杂之处。于是，我想起我朋友的朋友，那铁路员工夫妇的女儿杨菲尔玛说过的话，人和人之间，是需要有一个磨合过程的。对汽车来讲，行驶若干公里以后，车后边的那块挂着的磨合牌子，便可以摘掉了，但对人来讲，这种磨合过程，说不定有时是需要付出一生一世的事情。

那有什么法子呢？人总得活下去，总得沿他自己的路走下去。